U0090947

古典文學研究輯刊

十五編

曾永義 主編

第10冊

清初前期話本小說的喜劇性研究

周盈秀 著

國家圖書館出版品預行編目資料

清初前期話本小說的喜劇性研究／周盈秀 著 -- 初版 -- 新北市：花木蘭文化出版社，2017〔民 106〕

目 2+194 面；19×26 公分

（古典文學研究輯刊 十五編；第 10 冊）

ISBN 978-986-404-902-8（精裝）

1. 話本 2. 清代小說 3. 文學評論

820.8　　106000807

古典文學研究輯刊

十五編 第十冊　　ISBN：978-986-404-902-8

清初前期話本小說的喜劇性研究

作　　者 周盈秀

主　　編 曾永義

總 編 輯 杜潔祥

副總編輯 楊嘉樂

編　　輯 許郁翎、王筑　美術編輯 陳逸婷

出　　版 花木蘭文化出版社

社　　長 高小娟

聯絡地址 235 新北市中和區中安街七二號十三樓

電話：02-2923-1455 ／傳眞：02-2923-1452

網　　址 http://www.huamulan.tw 信箱 hml 810518@gmail.com

印　　刷 普羅文化出版廣告事業

初　　版 2017 年 3 月

全書字數 176310 字

定　　價 十五編 18 冊（精裝）新台幣 32,000 元

清初前期話本小說的喜劇性研究

周盈秀 著

作者簡介

周盈秀，中興大學中國文學博士。現任國立嘉義大學中文系兼任助理教授，專長領域：台灣現代詩、清初話本小說，並兼有現代文學創作。曾獲 2011 年度優秀青年詩人獎、林榮三文學獎、臺北文學獎、葉紅女性詩獎等文學獎項。著有《凝聚與融解的文明之雪——論林燿德詩集《銀碗盛雪》（新北：稻鄉出版社，2011 年）。

提　　要

清初前期仍可見話本小說的蓬勃發展，其中有一批喜劇性強烈的作品。其故事內容主要描述荒謬可笑的人情百態、譏諷鬼神或者翻案惡搞歷史典故。由於故事情節低俗、人物個性扁平，在文學史上一直不被重視，總得到過於輕浮、情感不夠深刻等評價。然而，這批小說所透露的時代訊息有時比悲劇性小說還要血淋淋且眞實。只要細究喜劇性小說的表現手法，還是能看見這些故事的獨特價值。

本書分爲六章，第一章爲緒論，除論述研究動機與目的、前人研究回顧、研究方法與研究範圍之外，也整理中國喜劇性敘事的演進過程，藉此探討清初前期話本小說的喜劇性現象。

第二章則專章研究李漁話本小說的喜劇性，先分析李漁話本小說普遍呈現的喜劇性現象，譬如故事內容充滿個人特色的機智話語、擅長勾勒活潑生動的喜劇人物等，再進一步分析李漁人生當中的喜劇執念，研究李漁以自我爲中心、對時代苦痛避重就輕的喜劇心態。

第三章研究《豆棚閒話》與《二刻醒世恆言》，兩部小說皆從傳統題材著手，以新的角度翻案歷史名人故事或嘲弄宗教鬼神，企圖運用反諷方式借古諷今，並且摻雜怪誕的元素，使這些作品讀來既恐怖又有趣。兩部小說都能看出作家創作喜劇背後的嚴肅寓意。

第四章則是比較《十二笑》與《照世杯》兩部人情小說，小說裡頭均寫可憐又滑稽的小人物，作品更時時充滿屎尿齊飛的景象，意圖以排泄書寫衝擊文本中的文明世界。兩部小說在狂歡的笑聲之後，盡顯人生的荒謬虛無。其中《十二笑》選擇用笑看人生的方式，從內心轉念，逃避苦難；《照世杯》則在嘲笑的同時，仍想盡些文人勸懲的責任。

第五章綜述以上各章文本重複出現的喜劇手法，歸納喜劇性小說嘻笑怒罵背後集體呈現的時代亂象，並爲喜劇性話本小說確立價值。雖然在藝術表現方面略顯不足，但是透過喜劇方式表現的生活智慧與處世之道，仍有可觀之處。

第六章結論，本書認爲這批看似調性輕浮的話本小說，其實有著各異其趣的喜劇特色與文學價值，它們也成功表現了專屬於清初前期的文化風貌。

目次

表 次

第一章　緒　論

第一節　研究動機與目的

柳宗元（773 年～819 年）曾言：「嘻笑之怒，甚乎裂眥，長歌之哀，過乎慟哭。庸詎知吾之浩浩，非戚戚之尤者乎？」〔註 1〕被貶至永州的柳宗元看似曠達自在，誰能知道平靜的表情底下，蘊藏什麼樣的洶湧情緒呢？眞實的憤怒不一定得咆哮怒吼，眞正的痛苦也未必會淚流滿面。筆者雖不是情感敏銳的作家，卻也能體悟這項成長的祕密——淚水總是越流越透明，而笑容卻是越笑越不純粹。所以閱讀清初前期的話本小說時，看見由明入清的多位作家，以嘻笑遊戲的語氣說寫人間事，頗有感觸。

清初前期現存的話本小說中，出現一批言語戲謔、情節逗趣的作品。從小說行文裡，雖仍保留明末話本小說講究「懲惡導善」的期許，但從情節、話語、人物刻畫等各方面來看，皆較過去更具娛樂性，整體風格比明末的話本小說更爲輕鬆與詼諧。這些話本小說以開發新奇的寫作題材爲主，獨創性高，在亂世中帶領讀者笑罵妒婦、嘲諷出糗的文人或者惡搞歷史人物，看似缺乏細膩的情感刻畫，卻又別有一番歡鬧狂歡的娛樂氛圍。可惜這些白話小說在文學史上的地位不高，除了李漁（1610 年～1680 年）的小說形式創意備受矚目以外，其餘皆不受青睞。而且李漁小說追求喜劇性的部分還是受到不少批判，如胡士瑩就認爲內容太「趣味庸俗」，缺乏深刻的社會內容，是應該

〔註 1〕詳見【唐】柳宗元：《柳河東集・對賀者》（臺北：河洛圖書出版社，1974 年 12 月），頁 226。

批判的嚴重缺點。〔註2〕也有學者進一步表示李漁之後的喜劇性作品皆爲「東施效顰」之作，如胡衍南整理李時人等學者所言：

> 李漁的努力固然使白話短篇小說在形式上達到了某種和諧完美，但是由於他過度強調戲劇化而走上程式化、爲追求喜劇效果而不惜背離生活和降低思想藝術格調，因而使得他的作品欠缺足夠的美學深度和巨著應有的精神內容。（李時人，1997）妙就妙在李漁這一「革命性」的創舉，得到清初許多話本小說家的附和，大家一面努力追求形式美感，一面積極發揚搞笑本領，結果自然惹出一堆東施效顰的荒謬劇，很多學者都把這種情形說成是走向「形式主義」的末路。（王汝梅，1990：183 196；徐志平，1998：653 668）總而言之，稱之爲話本小說也好、擬話本小說也好，或者如同本文所謂「《三言》開創出來的中國古代白話短篇小說」，它的早夭大概不脫說教色彩濃厚和過度追求喜感這兩個說法。〔註3〕

其實若從胡衍南整篇文章脈絡看來，他並沒有否定小說詼諧的藝術本領，也大力讚揚李漁小說的創新。但文章的確指出同期的喜劇性話本小說只是一窩蜂地發揮搞笑本領，過度追求娛樂而降低藝術格調。從上述的這些評論看來，似乎在前賢學者眼中，中國話本小說的笑鬧表現拖垮了小說的文學美感，是喜劇性讓故事顯得庸俗與扁平，喜劇性是這些作品上不了檯面的缺陷，認爲這群作家只是呈現逃避現實的傾向而已。〔註4〕

筆者認爲這樣的評價有失公允。其實這些喜劇作家並沒有少經歷亂世劫難，書寫喜劇也並非一味地逃避現實。我們從這批喜劇性強烈的作品中，很少看見直接的傷痛，卻常常看見迂迴的諷刺，就算少了深刻動人的悲劇情感，但透過喧嘩的亂象描繪，更能透視人世間的荒謬。他們看似將寫作視爲躲避現實社會的盾牌，然而盾牌在保護自己的同時，也隱含了對外在世界的否定。

〔註 2〕 胡士瑩：「過分追求故事的曲折離奇，趣味庸俗，一般思想性都不強，不僅缺乏深厚的社會內容，有時甚至出現逗人發噱的惡趣和褻褻的描寫，……這是李漁小說的嚴重缺點，應該批判的。」《話本小說概論》下冊（北京：中華書局出版社，1980 年），頁 621。

〔註 3〕 胡衍南：〈中國古代白話短篇小說發展研究〉，《淡江人文社會學刊》第 17 期，2003 年 12 月，頁 13。

〔註 4〕 如歐陽代發曾認爲清初的話本小說家常常以文爲戲、遊戲神通，他們表現出對嚴酷現實的逃避傾向，以自娛娛人的方式來麻痺自己。詳見歐陽代發：《話本小說史》（武漢：武漢出版社，1994 年 5 月），頁 450。

所以筆者認爲，前賢學者認爲這群小說家的逃避傾向，不僅僅只是單純的遮掩躲藏，也是這批喜劇話本小說作家選擇的反抗方式。

作品要逗讀者笑，還得仰賴作者主體意識的觀察與再製，方能讓喜劇的藝術審美流露出來。席勒（Friedrich Schiller，1759 年～1805 年）說：「在悲劇中，許多東西就已經由題材來實現了；在喜劇中，題材什麼也沒有實現，而一切都由詩人來完成。」〔註 5〕喜劇的創作階段，作者必須拉開與創作客體的距離，以居高臨下的角度旁觀，比起悲劇得具備更多情緒能量的轉換，也因此更能顯現作者的創作意識。清初前期的作家群，才在前朝因城市經濟發展而朦朧覺醒的自我意識，卻必須在改朝易代之後重新接受新勢力，以及隨之而來的高壓統治，他們內心的掙扎與反抗如何抒發？或許「嬉笑怒罵」所化成的文章，其背後意義並不簡單。隨著作品喜劇性所釋放的訊息，必然含有對這個世界的批判。看似誇張滑稽的情節開展，誘使大家同聲一笑，其所袒露的，正是我們心照不宣的現實人性。這些都是筆者認爲清初前期喜劇性話本小說值得探究之處。

本書以清初前期爲斷代，即順治元年到康熙二十二年。此階段的話本小說家，都曾經歷甲申、乙酉之變的影響（可能親身經歷或者受到波及），在順治年間還有更多爲了整肅秩序而產生的迫害與暴行，離歷史傷痛的記憶不遠。另外，清初的話本小說多半集中在順康年間，至今尚存約二十六部〔註 6〕，顯見這個時期的話本小說還延續著明末「三言」以降的生命力與傳播盛況。到了康熙二十二年以後，在政治方面，黃河治理成功、內外秩序穩定，統治制度日趨成熟完善；在思想方面，後起之秀多半在新朝生長，對新朝的仇恨減輕許多。〔註 7〕且康熙中期以後話本小說越見衰微，甚至到了雍正時期，就僅剩《雨花香》與《通天樂》兩部留存了。所以徐志平在《清初前期話本小說之研究》就說明了清初在康熙二十二年以前：「是一個動亂過渡承平的重要時期，是學術界由經世致用之學逐漸變化的時期，也是話本小說延續明末盛

〔註 5〕弗里德利希·席勒著 張玉能譯：〈論樸素的詩與感傷的詩·諷刺詩〉，見《秀美與尊嚴——席勒藝術與美學文集》（北京：人民出版社，2011 年 10 月），頁 319。

〔註 6〕徐志平統計現存清初前期話本小說共有 27 部，然本書將李漁的《無聲戲》與《連城壁》合稱爲「無聲戲系列」，於是在此以 26 部稱之。詳見徐志平：《清初前期話本小說之研究》（臺北：臺灣學生書局，1998 年 11 月），頁 82。

〔註 7〕梁啓超：《中國近三百年學術史》（臺北：華正書局，1989 年），頁 18。

況而繼續演變、發展、衰退，以至於沒落的階段。」〔註8〕也是在這個時期，才有較多喜劇性強烈的話本小說出現。

雖然「喜劇性強烈」是很直覺的閱讀感受，但仍有一些具體標準可供參考。喜劇性（Comic）這個詞彙，是由喜劇（Comedy）派生而來的形容詞，而 Comedy 又是從狂歡隊伍（komos）與狂歡歌曲（komoidia）兩個單字派生而來。〔註9〕現今我們按照中文字義解釋，即敘述的客體對象具有喜劇的性質或特徵。所以在討論「喜劇性」之前，必須先從「喜劇」談起。喜劇與悲劇都源自於古希臘民間的酒神祭。公元前六世紀末，當時的人民為了慶祝葡萄豐收，人們聚眾於酒神寺前祭祀，模仿酒神狄俄尼索斯從死亡到復活的過程，在莊嚴的表演過後，戴上面具模仿、嬉鬧遊行與狂歡歌舞，而這個過程這種狂歡歌舞之後漸漸演變成「喜劇」〔註10〕。悲劇與喜劇的精神來源，最原始之處都來自於酒神的力量，皆受到酒神的影響。〔註11〕但更確切的說法應該是源自於民間百姓為了慶祝豐收，透過狂歡歌舞、猥褻模仿表達某種自由、奔放與狂喜的文化，之後逐漸發展成以阿里斯托芬為代表的挖苦諷刺性的希臘喜劇。

古希臘的民間喜劇觸動了當時的哲學家進行「快樂」的深刻反思。於是柏拉圖（Plato，約西元前 427 年～前 347 年）在〈斐萊布篇〉透過蘇格拉底與普羅塔庫、斐萊布的一場對話，辯論快樂不是我們想像中的那麼單純愉悅，有些時候是夾雜著惡意與痛楚的愉快，並進一步提到喜劇中的快樂與痛苦是混合的。〔註12〕更詳盡討論「喜劇」這個名詞的哲學家是亞里斯多德

〔註8〕徐志平：《清初前期話本小說之研究》（臺北：臺灣學生書局，1998 年 11 月），頁 5～6。

〔註9〕「英語中的 comic，法語中的 comigue，德語中的 komik，作為表示性質的形容詞，皆由名詞 comedy、comedie 和 komodie 派生而成，而這些名詞又都源於古希臘酒神節中的 komos（狂歡隊伍）和 komoidia（狂歡之歌）。意指「喜劇」。因此，不論是詞源的生成還是詞義的演變，上述形容詞都應該譯為『喜劇性』」詳見閻廣林、徐侗主編：《幽默理論關鍵詞研究》（上海：學林出版社，2010 年 4 月），頁 64。

〔註10〕蘇暉：《西方喜劇美學的現代發展與變異》（武漢：華中師範大學出版社，2005 年 12 月），頁 11。

〔註11〕【英】凱瑟琳・勒維著 傅正明譯：《古希臘喜劇藝術》（北京：北京大學出版社，1988 年 1 月），頁 17～18。

〔註12〕（古希臘）柏拉圖著 王曉朝譯：《柏拉圖全集》第三卷（北京：人民出版社，2003 年 4 月），頁 236～239。

（Aristotle，西元前384年～前322年），在喜劇之前，他先談起模仿，在《詩學》中，亞里斯多德表示每個人都能從模仿的成果中得到快感，儘管生活中討厭看到動物形體或屍體，但當我們觀看此類物體極其逼眞的藝術再現時，卻會產生一種快感，他認爲這種快感起於人類的求知慾。〔註13〕在這個前提下，亞里斯多德繼續談起喜劇的特色：

> 喜劇模仿低劣的人；這些人不是無惡不作的歹徒——滑稽只是醜陋的一種表現。滑稽的事物，或包含謬誤，或其貌不揚，但不會給人造成痛苦或帶來傷害。現成的例子是喜劇演員的面具，他雖然既醜又怪，卻不會讓人看了感到痛苦。〔註14〕

亞里斯多德其實已經將喜劇客體論述得相當具體，他從人類初始的模仿行爲開始說起，接著是民間的陽具崇拜、猥瑣模仿的狂歡遊行、即興口占進階到詩人諷刺詩的創作，最後來到喜劇。他的「藝術模仿說」，使「喜劇」的逗人爲樂有個大前提，即須先進入模仿、模擬的領域裡，才能把討厭可惡的東西，轉換成審美的喜劇領域裡。喜劇模仿世界的低劣醜惡面，但在藝術審美中不意圖造成實質傷害，而是讓人產生某種精神性的快感。亞里斯多德之後，多位作家學者陸續加入這場辯證，無論是討論喜劇或是與喜劇密切相關的「可笑性」，西方文藝理論的喜劇長程之旅從此開始。

較爲重要的喜劇相關理論如十七世紀英國的霍布斯（Thomas Hobbes，1588年～1679年）提出的突然榮耀說，他認爲笑的產生來自於突然的榮耀，這種現象常常來自於知道別人有什麼缺陷，相比之下自己驟然地給自己喝采。〔註15〕這個說法雖然過於簡略，直接將人類會笑的原因歸成自身的突然榮耀與鄙夷他人的低劣，但是譏笑所產生的心理「優越感」的確是較爲清楚的情緒指標。到了十八世紀，康德（Immanuel Kant，1724年～1804年）則提出了「期待落空」的說法，他在《判斷力批判》裡表示：

> 在一切會激起熱烈的哄堂大笑的東西裡必然有某種荒謬的東西（所以對於它知性本身不會感到任何愉悅）。笑是由於一種緊張的期待突

〔註13〕（古希臘）亞里斯多德著 陳中梅譯：《詩學》（北京：商務印書館，1996年7月），頁47。

〔註14〕（古希臘）亞里斯多德著 陳中梅譯：《詩學》（北京：商務印書館，1996年7月），頁58。

〔註15〕【英】霍布斯著 黎思復等譯：《利維坦》（北京：商務印書館，1986年6月），頁41～42。

然轉變成虛無而來的激情。正是這種肯定不會使知性高興的轉變，卻間接使人在一瞬間，強烈的感到高興。〔註16〕

當我們面對一個尚未得知的情況前，知性的想像先產生了，沒想到結果卻是比預期的還荒謬無理。這時產生了某種眩感與虛無，是「不期而至的虛無驟然降臨，瞬間觸發受眾的肌體運動而引起笑聲」〔註17〕。康德認為，會笑並不是我們突然意識到自己比眼前這無知的人更聰明，而是我們原先期待時的緊張感，突然因預期的結果消失為虛無〔註18〕，是從心理上的緊張、失落觸發到生理上肌肉瞬間放鬆的綜合反應。持續到十九世紀，同為德國人的黑格爾（Georg Wilhelm Friedrich Hegel，1770年～1831年），則從「主體性」與「實體性」的對立矛盾出發。他將喜劇中的人物自我主宰的主觀性，與其追求目標現象的實體性，分成三種喜劇情況。第一種情況是「喜劇的目的和人物性格絕對沒有實體性而卻含有矛盾，因此不能使自己實現。」〔註19〕也就是人物完全仰賴個人的主觀意識高漲，盲目又認真去追求事實上沒有意義、非常渺小的東西。第二種情況則是剛好相反，「個別人物們本想實現一種具有實體性的目的和性格，但是為著實現，他們作為個人，卻是起完全相反作用的工具。」〔註20〕個別人物初時有明確的實體性目標，但過程中出錯、導致一切徒勞無功，使那些目標最終失敗、成了虛幻的假象。第三種情況則「運用外在偶然事故，這種偶然事故導致情境的錯綜複雜的轉變，使得目的和實現，內在的人物性格和外在情況都變成了喜劇性的矛盾而導致一種喜劇性的解決。」〔註21〕第三種則完全是因緣湊巧、誤打誤撞，主體性與實體目標在純粹偶然的情況碰撞，達成出乎意料的結果。黑格爾認為主體性一直非常自信與愉快，主體意識高漲並不受到現實層面的傷害，儘管實體性在喜劇世界裡

〔註16〕【德】康德著　鄧曉芒譯：《判斷力批判(上)》（北京：人民出版社，2002年5月），頁179。

〔註17〕詳見修倜：〈喜劇美學：從「表象自由」到「人性自由」——由康德到席勒的喜劇理論推進〉，《華中師範大學學報》第49卷第6期，2010年11月，頁84。

〔註18〕【德】康德著　鄧曉芒譯：《判斷力批判(上)》，（北京：人民出版社，2002年5月），頁180。

〔註19〕【德】黑格爾著　朱光潛譯：《美學》第三卷下冊（北京：商務印書館，1981年7月），頁291。

〔註20〕【德】黑格爾著　朱光潛譯：《美學》第三卷下冊（北京：商務印書館，1981年7月），頁292。

〔註21〕【德】黑格爾著　朱光潛譯：《美學》第三卷下冊（北京：商務印書館，1981年7月），頁293。

往往消失無蹤（原本毫無意義或最終成爲幻象），但主體性仍然存在著。〔註22〕他並主張把可笑性與喜劇性區隔開來，他認爲喜劇是更高階的理性，是某種理想自我能主宰的「善」。這種說法似乎又過於唯心主義，但他的確觀察出喜劇世界裡，人與世界的矛盾關係。所以朱立元說：

> 黑格爾對喜劇矛盾所做的這三種分類當然不很全面、準確，但的確抓住了喜劇性矛盾最主要、最一般的形式，即目的與手段、本質與現象、動機與效果、內在性格與外在表現、性格與環境等的矛盾對比，這些對我們理解喜劇的美學意義仍很有價值。〔註23〕

儘管關係不和諧，但人物又因爲高漲的主體意識而沒有察覺危險，喜劇人物與其所處的世界產生對立，卻又以一種不受傷害的方式生存與追求。黑格爾提出的矛盾說，讓我們更能全面地去看待喜劇表現時，本質與環境的對應關係。

之後佛洛伊德（Sigmund Freud，1856年～1939年）在二十世紀發表了《詼諧與潛意識的關係》，他認爲詼諧可分成「單純詼諧」與「傾向性詼諧」，前者爲了節省心力而做語言技巧的遊戲；後者則有性慾和仇意等傾向，往往必須藉由第二者當攻擊的目標、還得有第三者局外人見證方能完成詼諧，這類傾向性幽默除了節省情緒以外，還能達到發洩壓力的快感。〔註24〕佛洛伊德將幽默的心理分成兩種路線，其實將喜劇的「可笑成因」開拓得更廣，不再侷限於「鄙笑」或「期待落空」等單一路徑。

至於近年來最常被學界引用的喜劇理論學者，應屬巴赫金（M.M. Bakhtin，1895年～1975年）。他的喜劇理論則又回溯到了酒神祭，結合民間詼諧的文化，延伸出廣場語言、複調理論、怪誕現實主義等說法。他不再聚焦於喜劇的可笑性如何產生，而是將喜劇狂歡的視野拉回人類的民間文化，拉向人與人之間不停止交流、追求生命的自由、共享界線、階級消解的喜悅，透過藝術世界看見開闊自由的眾聲喧嘩現象。另外，由他分析拉伯雷小說中的突出特色如怪誕、排泄物、廣場語言等，看似卑劣的審美客體，都因巴赫金而被詮釋出另一種文化高度。〔註25〕

〔註22〕【德】黑格爾著 朱光潛譯：《美學》第三卷下冊（北京：商務印書館，1981年7月），頁291～294。

〔註23〕朱立元：〈黑格爾的喜劇理論〉，《戲劇藝術》1982年第1期，頁70。

〔註24〕【奧】佛洛伊德著 彭舜、楊韶剛譯：《詼諧與潛意識的關係》（臺北：胡桃木文化出版社，2007年2月），頁130～144。

〔註25〕【俄】巴赫金著 李兆林、夏忠憲譯：《拉伯雷研究》，《巴赫金全集》第六卷（石家莊：河北教育出版社，1998年）。

除此之外，還有許多喜劇理論如斯賓塞（Herbert Spencer，1820 年～1903 年）的乖訛說，柏格森的機械說（Henri Bergson，1859 年～1941 年）等等都是論述喜劇作品時，很常被提到的理論。

理論的整理，使我們能明確看見多位學者提到了「笑」的心理成因。作品是否被定義爲喜劇，離不開以「笑」的反應作爲判斷標準，所以必須重視喜劇的「可笑性」。然而「喜劇性」又不全然等同「可笑性」，喜劇是以藝術形式模擬這個世界，它不如日常生活的可笑性這麼具有攻擊性。喜劇語境裡的可笑元素，是被藝術審美昇華過的，一切僅僅是演戲，而非眞實的攻擊。〔註26〕一旦進入喜劇範疇，「可笑」就變得不同了，那是來自於作家的創作自覺，是作家自覺將精神與理性提升到更高的一個層次，幫助他們完成自己想要傳達的理念。喜劇性所要表現的是在作品裡頭「被建構的可笑性」。作家創造與展現這些可笑性，他們才能比自己所描寫、模擬的那個生活世界更高一層，而那個高度之所在，就是作家想表達的情感、精神、理念與思想了。所以進行「喜劇性」研究時，不能只聚焦喜劇作品使人感到可笑的元素，也應該同時關注這些可笑性的表現手法、創作動機等。

喜劇理論的發展豐富又複雜，學者們切入的角度也大不相同，故無法仰賴一兩位學者的說法就此定義喜劇。本書在選擇喜劇性文本前，除了參考西方學者較具代表性的說法以外，也試著定義本書的喜劇標準。主要以杜書瀛整理的喜劇性定義——喜劇性是消極客體（卑下、醜）的否定性情感評價，這個較爲扼要的標準，再綜合上述西方喜劇理論的觀點加以擴展。杜書瀛在《文學美學原理》說道：

> 喜劇的笑至少需具備這樣兩個條件：第一，就笑的物件說，必須是消極的價值客體（卑下，醜，以及醜的各種變體）；第二，就笑的性質來說，必須是發笑者對可笑對象進行否定性情感評價。這兩個條件缺一不可。〔註27〕

第一種「消極的價值客體」，就如同前述亞里斯多德所說的模仿「低劣的人」，是黑格爾認爲主體性追求的「實體性最終的虛無」，也是康德說在期待落空之

〔註26〕閻廣林、徐侗著：《幽默理論關鍵詞研究》（上海：學林出版社，2010 年 4 月），頁 75。

〔註27〕杜書瀛：《文學美學原理》（北京：社會科學文獻出版社，1998 年 11 月第二版），頁 73～74。

前的必然條件——「面對某種荒謬的東西」。喜劇的審美客體一定蘊含著某種消極元素，譬如虛無、乖訛、矛盾、醜陋、荒謬、容易拆穿的僞裝等。只是這些審美客體的消極也有一定限制，當嘲笑客體的醜惡已經太過，足以造成災難或嚴重傷害時，那就不是可笑，而是可憎或可怕了。〔註28〕本書研究的話本小說，題材本身就呈現消極否定的一面，這些話本小說多描寫充滿貪嗔癡惡卻又缺乏自知之明的人事物，譬如《照世盃》四篇故事裡頭的主要人物，是沉浸美色的愚蠢秀才、自落陷阱的假名士、貪色而被潑糞的安撫公子或常常虧本的吝嗇財主。又或者像李漁《無聲戲》系列，每一則故事皆上演著某種不協調、矛盾的關係，如醜夫對美妻、機智巧婦對愚蠢流賊、私密男風的喧嘩公審等。作家在選擇嘲弄題材時，也不宜招惹讓人過分驚懼的對象，仍有一定的底線，必須無傷大雅，能自娛又能娛人。

第二，必須對這些消極對象進行否定評價，也就是喜劇的主體性反應，譬如霍布斯說的「突然榮耀感」、佛洛伊德說的「仇意的傾向」。以本書研究的話本小說爲例，《二刻醒世恆言》在故事中的借鬼神故事諷刺現實社會，《十二笑》的敘述者對於每則人間悲劇，都是對審美客體抱持著輕蔑或挖苦的語氣。作家多用反諷、誇張滑稽等手法，強化客體的缺陷、虛無與僞裝，讓讀者產生優越感、勝利感而產生笑意。

筆者認爲不應只有否定性的評價，笑的成因畢竟複雜，譬如康德所說的「期待落空」，因預期時的緊張與最後的結果產生落差的張力，那種笑就不是譏笑與鄙笑等具有攻擊性的否定性評價，而是對瞬間虛無的客體，產生鬆懈、驚奇或釋然的感受。另外像佛洛伊德的「單純詼諧」講的是語言形式上的機智樂趣，李漁作品就有許多這類機智性的言語遊戲，因爲出乎意料的新奇感而讓人想笑。

所以綜合各家說法，喜劇性的審美客體必須具備消極的條件；這些消極條件必須是有限度的、不讓人感到嫌惡與疼痛。至於審美主體面對消極客體時的反應，具有敵意的否地性評價是很常見的情況，然而沒有敵意的單純詼諧，以及因爲與預期結果不符的發展而產生啞然失笑的喜劇性也不能忽視。其實不管是因消極客體而感到優越、勝利的否定性評價，抑或是面對期待以外的發展而產生的驚喜，絕對有別於我們平常看見天眞兒童、可愛動物時的

〔註28〕杜書瀛：《文學美學原理》（北京：社會科學文獻出版社，1998年11月第二版），頁75。

微笑。這種笑並不是純粹的開心喜悅，而是對於消極客體都抱持著高度的理性。

目前清初前期符合這些標準的共有六部，即李漁的《無聲戲》系列〔註29〕與《十二樓》；還有艾衲居士的《豆棚閒話》、酌元（玄）亭主人的《照世盃》、墨憨齋主人的《十二笑》與心遠主人的《二刻醒世恆言》。這六部作品的作者，除了李漁有豐富的史料與其餘創作可供參考以外，其餘只留筆名，眞實身分不詳。僅能以避諱、版本編排目次、序文等情況來辨別約略的成書時代。小說內容基本呈現三種面向的取材，描述卑劣之人、庸神衰鬼與歷史翻案。說人的時候笑謔中凸顯人性的嗔癡；說鬼神時描寫超現實的荒誕；說史的時候戲擬嚴肅的史料，均有獨特的喜劇性藝術表現。必須強調的是，這六部作品，並非每篇小說皆有喜劇性，當中也有幾篇喜劇性不夠明顯、甚至較爲嚴肅的故事，但這並不影響全書整體詼諧、調笑的喜劇基調；而未被納入本研究範圍內的其餘二十部話本小說，其實也有喜劇性故事，甚至在悲劇故事中，也會加入些零星的詼諧情節以調劑解頤。其餘二十部話本小說不被選入本研究範圍的原因，主要是因爲他們全書的喜劇氛圍不像所選六部如此明顯又集中表現。至於他們的喜劇特色，則會在本章第五節論述時代的喜劇性現象，以及第五章喜劇性綜述時，列舉數例分析之。

魯迅（1881 年～1936 年）說過：「悲劇將人生有價值的東西毀滅給人看，喜劇則是將那無價值的撕破給人看」〔註30〕。不同於悲劇毀滅美好的事物，讓人感到惋惜、傷感，情感濃度因而昇華，喜劇是將我們眼中忽略、無視，卻應該鄙棄的東西暴露出來。這些無價值（低劣、卑下）的東西，可能就藏在神聖莊嚴的面具底下，可能躲在僵化卻理所當然的制度中，也可能就在缺乏節制的眞實人性裡。找出並在人們面前撕破的瞬間，使產生某種了然於心的震撼與共鳴，便是喜劇小說的積極意義了。如此透過喜劇手法揭露的現實、醜惡的世界，更值得一窺究竟。所以筆者認爲這些喜劇性話本小說，雖然在文學的接受史上，往往被認爲缺乏深刻的思想或細膩的情感而受到冷落。但若從喜劇性的角度切入分析，或許能從這些看似調笑輕浮的話本小說中，找出屬於他們的審美價值。最後，筆者更希望能在分析清初前期話本小說的喜

〔註29〕李漁的《無聲戲》經歷過《無聲戲合集》、《無聲戲合選》與《覺世明言連城璧》等版本的異動，扣掉重複的篇章現存十八則小說。本書合稱爲《無聲戲》系列。

〔註30〕魯迅：〈墳・再論雷峰塔的倒掉〉，《魯迅全集》第一卷（上海：人民出版社，2005 年 11 月），頁 203。

劇性過程時，除了爲這些作品建構具體的喜劇性價值以外，還能藉此省思在喜劇性作品背後，那些紛亂複雜的時代訊息。

第二節 前人研究回顧

一、研究專著

在研究清初前期話本小說的喜劇性以前，本書所需的文獻基礎有四大面向。首先是對明末至清初前期整體文化思潮、社會經濟變化的理解，文人思潮方面如謝國楨的《明末清初的學風》〔註 31〕記載清朝入主中原初期如何利用與控制漢民族的現象；趙園的《明清之際士大夫研究》〔註 32〕與《制度・言論・心態——〈明清之際士大夫研究〉續編》〔註 33〕兩部書先後從晚明士人整體思潮趨向，進而分析若干風氣的細節，詮釋當時文人面臨的生命抉擇。而陳學文的《明清社會經濟史研究》〔註 34〕、邱澎生的《當法律遇上經濟——明清中國的商業法律》〔註 35〕等學者的研究，都論述了從明末開始蘇杭一帶因手工業發達而刻書行業也跟著興盛的現象，刻書行業連帶刺激閱讀大眾的產生，成爲通俗讀物發展的有利條件。另外毛文芳的《物・性別・觀看：明末清初文化書寫新探》〔註 36〕縝密分析當時文人比起過去更重視環繞自身的美感事物，其中對於女人的審美鑑賞便是其中之一。這便能說明爲何這批喜劇性話本小說中，有這麼多行爲誇張、形象扭曲的妒婦描寫。這些與時代背景、社會文化相關的研究文獻，都使筆者迅速認識當時的文學創作與傳播的文學環境。

其次是關注話本小說此一文類流傳下來的延續與改變，由魯迅的《中國小說史略》〔註 37〕開始確立明代擬宋市人小說在文學史上的意義。筆者也參考了

〔註 31〕謝國楨：《明末清初的學風》（上海：上海書店出版社，2004 年 1 月）。

〔註 32〕趙園：《明清之際士大夫研究》（北京：北京大學出版社，1999 年）。

〔註 33〕趙園：《制度・言論・心態——〈明清之際士大夫研究〉續編》（北京：北京大學出版社，2006 年）。

〔註 34〕陳學文：《明清社會經濟史研究》（臺北：稻禾出版社，1991 年）。

〔註 35〕邱澎生：《當法律遇上經濟——明清中國的商業法律》（臺北：五南書局，2008 年 2 月）。

〔註 36〕毛文芳：《物・性別・觀看：明末清初文化書寫新探》（臺北：台灣學生書局，2001 年 12 月）。

〔註 37〕魯迅：《中國小說史略》（上海：上海古籍出版社，2004 年）。

胡士瑩的《話本小說概論》〔註 38〕與歐陽代發的《話本小說史》〔註 39〕，兩位學者整理現存話本小說的版本，也概述話本小說的形式內容流變。其中歐陽代發對於話本小說流傳到清初變得更爲輕巧通俗這樣的轉變，有較具體的論述。另外王慶華的《話本小說文體研究》〔註 40〕則梳理話本小說作爲一個文體獨立與成熟的過程，並肯定清初前期話本小說世俗化、多樣化的藝術形式。研究明清之際的話本小說專著，則參考傅承洲的《明清文人話本研究》〔註 41〕、宋若雲的《逡巡於雅俗之間——明末清初擬話本研究》〔註 42〕與朱海燕的《明清易代與話本小說變遷》〔註 43〕等書，他們對於明清文人思潮與書寫轉向以至於話本小說的影響皆有豐富且多元的說明。最後更要感謝徐志平先生的《清初前期話本小說之研究》〔註 44〕，這部研究專著重新辯證多本刊刻時代被混淆的清初話本小說，並分類若干主題，詳盡討論清初前期現存話本小說的內容意識與藝術性，其中一節關於諷刺藝術的肯定，更是啓蒙了筆者對於這批話本小說喜劇性的好奇。感謝上述及其他學者在清初前期話本小說的研究貢獻，方能使筆者站在巨人的肩膀上看得更遠，在研究路上事半功倍。

第三是關於喜劇性的研究概況，由於本書結合中西方的喜劇論點進行文本分析，故中國的喜劇性相關研究亦不能忽視，筆者參考于成鯤的《中國喜劇研究——喜劇性與笑》〔註 45〕與閔定慶的《諧謔之鋒——俳優人格》〔註 46〕、閻廣林的《笑：矜持與淡泊——中國人喜劇精神的內在特徵》〔註 47〕、林淑貞的《明清笑話型寓言論詮》〔註 48〕等專著。這些研究都從中國的文學與歷史脈絡中，探討中國人對於「笑」的看法。譬如閻廣林已非常精要地整理中國喜劇精神發展的流程。他說中國沒有喜劇的概念，因爲中國以農立國、

〔註 38〕胡士瑩：《話本小說概論》（北京：中華書局出版社，1980 年）。
〔註 39〕歐陽代發：《話本小說史》（武漢：武漢出版社，1994 年 5 月）。
〔註 40〕王慶華：《話本小說文體研究》（上海：華東師範大學出版社，2006 年 10 月）。
〔註 41〕傅承洲：《明清文人話本研究》（北京：人民文學出版社，2009 年 2 月）。
〔註 42〕宋若雲：《逡巡於雅俗之間——明末清初擬話本研究》（北京：中國社會科學出版社，2006 年）。
〔註 43〕朱海燕：《明清易代與話本小說變遷》（武漢：華中科技大學出版社，2007 年 1 月）。
〔註 44〕徐志平：《清初前期話本小說之研究》（臺北：臺灣學生書局，1998 年 11 月）。
〔註 45〕于成鯤：《中國喜劇研究：喜劇性與笑》（上海：學林出版社，1992 年）。
〔註 46〕閔定慶：《諧謔之鋒——俳優人格》（北京：東方出版社，2009 年 12 月）。
〔註 47〕閻廣林：《笑：矜持與淡泊——中國人喜劇精神的內在特徵》（北京：國際文化出版公司，1989 年 9 月）。
〔註 48〕林淑貞：《明清笑話型寓言論詮》（臺北：里仁書局，2006 年 12 月）。

宗法制度與儒教系統的關係，使得在喜劇精神上受到侷限，然而中國文人還是發展出「謔而不虐」的特質。比起「笑」的本質，更重視笑意背後勸戒的功能。〔註49〕林淑貞的《明清笑話型寓言論詮》則是探究明清笑話型寓言「寓莊於諧」的技法與內容，透過笑話寓言體察明清時期的社會文化，並總結出笑話寓言具備調和失諧與消解社會敵對等功能。這些喜劇理論結合中國社會或文學文本的解讀，可以讓我們更清楚了解中國的喜劇精神。喜劇理論方面，除需仰賴西方喜劇理論學者的譯著，筆者也將參考學界將西方喜劇理論再做具體詮釋的論著，譬如宋春香的《他者文化語境中的狂歡理論》〔註50〕、秦勇的《巴赫金軀體理論研究》〔註51〕、劉康的《對話的喧聲——巴赫汀文化理論述評》〔註52〕、閻廣林的《幽默理論關鍵詞研究》〔註53〕等，透過這些關於喜劇性的外在與內在解讀，使筆者在分析文本的過程中，理解作者的寫作策略與創作心態。

最後則是作家作品的研究概況。本書研究的六部作品中，李漁話本小說的研究最多也最豐富，遠勝於其他作家作品。李漁將生活、事業與寫作緊密結合，具有獨到的想法與積極的創作實踐。他顛沛流離的生平、複雜受爭議的人格特質以及藝術審美觀，在在吸引古今中外許多學者投入研究。一九七〇年，第一部《李漁全集》〔註54〕由德國學者馬漢茂（Helmut Martin，1940年～1999 年）編輯，自臺北成文出版社出版後，李漁研究越漸被重視，學界開始注意李漁小說的藝術表現及其在小說史上的定位。〔註55〕一九九〇年第二部《李漁全集》全二十冊由浙江古籍出版社出版，連帶使九〇年代更多的

〔註49〕閻廣林：《笑：矜持與淡泊——中國人喜劇精神的內在特徵》（北京：國際文化出版公司，1989 年 9 月），頁 23。

〔註50〕宋春香：《他者文化語境中的狂歡理論》（北京：中國社會科學出版社，2009 年 6 月）。

〔註51〕秦勇：《巴赫金軀體理論研究》（北京：中國社會科學出版社，2009 年）。

〔註52〕劉康：《對話的喧聲——巴赫汀文化理論述評》（臺北：麥田出版社，1998 年）。

〔註53〕閻廣林、徐侗：《幽默理論關鍵詞研究》（上海：學林出版社，2010 年 4 月）。

〔註54〕馬漢茂輯：《李漁全集》（臺北：成文出版社，1970 年）。

〔註55〕七〇年代，最早爲臺灣學者黃麗貞出版的《李漁研究》（臺北：純文學出版社，1974 年）詳細探討李漁生平，並對李漁的創作做出全面的論評。八〇年代則有大陸學者杜書瀛的《論李漁的戲劇美學》（北京：中國社會科學出版社，1982 年）、單錦珩的《李漁傳》（成都：四川文藝出版社，1986 年）與崔子恩的《李漁小說論稿》（北京：中國社會科學出版社，1989 年）等也都是李漁研究相當著名的著作。

李漁研究專著出現〔註56〕。二十一世紀的今天，關於李漁的研究更加豐富且多元，譬如黃果泉的《雅俗之間——李漁的文化人格與文學思想研究》〔註57〕探討李漁的文學思想，從作意、自娛、娛人三個方向表示李漁有意炫示他編織故事的手法和技巧；胡元翎的《李漁小說戲曲研究》〔註58〕運用了鑑賞主義的角度詮釋李漁的創作心態；另外美籍學者張春樹、駱雪倫著作的《明清時代之社會經濟巨變與新文化——李漁時代的社會與文化及其現代性》〔註59〕也翻譯出版，立體刻畫李漁所處的時代背景與社會經濟文化。李漁的相關研究到了這個階段已相當成熟。由此看來，李漁應是清初最不寂寞的小說戲曲家了。其餘話本小說目前則尚未出現研究專著，但亦有數篇期刊或學位論文可以參考，茲列於下。

二、期刊論文與學位論文

目前清初前期話本小說的研究者眾，分析的面向多又廣。在此筆者以本書的研究對象——《無聲戲》系列、《十二樓》、《豆棚閒話》、《照世盃》、《十二笑》與《二刻醒世恆言》這六部書為主題分類，檢視這些作品的相關文獻回顧。至於李漁作品的部分，則盡量集中在喜劇性研究的概況，與喜劇性不相關的討論暫不列於此：

（一）李漁《無聲戲》與《十二樓》的喜劇性研究現況

首先單錦珩的〈李漁研究資料選輯〉〔註60〕與〈李漁研究論著索引〉〔註61〕這兩篇文章提供相當程度的貢獻，前者選錄李漁生前至一九四九年，前人關於李漁的評論，裡頭記載清人評論李漁名噪一時的紀錄，也能從清人的評述中看見關於李漁詼諧喜劇的正負評價。而〈李漁研究論著索引〉則記載著一九

〔註56〕譬如沈新林的《李漁與無聲戲》（瀋陽：遼寧教育出版社，1992年）、黃強的《李漁研究》（杭州：浙江古籍出版社，1996年）、張曉軍的《李漁創作論稿：藝術的商業化與商業化的藝術》（北京：文化藝術出版社，1997年）等都是九○年代表的李漁研究專著。

〔註57〕黃果泉：《雅俗之間——李漁的文化人格與文學思想研究》（北京：中國社會科學出版社，2004年）。

〔註58〕張春樹、駱雪倫著 王湘雲譯：《明清時代之社會經濟巨變與新文化——李漁時代的社會與文化及其現代性》（上海：上海古籍出版社，2008年）。

〔註59〕胡元翎：《李漁小說戲曲研究》（北京：中華書局出版社，2004年）。

〔註60〕詳見《李漁全集》第十九卷（杭州：浙江古籍出版社，1992年），頁307～349。

〔註61〕詳見《李漁全集》第二十卷（杭州：浙江古籍出版社，1992年），頁441～474。

二四年到一九七〇年以前的七十八篇研究論文索引，當時李漁話本小說的討論只有五篇〔註62〕。到了九〇年代，李漁研究單篇論文，關於話本小說的論文至少佔了四分之一，與之前相比已進步許多。〔註63〕尤其九〇年代還出現一些李漁小說與他人著作比較的論文，譬如韓希明的〈千種調笑 百樣滋味——《聊齋志異》與李漁短篇小說的喜劇性比較談〉〔註64〕、秦川的〈李漁《十二樓》與吳敬梓《儒林外史》的諷刺藝術之比較〉〔註65〕與陳函蓉〈機智的故事：薄伽丘與李漁小說之比較〉〔註66〕，這三篇將李漁小說與其他著作比較的論文，全都具有一個共通性，他們都聚焦於李漁話本小說中的諷刺、機智等喜劇性特質。顯見李漁話本小說中無法忽視的喜劇性，已明顯受到關注。

目前學界分析李漁話本小說常從傳播情況、小說與戲劇比較、人物分析、敘事表現、人格思想等幾個層面探討。李漁話本小說的喜劇性也有多面向的探討，譬如駱玉明的〈李漁小說的荒誕之趣〉〔註67〕、李瑞豪的〈反諷：李漁的懷疑精神——論李漁短篇小說中的反諷色彩〉〔註68〕與徐凱的〈懲勸與娛樂——李漁小說喜劇化的內在精神研究〉〔註69〕等。針對李漁話本小說的喜劇性討論，則有呂依嬙的〈機趣、戲謔、新詮釋——論李漁《無聲戲》的性別書寫〉〔註70〕她認爲李漁雖然運用喜劇性的創作手法，頻繁提出新穎的性別議題，卻仍深受其傳統意識的侷限；徐志平的〈李漁話本小說的創新意

〔註62〕其中最早也最完整的學術性文章，應屬三〇年代孫楷第的兩篇論文：〈李笠翁著《無聲戲》即《連城壁》解題〉與〈李笠翁與《十二樓》——亞東圖書館重印《十二樓》序〉，他全文詳盡考證李漁的生平與作品版本，並給予李漁話本小說極高的評價：「說到清朝的短篇小說，除了笠翁以外，真是沒有第二人了。」

〔註63〕筆者統計胡元翎收錄的李漁研究資料裡，1990～1999年單篇論文共132篇，其中與話本小說相關的至少有30篇，至少佔全部研究的四分之一。

〔註64〕韓希明：〈千種調笑 百樣滋味——《聊齋志異》與李漁短篇小說的喜劇性比較談〉，《鎮江師專學報（社會科學版）》，1995年第4期，頁12～14、頁20。

〔註65〕秦川：〈李漁《十二樓》與吳敬梓《儒林外史》的諷刺藝術之比較〉，《九江師專學報》1997年第1期。

〔註66〕陳函蓉：〈機智的故事：薄伽丘與李漁小說之比較〉，《中國比較文學》1999年03期。

〔註67〕駱玉明：〈李漁小說的荒誕之趣〉，《古典文學知識》1999年第5期，頁58～61。

〔註68〕李瑞豪：〈反諷：李漁的懷疑精神——論李漁短篇小說中的反諷色彩〉，《信陽師範學院學報》，2004年第3期，頁105～108。

〔註69〕徐凱：〈懲勸與娛樂——李漁小說喜劇化的內在精神研究〉，《浙江師範大學學報》，2004年第1期，頁30～33。

〔註70〕呂依嬙：〈機趣、戲謔、新詮釋——論李漁《無聲戲》的性別書寫〉，《中極學刊》第3期，2003年12月，頁91～113。

識及其解構〉〔註 71〕則分析李漁在小說中自覺創新意識的建構，卻又進行自我解構的現象等。學位論文則有劉蓮英的〈論李漁小說「機趣」藝術〉〔註 72〕、張健的〈試論李漁白話短篇小說的喜劇特色〉〔註 73〕與徐菲菲《李漁短篇小說中的娛樂精神》〔註 74〕等。顯然李漁生前便高舉旗幟的喜劇理念，已得到後世研究者熱烈關注。大家紛紛從李漁的社會定位、思想模式、形式等各部份，全面地探討李漁話本小說的喜劇性。

這些研究，使李漁話本小說喜劇性詮釋已得到豐富且多面向的解讀，無可避免將李漁的喜劇特色都快說完了，不過大部分的論文多半先與李漁的戲曲理論、說過的理論爲基準，再與他的小說創作相比較，最後肯定或批判李漁的喜劇價值。卻忽略了小說的創作順序，往往是先進行創作，之後才擁有屬於自己的創作觀與創作原則。筆者認爲最能純粹呈現作者意圖的，並非李漁後來在《閑情偶寄》說的喜劇理論，而是隱藏在故事裡的敘事習慣、情節設計與人物安排。故筆者企圖從文本的細讀開始，以現象學的角度，先從故事中重複出現的喜劇性表現歸納他的寫作習慣，並將他視爲清初前期喜劇作家群的代表，分析他的喜劇創作心理。雖然他無法代替全部的喜劇作家群，但他也是這一批喜劇性作品當中，唯一擁有詳盡個人資料的作家了。

（二）艾衲居士《豆棚閒話》的喜劇性研究現況

清順治時期問世的艾衲居士《豆棚閒話》，全書共十二則故事，因爲其敘事手法跳脫過往話本小說裡由一位說書人敘述到底的窠臼，而是作者虛構在一個清平時節、閒暇午後的平凡豆棚底下，從老人、年輕人等各種無名百姓，接力說著自己的所見所聞。因爲敘事方式極爲創新、故事題材也故意翻案史實、嘲諷古人，所以頗受矚目。譬如張博的〈閒話與史實——關於《豆棚閒話》對歷史事實的解構〉〔註 75〕一文，將故事提到的歷史事件與正統的史料相比對，企圖找出作者創作的解構意圖；而王一鑫的〈論

〔註 71〕徐志平：〈李漁話本小說的創新意識及其解構〉，成功大學文學院主辦：第四屆文學藝術與創意研發學術研討會論文，2008 年 6 月。

〔註 72〕劉蓮英：《論李漁小說「機趣」藝術》，鄭州大學古代文學碩士論文，2001 年。

〔註 73〕張健：《試論李漁白話短篇小說的喜劇特色》，曲阜師範大學古代文學碩士論文，2001 年。

〔註 74〕徐菲菲：《李漁短篇小說中的娛樂精神》，安慶師範學院中國古代文學碩士論文，2012 年 6 月。

〔註 75〕張博：〈閒話與史實——關於《豆棚閒話》對歷史事實的解構〉，《文學與文化》2012 年第 4 期，頁 52～59。

《豆棚閒話》的複調敘事〉〔註 76〕則分析在說書者與聽眾的雙重關係；至於《豆棚閒話》的喜劇性研究，筆者則參考陳怡安的〈神聖的戲仿——試論艾衲居士編《豆棚閒話》中的喜劇人物〉〔註 77〕，文中細緻討論收錄三篇歷史翻案的歷史人物的戲仿與降格書寫；郭瑋的〈《豆棚閒話・空青石蔚子開盲》的荒誕意味〉〔註 78〕則肯定了《豆棚閒話》荒誕藝術及其象徵表現。學位論文部分，張永葳的《〈豆棚閒話〉話中有思的個性文本》〔註 79〕裡認爲《豆棚閒話》是寓言化的敘事策略，並通過調侃與戲擬表達其中的隱喻；另外還有李世珍的《艾衲居士豆棚閒話研究》〔註 80〕與黃巧倩的《豆棚閒話敘事藝術及其在白話短篇小說中的意義》〔註 81〕等，都於敘事部分強調了《豆棚閒話》的獨特之處。

（三）酌元（玄）亭主人《照世盃》的喜劇性研究現況

《照世盃》全書僅有四則故事，雖然篇數少，但其深刻的諷喻與詼諧手法，並沒有被忽略。蔡國梁的〈從《照世盃》到《躋春台》〉就認爲其內容諷刺明末儒生的諸多面向，對清諷刺文學發展有推波助瀾的作用〔註 82〕，目前期刊論文有徐志平的〈清初話本《照世盃》研究〉〔註 83〕，文中討論《照世盃》在話本形式、內容取材的獨特之處，更肯定其諷刺手法的高明。學位論文則有張君的《照世盃研究》〔註 84〕，他在最後一章將《照世盃》與李漁的小說、《儒林外史》等文學作品相比，討論兩者間的喜劇與諷刺性。《照世盃》常與其他作家作品並列討論，如高桂惠的〈明清小說遊戲觀的辯證——以《十

〔註 76〕王一鑫：〈論《豆棚閒話》的複調敘事〉，《重慶科技學院學報》2013 年第 8 期。
〔註 77〕陳怡安：〈神聖的戲仿——試論〔艾衲居士編〕《豆棚閒話》中的喜劇人物〉，《興大人文學報》第 48 期，2012 年 3 月，頁 61～85。
〔註 78〕郭瑋：〈《豆棚閒話・空青石蔚子開盲》的荒誕意味〉，《江西教育學院學報》第 33 卷第 6 期，2012 年 12 月，頁 95～97。
〔註 79〕張永葳：《〈豆棚閒話〉話中有思的個性文本》，湖南師範大學中國古代文學碩士論文，2011 年 6 月。
〔註 80〕李世珍：《艾衲居士豆棚閒話研究》，東海大學中國文學研究所碩士論文，1988 年。
〔註 81〕黃巧倩：《豆棚閒話敘事藝術及其在白話短篇小說中的意義》，暨南大學中國語文學系碩士論文，1999 年。
〔註 82〕蔡國梁：〈從《照世盃》到《躋春台》〉，《明清小說探幽》（杭州：浙江文藝出版社，1985 年 12 月），頁 212。
〔註 83〕徐志平：〈清初話本《照世盃》研究〉，《中國文學研究》第 6 期，1992 年，頁 181～206。
〔註 84〕張君：《照世盃研究》，蘇州大學中國古代文學碩士論文，2007 年 5 月。

二樓》、《照世盃》爲起點的討論〉〔註 85〕則從文人遊戲化的書寫策略分析《十二樓》與《照世盃》。學位論文則有張秋華的《《醉醒石》、《照世盃》、《警寤鐘》比較研究》〔註 86〕等。

（四）心遠主人《二刻醒世恆言》的喜劇性研究現況

心遠主人的《二刻醒世恆言》共二十四則故事，這部小說有許多翻案或者再行延伸的新創歷史，也有鬼神題材之作。目前能找到的專題論文分別是大陸學者侯忠義的〈論《二刻醒世恆言》〉〔註 87〕與臺灣洪靜芳的〈《二刻醒世恆言》初探〉〔註 88〕，兩篇皆屬全面性的討論，也有談到故事中反諷的喜劇性特色，譬如洪靜芳的〈《二刻醒世恆言》初探〉便肯定此書透過反諷的技巧，別有用意的借事批判等。

（五）墨憨齋主人《十二笑》的喜劇性研究現況

《十二笑》全名爲《墨憨齋主人新編十二笑》，今僅存六回，內容也多有缺損。目前筆者找到的相關研究僅有作家考證的討論，如吳小珊的〈清初「墨憨齋主人」爲馮夢龍後人——馮焴考〉〔註 89〕認爲清初的墨憨齋主人實爲馮夢龍的後人馮焴。僅見前賢論及清初話本小說時的舉例評論，目前並未發現針對文本分析的專題論文〔註 90〕，更遑論喜劇性研究。然而《十二笑》現存這六則故事，生動表現人類耽溺慾望時的種種面貌，多以誇張、漫畫式的手法描寫人物貪嗔癡的各種糗態，喜劇性其實相當突出，值得探究。

目前與本書性質最接近的學位論文，應屬萇瑞松的《明清易代之際話本

〔註 85〕高桂惠：〈明清小說遊戲觀的辯證——以《十二樓》、《照世盃》爲起點的討論〉收錄至林明德、黃文吉策畫：《臺灣學術新視野：中國文學之部（二）》（臺北：五南書局，2007 年），頁 1067～1086。

〔註 86〕張秋華：《《醉醒石》、《照世盃》、《警寤鐘》比較研究》，臺灣師範大學國文學系碩士論文，2008 年。

〔註 87〕侯忠義：〈論《二刻醒世恆言》〉，《明清小說研究》，1988 年第 2 期，1988 年 4 月，頁 279～284。

〔註 88〕洪靜芳：〈《二刻醒世恆言》初探〉，《東海大學圖書館館訊》第 114 期，2011 年 3 月，頁 36～49。

〔註 89〕吳小珊：〈清初「墨憨齋主人」爲馮夢龍後——馮焴考〉，《明清小說研究》第 84 期，2007 年，頁 188～193。

〔註 90〕譬如歐陽代發肯定《十二笑》的第四回〈快活翁偏惹憂愁〉，他覺得是篇頗具特色的愛情故事（見歐陽代發《話本小說史》，頁 429）徐志平則覺得第五回的〈溺愛子新喪邀串戲〉裡頭誇張的手法在嘻笑怒罵間透露出深沉的悲痛等等（見徐志平：《清初前期話本小說之研究》，頁 480）。

小說敘事話語的反思》〔註91〕的其中一章「諧謔話語」，論文中將中國的喜劇脈絡爬梳得相當清楚，對於明清之際幾部小說如李漁、艾衲居士的作品也有所見解，將明清之際的思潮發展完整結合諧謔話語。本書的方向則主要透過文本內容普遍呈現的喜劇性現象，集中探討喜劇性的手法，並從中分析其中的文化社會訊息。

綜上所述，除了李漁的話本小說以外，其餘作品的喜劇性研究都還有很大的討論空間。雖然其他作品在作者部分無法像李漁的資料如此全面，但是透過小說留下來的時代訊息，定能帶給我們更多不同的驚喜。

第三節　研究方法與步驟

本書的研究方法，採取以下幾個面向：

一、文獻的蒐集與歸納

研究的基本功夫爲文本細讀，故完整地蒐集文本是本書研究的第一步驟，本書徵引小說內容的文獻資料，除李漁作品徵引主要以浙江古籍出版社的《李漁全集》〔註 92〕以外，其他小說專書則將綜合參閱上海古籍出版社編印的《古本小說集成》系列、江蘇古籍出版社的《中國話本大系》系列所收錄的版本爲主，而作品的版本存目、缺漏等問題，則綜合參閱孫楷第《中國通俗小說書目》〔註 93〕、胡士瑩《話本小說概論》〔註 94〕、歐陽代發《話本小說史》〔註95〕、徐志平《清初前期話本小說之研究》〔註96〕以及王慶華《話本小說文體研究》〔註 97〕等研究前賢的考證結果。另外，筆者也將閱讀記載

〔註91〕萇瑞松：《明清易代之際話本小說敘事話語的反思》，中興大學中國文學博士論文，2013 年。

〔註92〕《李漁全集》第八卷將《無聲戲》與《連城璧》兩書同時收入，分別以日本尊經閣文庫所藏《無聲戲》刻本及汲古書院影印佐伯市圖書館所藏《連城璧》刻本爲底本，兩書互校之外，再校北京大學圖書館藏《無聲戲合集》和大連圖書館所藏抄《連城璧》抄本，也較無缺漏之憾（杭州：浙江古籍出版社，1992 年）。

〔註93〕孫楷第：《中國通俗小說書目》（北京：人民文學出版社，1982 年）。

〔註94〕胡士瑩：《話本小說概論》（臺北：丹青圖書公司，1983 年）。

〔註95〕歐陽代發：《話本小說史》（武漢：武漢出版社，1994 年 5 月）。

〔註96〕徐志平：《清初前期話本小說之研究》（臺北：臺灣學生書局，1998 年 11 月）。

〔註97〕王慶華：《話本小說文體研究》（上海：華東師範大學出版社，2006 年 10 月）。

清初政治、社會、經濟等各種制度文化的歷史文獻，以期能盡量還原清初時期的時代背景。

二、理論的運用

本書旨在研究清初前期話本小說的「喜劇性」，故與論文緊密相關的西方喜劇理論，也是本書參考的重點，以下試舉佛洛伊德（Sigmund Freud，1856年～1939年）以及巴赫金（M.M. Bakhtin，1895年～1975年）的說法爲例，簡要說明西方喜劇理論能夠詮釋中國清初前期話本小說的依據：

（一）西格蒙德・佛洛伊德（Sigmund Freud，1856年～1939年）

佛洛伊德在《夢的解析》之後出版《詼諧與潛意識的關係》，他從潛意識的精神分析角度解釋人類進行詼諧行爲時的技巧、目的與心理起因等。〔註98〕這本著作分爲分析、綜合與理論三部份，因主要探討人類運作詼諧時的潛意識狀態，所以很多地方都能呼應清初前期話本小說作家的創作意識，譬如他說：「只有當我們進入到一個由受過更好教育的人們組成的社會時，詼諧的正規化條件才會起作用，也只有在這樣的社會裡，淫言穢語才會變成詼諧。」〔註99〕另外他又說：「人們特別喜歡用傾向性詼諧來攻擊抑或批評那些自稱爲權貴的顯貴們。因此，詼諧變成了一種抵制這種權威並逃避其壓力的手段。」〔註100〕清初前期話本小說的作家群，大都是具有一定的教育水平、但在仕途上受挫的士人，而本書的研究對象，更有不少介於淫穢與詼諧之間的敘述，或許透過佛洛伊德的說法再結合小說文本的分析，能成爲深刻有力的依據，更好掌握作家創作心態。

（二）米哈伊爾・米哈伊洛維奇・巴赫金（M.M. Bakhtin，1895年～1975年）

關於文學語言所產生的喜劇性，俄國文學評論家巴赫金的「對話理論」（dialogism）也非常具有參考價值。巴赫金主要探討對話語言的意義，譬如他

〔註98〕【奧】佛洛伊德著 彭舜、楊韶剛譯：《詼諧與潛意識的關係》（臺北：胡桃木文化出版社，2007年2月），頁29。

〔註99〕【奧】佛洛伊德著 彭舜、楊韶剛譯：《詼諧與潛意識的關係》（臺北：胡桃木文化出版社，2007年2月），頁143。

〔註100〕【奧】佛洛伊德著 彭舜、楊韶剛譯：《詼諧與潛意識的關係》（臺北：胡桃木文化出版社，2007年2月），頁148。

提出的嘉年華式狂歡（carnivalesque），狂歡節的核心是民間文化、大眾文化對肉體感官慾望的私揚，和對神學、形而上學的顛覆和嘲弄〔註 101〕。此時使用的語言是讚美與詛咒並舉，在廣場上親暱笑罵，打破人與人之間的階級與隔閡，形成雙重的曖昧性。〔註 102〕另外，他也認爲人類身體各部位的價值等級——身體的上半部要比下半部高貴。所以當丑角人物突出自己的身體下部，也意味由下對上、與專制社會由上對下這種價值體系相反的顛覆效果。〔註 103〕在研讀這一系列喜劇性風格強烈的作品時，就有不少故事都具備眾聲喧嘩或者突出下半身的表現。譬如李漁的《無聲戲》就有多篇故事呈現看客議論紛紛、圍在主角周圍亂出主意最後使情節走向變調的滑稽場面，再如《照世盃》也有以下半身屎尿爲關鍵情節的詼諧表現。這些市井情態，筆者認爲，運用巴赫金的對話理論與軀體理論，可以更切實探討小說中的話語及人物動作的喜劇性。

西方學者的理論深入且精闢，本書在分析文本時也必須借重這些說法。但這些理論卻還是有所侷限，所以朱光潛（1897 年～1986 年）的《文藝心理學》曾經批評喜劇的各種學說：

> 他們都是，他們也都不是。他們都是，因爲他們都含有幾分眞理，都各能解釋一部分的事實。他們都不是，因爲他們都想把片面的眞理當作全部的眞理，都想把喜劇複雜的事例納在一個很簡短的公式裡。〔註 104〕

喜劇其實有多種樣貌，讓人發笑的原因也各式各樣。本章所列的六本話本小說，嚴格來說他們已是最符合西方喜劇性定義的清初前期話本小說專集。譏笑醜怪、顛覆歷史、滑稽誇張，充滿各種撕裂醜惡、虛僞的面具等。然而這些喜劇元素生成都不是單一學者單一理論就能概括的。柏格森的「機械說」、霍布士的「鄙夷說」、康德的「期待落空說」、佛洛伊德的「節省心力說」、巴赫金的「眾聲喧嘩」等，這些說法都傾向將讓人發笑的原因與動機套入單一的規則裡，雖然極具參考價值，卻無法概括全部的喜劇。故本書除了參考這

〔註 101〕劉康：《對話的喧聲——巴赫汀文化理論述評》（臺北：麥田出版社，1995 年 5 月），頁 266。

〔註 102〕劉康：《對話的喧聲——巴赫汀文化理論述評》（臺北：麥田出版社，1995 年 5 月），頁 282。

〔註 103〕秦勇：《巴赫金軀體理論研究》（北京：中國社會科學出版社，2009 年 5 月），頁 177。

〔註 104〕朱光潛：《文藝心理理論》（新北：頂淵文化事業有限公司，2003 年），頁 353。

些喜劇理論以外，還是以小說文本呈現的喜劇特色爲主，從這些被認爲輕薄調笑的喜劇性話本中，尋找到他們各自不同的喜劇特色。

除了喜劇性的相關理論以外，本書在分析文本的敘事結構時，也會引用敘事學的相關論述，並嘗試以接受美學、文學社會學等角度，分析這批話本小說作家的創作思維與寫作策略。畢竟喜劇與笑的成因實在太過複雜，透過意圖使人發笑的文學文本，其背後還得仰賴與讀者共同擁有的體悟、情緒與社會經驗才能共同完成喜劇目標。

三、文本的闡釋與歸納分析

要達成完善的研究成果，除了文獻蒐集與參照理論之外，最重要的還是回歸到文本的闡釋與分析上。故本書的研究方法最終都將導回文本，對文本做出有效的解讀與闡釋。希望能透過文本的闡釋，掌握喜劇性在清初前期話本小說發展的脈絡、特色，並歸納作品中重複出現的思想概念、言語形式，進一步分析其內在蘊涵。

本書的研究步驟，先透過第一章緒論建立喜劇性的觀念與文本喜劇性的篩選標準，之後再將六部話本小說突出的喜劇性表現大致上進行分類之後分章處理。這種分類方法雖無法全面地涵蓋作品的細節，但是能扼要凸顯每部作品的喜劇特殊之處，且每本著作都能得到充分的分析與討論而不失衡。至於討論到各書之中的同異處，仍會跨越章節彼此參照比較。

本書研究過程必須配合文本閱讀，從各作品中尋找重複、明顯的喜劇呈現，進而推敲其外顯的表現手法與表現型態，最後才能試著還原其喜劇創作企圖傳達的精神。然而喜劇性呈現在我們面前的不是抽象、赤裸裸的本質，而是透過各種豐富生動、具體可感的喜劇型態如「機智」、「反諷」、「滑稽」、「怪誕」、「荒誕」、「幽默」等來表現。〔註 105〕

可笑性與審美判斷的抽象感受，也只有透過具體的喜劇型態，方能深入理解喜劇主客體之間的連結關係。所以在進行各章論述時，筆者都會選擇一到兩種突出的喜劇型態作爲喜劇性的辨識特徵。本書大致將各部小說突出的喜劇性找到機智、滑稽、荒誕、反諷等表現型態。必須強調的是，這些「型態」，本身就獨立存在，他們不全然是喜劇的產物，而是當他們發

〔註 105〕佴榮本本著：《文藝美學範疇研究——論悲劇與喜劇》（南京：南京大學出版社，2002 年 10 月），頁 161。

揮強大的作用時，不約而同都能產生喜劇性，當能讓人產生各式各樣的可笑感受時，他們就更引人入勝了。〔註 106〕然而當他們表現於文本之中時，他們彼此之間看似不同，卻又互為表裡。譬如「滑稽」的表象是刻意忽略內在思想情感，而聚焦在人物誇張不協調的身體舉動。這種不協調的誇張行為，往往讓人覺得故事人物的努力實在可笑多餘，瞬間湧起「荒誕」而啞然失笑的感受。「反諷」也是透過表層意義的否定來達到似是而非的諷刺批判，在節省情感、智性取勝的角力現場，也蘊含著作家的「機智」。這樣的分類實乃必要之惡，我們只有細究各種表現型態與精神內涵，最後才能還原喜劇內在的豐富與多元訊息。

第四節　研究範圍

本書主要為文本內容研究，而所列文本分別為李漁的短篇小說《無聲戲》、《無聲戲合集》、《連城璧》與《十二樓》；還有艾衲居士的《豆棚閒話》；心遠主人的《二刻醒世恆言》；墨憨齋主人的《十二笑》；以及酌玄亭主人的《照世盃》，除了李漁的小說以外，其餘話本小說版本問題不大，均以上海古籍出版社編印的的《古本小說集成》為主要研究底本，若遇錯字缺頁問題將會在分析文本時，附註說明。唯有李漁的《無聲戲》、《無聲戲合集》與《連城璧》的篇目著述多有重疊。因《連城璧》後出，故引文時仍以《無聲戲》的篇名為主，如《無聲戲．醜郎君怕嬌偏得艷》同時也是《連城璧．美婦同遭花燭冤　村郎偏想溫柔福》，論述時將會選擇〈醜郎君怕嬌偏得艷〉之題分析之〔註 107〕。另外，為了與李漁其他文獻著述來源一致，李漁小說的版本選擇浙江古籍出版社的《李漁全集》為主。表 1－4－1 為本書的主要研究範圍：

〔註 106〕譬如 D.C Muecke 曾說：「有些反諷的喜劇成份少而令人難過的成份多，可是如果反諷同時具備令人難過和喜劇的效果時，則他便愈能表達反諷的效果，愈能引人入勝」（收錄在顏元叔主譯：《西洋文學術語叢刊》（上）（臺北：黎明文化出版社，1978 年 2 月再版），頁 351。

〔註 107〕《連城璧》與《連城璧外集》共十八回故事中，有十二篇與《無聲戲》故事相同，《連城璧》的題目，附於表 1－4－1 右欄以供參照。

表 1－4－1：清初前期喜劇性話本小說篇目

李漁《無聲戲》系列	無聲戲序		
	第一回	醜郎君怕嬌偏得豔	同《連城壁》第五回美婦同遭花燭冤 村郎偏享溫柔福
	第二回	美男子避惑反生疑	同《連城壁》第三回清官不受扒灰謗 義士難伸竊婦冤
	第三回	改八字苦盡甘來	同《連城壁》第二回老星家戲改八字 窮皂隸突發萬金
	第四回	失千金福因禍至	同《連城壁》第六回遭風遇盜致奇贏 讓本還財成巨富
	第五回	女陳平計生七出	同《連城壁外編》第二回落禍坑智完節操 借仇口巧播聲名
	第六回	男孟母教合三遷	同《連城壁外編》第一回嬰眾怒捨命殉龍陽 撫孤煢全身報知己
	第七回	人宿妓窮鬼訴嫖冤	同《連城壁》第四回待詔喜風流攢錢贖妓 運弁持公道捨米追贓
	第八回	鬼輸人活人還賭債	同《連城壁外編》第五回受人欺無心落局 連鬼騙有故傾家
	第九回	變女爲兒菩薩巧	同《連城壁外編》第六回仗佛力求男得女 格天心變女成男
	第十回	移妻換妾鬼神奇	同《連城壁》第十回吃新醋正室蒙冤 續舊歡家堂和事
	第十一回	兒孫棄骸骨僮僕奔喪	同《連城壁》第十一回重義奔喪奴僕好 貪財殞命子孫愚
	第十二回	妻妾抱琵琶梅香守節	同《連城壁》第八回妻妾敗綱常 梅香完節操
	第一回	譚楚玉戲裡傳情 劉藐姑曲終死節	一、三、七、九、十二回是《連城壁》新增小說
	第三回	乞兒行好事 皇帝做媒人	
	第七回	妒妻守有夫之寡 懦夫還不死之魂	
	第九回	寡婦設計贅新郎 眾美齊心奪才子	

李漁《無聲戲》系列	第十二回	貞女守貞來異謗 朋儕相虐致奇冤	
	睡鄉祭酒	連城璧序	
	卷之三	說鬼話計賺生人 顯神通智恢舊業	卷之三為《連城璧外編》新增小說
李漁《十二樓》	十二樓序 （鍾離濬水）		
	第一卷	合影樓	
	第二卷	奪錦樓	
	第三卷	三與樓	
	第四卷	夏宜樓	
	第五卷	歸正樓	
	第六卷	萃雅樓	
	第七卷	拂雲樓	
	第八卷	十卺樓	
	第九卷	鶴歸樓	
	第十卷	奉先樓	
	第十一卷	生我樓	
	第十二卷	聞過樓	
艾衲居士《豆棚閒話》	弁言		
	第一則	介之推火封妒婦	
	第二則	范少伯水葬西施	
	第三則	朝奉郎揮金倡霸	
	第四則	藩伯子破產興家	
	第五則	小乞兒眞心孝義	
	第六則	大和尚假意超升	
	第七則	首陽山叔齊變節	
	第八則	空青石蔚子開盲	
	第九則	漁陽道劉健兒試馬	

艾衲居士《豆棚閒話》	第十則	虎丘山賈清客聯盟
	第十一則	党都司死梟生首
	第十二則	陳齋長論地談天
	敘（天空嘯鶴）	
心遠主人《二刻醒世恆言》	上函 第一回	琉球國力士興王
	第二回	高宗朝大選群英
	第三回	九烈君廣施柳汁
	第四回	世德堂連雙並秀
	第五回	棲霞嶺鐵檜成精
	第六回	桃源洞矯廉服罪
	第七回	三世讎人面參禪
	第八回	張一索惡根果報
	第九回	睡陳摶醒化張乖崖
	第十回	五不足觀書證道
	第十一回	死南豐生感陳無已
	第十二回	慶平橋色身作孽
	下函第一回	假同心桃園冒結義
	第二回	錯赤繩月老誤姻緣
	第三回	猛將軍片言酬萬戶
	第四回	窮教讀一念贈多金
	第五回	黑心街小戲財神
	第六回	龍員外善積遇仙
	第七回	眞廉訪明鏡雪奇冤
	第八回	李判花糊塗召非禍
	第九回	新豐市名揚豹略
	第十回	崑崙圃弦續鸞膠
	第十一回	申屠氏報仇死節
	第十二回	雪照園綠衣報主

墨憨齋主人《十二笑》	笑引	
	第一笑	癡愚女遇癡愚漢
	第二笑	昧心友賺昧心朋
	第三笑	憂愁婿偏成快活
	第四笑	快活翁偏惹憂愁
	第五笑	溺愛子新喪邀串戲
	第六笑	賭身奴翻局替燒湯
酌玄亭主人《照世盃》	第一卷	七松園弄假成眞
	第二卷	百和坊將無作有
	第三卷	走安南玉馬換猩絨
	第四卷	掘新坑慳鬼成財主

上述小說，共計七十六則話本小說，雖然內中少數幾則故事的喜劇性不強烈。然不影響全書的整體諧趣風格，故仍屬本書的研究範圍。

第五節 清初話本小說的喜劇性成因與現象

在本書進入清初前期話本小說的喜劇性研究之前，必須先了解中國傳統喜劇文學發展的脈絡。話本小說會在清初前期，出現喜劇性集中書寫的情況發生，其緣由不純粹是單一作家的精神思想抒發，而是整體社會面臨傳統與變異的思潮風氣、創作風格的延續與擴展，方能成就這股現象。所以，本節將簡要整理中國敘事傳統的喜劇性演進過程，接著從明代通俗小說的喜劇性開始說起，為清初前期話本小說的喜劇性文本建立較清晰的背景脈絡。

一、清初之前：喜劇是諷諫勸善的手段

古代中國並不像古希臘民族那樣，發展出具體的喜劇觀念，對於喜劇性的文學也不重視。中國人普遍認同樂天知命、安分守己的生活哲學，以含蓄知足為美。再加上儒教思想的長久薰陶，文人恪守「生於憂患，死於安樂」〔註108〕等君子處世教條，成為他們思想情緒的桎梏，所以在創作中並不容易表現出有違君子身分的笑謔姿態。如閻廣林所言：

〔註108〕【戰國】孟軻著【清】焦循疏：《孟子正義·告子下》（合肥：黃山書社，「中國基本古籍庫」影清嘉慶道光焦氏叢書本，2009年）。

> 由於封閉性的農業生產，以土地資源爲安身立命之本，因而便把人們牢牢地束縛在土地上，使他們靠山吃山，靠水吃水；而且農業文明的宗法性，又把人們牢牢地束縛在人際關係上……這種現實的二重影響，極其容易培育起古代中國人對大自然，對社會群體的依賴心理，而且這種現實的依賴心理爲思想上的偶像崇拜提供了可能性的基礎。所以，我們在關於夏商周的歷史傳說中可以看到，人們崇拜黃河以及自然界的一切龐大、雄偉的事物，……同時人們也崇拜統一氏族的堯、舜，治理黃河的鯀、禹這些偉大的英雄，把他們當做超現實的偶像來敬仰，……顯然這種偶像崇拜天然地扼殺著喜劇精神，它使人們強烈地感到自己的渺小，完全地喪失主體意識，毫無謔浪笑傲的可能。〔註 109〕

因爲以農立國、宗法制度的影響，使中國人對於神權、君權、父權有著特別的敬畏與敬仰。社會仰賴這種體系來維持秩序的穩定，透過政治權威來保障整體的和諧。文人階層與國家緊密連結，文學也就無法與文以載道、經世致用的思想切割了，如此更壓抑著喜劇的創作空間。

然而中國也不是完全沒有喜劇，在政治控制力下降之時，當時局混亂、制度動搖，統治階級無暇顧及的朝代，文人就能獲得較爲寬鬆自由的思辯空間，也較易被外在環境刺激進而產生各式各樣以詼諧、機智來表達個人理念的敘事作品。他們通常能透過有趣的寓言，發揮其中教育或諷諫的作用。像先秦諸子的著述中就有許多接近喜劇性的寓言，譬如《莊子》的「東施效顰」〔註 110〕；《孟子》的「揠苗助長」〔註 111〕；《呂氏春秋》的「刻舟求劍」〔註 112〕；《韓非子》的「濫竽充數」〔註 113〕、「守株待兔」〔註 114〕等等，都是耳

〔註 109〕閻廣林：《笑：矜持與淡泊——中國人喜劇精神的內在特徵》（北京：國際文化出版公司，1989 年 9 月），頁 9～10。

〔註 110〕【戰國】莊周著：《莊子・外篇・天運》（合肥：黃山書社，「中國基本古籍庫」影四部叢刊明世德堂刊本，2009 年）。

〔註 111〕【戰國】孟軻著【清】焦循疏：《孟子正義・公孫丑上》（合肥：黃山書社，「中國基本古籍庫」影清嘉慶道光焦氏叢書本，2009 年）。

〔註 112〕【戰國】呂不韋著：《呂氏春秋・愼大覽・察今》（合肥：黃山書社，「中國基本古籍庫」四部叢刊影明刊本，2009 年）。

〔註 113〕【戰國】韓非子著【清】王先愼集解：《韓非子集解・內儲說上》（合肥：黃山書社，「中國基本古籍庫」影清光緒二十二年刻本，2009 年）。

〔註 114〕【戰國】韓非子著【清】王先愼集解：《韓非子集解・五蠹》（合肥：黃山書社，「中國基本古籍庫」影清光緒二十二年刻本，2009 年）。

熟能詳的寓言故事，都表現缺乏自知之明的各種人物，如何用錯誤的方式做出荒唐之事。先秦諸子將可笑的故事當作自己論述中的反面例子，藉以警惕人們容易自陷的執著與迷惘。

南北朝的《世說新語》品評人物，也生動記載當時文人可笑的樣貌，如〈儉嗇篇〉的王戎賣李鑽核的吝嗇〔註115〕，〈忿狷篇〉王藍田憤食雞子的暴躁〔註116〕。都爲這些文人留下扁平刻板的喜劇形象，也極具警惕與諷刺性。

除了文人階層以外，宮中也有藝人俳優，以滑稽表演取悅君主。司馬遷（西元前145年～前86年）曾在《史記・滑稽列傳》裡舉優孟談言微中，以談笑模仿的方式諷諫秦王之事，肯定「談言微中，亦可以解紛」的功能〔註117〕，在劉勰（465年～532年）的《文心雕龍》，對於諧隱的觀念也更加具體：

> 諧之言皆也，辭淺會俗，皆悅笑也……及優旃之諷漆城，優孟之諫葬馬，並譎辭飾說，抑止昏暴。是以子長編史，列傳滑稽，以其辭雖傾回，意歸義正也。〔註118〕

古代俳優，如優孟、優旃、優施等藝人，在宮中以逗趣的表演讓君王解頤，並從中寄寓諷諫，這種詼諧的弄臣表演，看似迂迴但「意歸義正」，有他們委婉的諷諫與政治功能。於是我們可以看見中國各朝代的宮廷裡，一直存在逗趣詼諧的喜劇表演，甚至影響民間。譬如唐代民間頗爲流行的參軍戲，曾永義就說：

> 「參軍戲」原是宮廷優戲，起於東漢和帝之戲弄贓官，上承漢代角觝遺風，而定名於後趙石勒。入唐而一變爲假官戲，用作諷諫與笑樂。……宋雜劇在宮廷或官府的演出，純出笑樂的幾乎沒有，大抵是寓諷諫於滑稽，而從文獻記載與田野考古資料多起印證，可知民間雜劇之盛行，已成日常娛樂。〔註119〕

原先「參軍戲」主要是滑稽模仿貪官藉以譏刺的「小戲」，此戲種從宮廷流入到民間，在宋代民間相當盛行。其中滑稽的表演方式可以墨塗整面也能做女

〔註115〕【南朝宋】劉義慶編：《世說新語・儉嗇第二十九》（合肥：黃山書社，「中國基本古籍庫」四部叢刊影明袁氏嘉趣堂本，2009年）。

〔註116〕【南朝宋】劉義慶編：《世說新語・忿狷第三十一》（合肥：黃山書社，「中國基本古籍庫」四部叢刊影明袁氏嘉趣堂本，2009年）。

〔註117〕【漢】司馬遷 著【日】瀧川龜太郎考證：《史記會注考證》（臺北：萬卷樓出版社，2004年），頁1325～1333。

〔註118〕【南朝梁】劉勰：《文心雕龍・諧隱》（合肥：黃山書社，「中國基本古籍庫」影四部叢刊明嘉靖刊本，2009年）。

〔註119〕曾永義：《參軍戲與元雜劇》（臺北：聯經出版社，1992年），頁119～120。

人裝扮，其作用有純粹笑樂與諷諫兩種，到了宋代雖維持滑稽的表演方式，但基本上多寓諷諫於其中。再看明代，明末宮廷也流行著「過錦戲」，比起「參軍戲」，在喜劇客體上有不同的變化，崇禎年間太監劉若愚就曾於《酌中志》中記載宮內喜歡搬演「過錦戲」：

> 過錦之戲，約有百回，每回十餘人不拘，濃淡相間，雅俗並陳，全在結局有趣，如說笑話之類，又如雜劇故事之類，各有引旗一對，鑼鼓送上，所扮者備極世間騙局醜態，並閨閫拙婦騃男，及市井商匠，刁賴詞訟，雜耍把戲等項，皆可承應。〔註 120〕

明朝皇帝很喜歡反映市井百態的諸般插科打諢，優伶也不乏藉此譏諫的例子〔註 121〕，文中所述「騙局醜態」、「市井商匠」、「拙婦騃男」，便是以滑稽的形式反映社會上各種醜陋的面貌。「過錦戲」儼然是一場大型的「小戲」，也類似正式戲劇上演之前暖場供人取樂的「笑樂院本」〔註 122〕。宋代馬令的《談諧傳序》就明確表示，這樣的表演乃透過滑稽來進行諷諫：

> 嗚呼！談諧之說其來尚矣，秦漢之滑稽，後世因爲談諧，而爲之者多出乎樂工、優人。其廓人主之褊心，譏當時之弊政，必先順其所好，以攻其所蔽。〔註 123〕

馬令的說法已明確表達古代宮中藝人爲達到諷諫目的「必先順其所好，以攻其所蔽」的策略運用，而「其所好」就得諧隱言談、就是滑稽表演。這類自宮中俳優延續下來具「諷諫策略」的傳統滑稽表演，從宮中流傳至民間。逗人爲樂的模仿對象，從貪官變成市井小民。其受眾也從皇帝王室的「諫上」變成對普羅大眾的「勸善」。於是整個古代中國涉及喜劇的論述時似乎都有著諷諫、勸善的功能性，凡大笑之後，都必須莊嚴。

賦予喜劇某種實用功能，顯然是中國文人階層難以擺脫的包袱，即便雅俗交融的通俗小說終於在明代見長時，也無可避免走向這樣的局面。魯迅論

〔註 120〕【明】劉若愚：《酌中志》卷十六（北京：北京古籍出版社，1994 年 5 月），頁 107。

〔註 121〕劉毅：《明清宮廷生活：六百年紫禁城寫眞》（天津：天津古籍出版社，2000 年 9 月），頁 313。

〔註 122〕曾永義：〈論說戲曲雅俗之推移（上）——從明嘉靖至清乾隆〉，《戲曲研究》第二期，2008 年 7 月，頁 11。

〔註 123〕【宋】馬令：《南唐書·談諧傳第二十一》（合肥：黃山書社，「中國基本古籍庫」影清嘉慶墨海金壺本，2009 年）。

述到「白話小說」應追溯到唐末敦煌藏經的俗文體故事時，就說起白話小說發展的動機有兩種：

> 以意度之，則俗文之興，當由二端，一爲娛心，一爲勸善，而尤以勸善爲大宗……。〔註 124〕

通俗小說的前身，不管是從唐末五代的敦煌藏經的俗文體談起，或者宋代平話的俚語著書。其創作精神都包含著兩個含意，一爲「娛心」一爲「勸善」，之後白話小說如何發展，基本上都無法脫離這兩個「作用」。其中「勸善」、「勸忠」、「勸孝」等正面積極的教育功能，甚至是提升通俗小說在明代文學地位的重要功臣。至於「娛心」，顧名思義則是娛樂人心的表現特質。當然，「娛心」不全然等於喜劇性，俠義、冒險、懸疑等情節都有其娛樂性。但喜劇故事必然具有逗人爲樂的基因，喜劇性一定有「娛心」的功能，甚至喜劇最基本的存在意義就是爲了能夠「娛心」，所以我們仍是可借「娛心」之說，試著推敲在當時文人眼中，是如何看待喜劇性。

明代李贄（1527 年～1602 年）就評論《水滸傳》爲發憤忠義之作，並且提升《水滸傳》的政治價值，認爲國君與賢相都不可不讀。〔註 125〕另外李贄也評《西遊記》，雖然他認同其中詼諧的寫作，不乏「頑皮惡狀至此，可發大笑。」、「都是趣話，令人噴飯」〔註 126〕等評語。但他最在意的還是「遊戲之中，暗傳密諦」〔註 127〕，他提醒讀者，應該透過遊戲筆法去推敲故事背後暗藏的嚴肅宗旨。還有像〈金瓶梅詞話序言〉，欣欣子雖云：「使觀者庶幾可以一哂而忘憂也」〔註 128〕，但最後也不忘爲色淫人妻、俚言俗語辯解。

話本小說亦是如此，馮夢龍（1574 年～1646 年）積極編撰「三言」，也是推崇通俗讀物的積極教誨作用，譬如他在《古今小說序》所說的：

〔註 124〕魯迅：《中國小說史略》（上海：上海古籍出版社，2004 年），頁 71。

〔註 125〕【明】李贄：「故有國者不可以不讀，一讀此傳，則忠義不在水滸，而皆在於君側矣。賢宰相不可以不讀，一讀此傳，則忠義不在水滸，而皆在於朝廷矣。」見《焚書・忠義水滸傳序》（臺北：河洛圖書出版社，1974 年 5 月），頁 108～109。

〔註 126〕【明】吳承恩原著　李卓吾批點：《李卓吾批點西遊記》上卷（天津：天津古籍出版社，2006 年 10 月），頁 348；下卷，頁 507。

〔註 127〕【明】吳承恩原著　李卓吾批點：《李卓吾批點西遊記》上卷（天津：天津古籍出版社，2006 年 10 月），頁 154。

〔註 128〕【明】蘭陵笑笑生：《金瓶梅詞話》上冊（北京，人民文學出版社，2008 年 8 月），頁 1。

> 可喜可愕，可悲可涕，可歌可舞；再欲捉刀，再欲下拜，再欲決脰，再欲捐金。怯者勇，淫者貞，薄者敦，頑鈍者汗下。雖日頌《孝經》、《論語》其感人未必如是之捷且深也。〔註 129〕

我們可以看到，馮夢龍強調隨著這些故事流露出來關於忠孝節義的教誨，有時候效果強於《孝經》和《論語》等經典，而如何讓「怯者勇，淫者貞，薄者敦」，必須透過「可喜可愕，可悲可涕，可歌可舞」的精采故事來吸引人。其實李贄、馮夢龍等已是相當前衛思想的文人了，只是由於中國文人深刻長久的民族性，使他們將通俗小說搬上檯面的理由，還是故事背後的勸懲精神。「娛心」種種，彷彿是作家爲了「勸善」而設下的巧計圈套罷了。

值得一提的是，馮夢龍在話本小說領域，雖然仍將娛心緊緊依附著勸善的功能，但他已是中國古代第一個自覺地投入編撰笑話集的文人〔註 130〕。他編匯了《古今譚概》、《笑府》、《廣笑府》，收集歷代短小的笑話，並且詳細地分門別類。在馮夢龍笑話集的序言中，我們已經看見他對於笑的自覺意識，如他在《笑府》所言：

> 《笑府》，集笑話也，……或閱之而喜，請勿喜；或閱之而嗔，請勿嗔，古今世界第一大笑府，我與若皆在其中供人話柄，不話不成人，不笑不成話，不笑不話不成世界……。〔註 131〕

馮夢龍對於笑話的看法，已經比前人「談言微中」或「諧隱」有著更超越的理解。他覺得整個人世間就是一個大笑話，人活著不過是笑人與被人笑兩種選擇罷了，「笑」意味著嘲謔他人的醜陋，而明日或許又是自己的醜陋被看見。所以看見可笑之處也不須歡喜，更不用感到憤怒。「笑」是用來識破大千世界裡頭人的種種的癡迷。所以他在《古今譚概序》也說著「一笑而富貴假」、「一笑而功名假」、「一笑而道德亦假」〔註 132〕等想法，就馮夢龍當時匯集編撰笑話集的行爲與觀念來看，他對於喜劇敘事作品的認識，比起傳統的諷諫、勸善思想，還多了破迷、醒心的意識。

〔註 129〕【明】綠天館主人（馮夢龍）：《古今小說》（上海：上海古籍出版社，《古本小說集成》影日本內閣文庫藏天許齋本，1990 年），頁 6～7。

〔註 130〕楊哲、楊明新：《中西喜劇文學簡史》（北京：當代中國出版社，2004 年 8 月），頁 135。

〔註 131〕【明】馮夢龍：《笑府・笑府序》（上海：上海古籍出版社，1993 年），頁 3～4。

〔註 132〕【明】馮夢龍：《古今譚概・自敘》（北京：中華書局出版社，2007 年 8 月）。

只是這種對於「笑」的正視，還沒能完全落實在話本小說的創作之上，當然也可能與馮夢龍的「三言」多屬編修前人之作有關。凌濛初（1580 年～1644 年）的「二拍」就許多突出的喜劇性小說了，如《拍案驚奇‧韓秀才乘亂聘嬌妻》描寫當興起朝廷點秀女的謠言時，民間慌忙將女兒到處亂嫁人的荒唐事〔註 133〕、〈通閨闥堅心燈火〉的入話，寫趙娘子在趙琮及第前後受到眾人歧視與熱烈款待的懸殊待遇〔註 134〕等故事都是。韓南就曾表示：

> 凌濛初的小說給人的最初印象就是喜劇和諷刺……他的小說中極少數的正面模範人物表現的往往敏銳多於德行，理智多於善良。作者並不訴諸讀者的同情，全部的努力都用於嘲笑壞人和愚人。〔註 135〕

凌濛初的「二拍」開啓文人獨力創作話本小說的先河，他與馮夢龍的「三言」一樣，重視市民生活，但是更願意凸顯尖銳的醜惡，並且以挖苦的語氣敘述故事。韓南認爲凌濛初的小說有一種冷峻的幽默感，但他不被視爲喜劇作家的原因可能是他常「正面的提出應怎樣去做」〔註 136〕，也就是他仍有深刻的勸戒道德寓意存在，雖然在喜劇、詼諧之處刻畫用心，但還是傳統道德式的給壞人懲罰、給愚人羞辱。這是一種既定的道德觀伴隨著諷刺而生的書寫套路。

透過嘻笑怒罵的形式來洩憤批判或者「暗傳密諦」的喜劇性，在明代其實已是發展成熟的類型。他們還是脫離不了勸懲的包袱，譏笑的同時，善意的指責也蘊含其中。

我們在此已能看見明代通俗小說喜劇性的生機與困局，明代通俗小說家、評論家已經注意到「娛心」的重要，馮夢龍甚至大動作的編撰笑話集，凌濛初的話本小說也頗多喜劇性表現。但他們仍然具有強烈的文以載道的包袱。每每談到創作理由，若是涉及詼諧的部分，總會下意識地表明他們的苦心，他們只是先藉嘻笑怒罵的手法達到批判的效果，最終一切將導向勸善。而且，不只是序跋評論的標舉，其小說內容也的確眞的做到了「寓莊於諧」，內外一致的效果。

〔註 133〕【明】凌濛初：《拍案驚奇》（上海：上海古籍出版社，1992 年 11 月），頁 98～108。

〔註 134〕【明】凌濛初：《拍案驚奇》（上海：上海古籍出版社，1992 年 11 月），頁 311～326。

〔註 135〕韓南：《中國白話小說史》（杭州：浙江古籍出版社，1989 年 12 月），頁 146～147。

〔註 136〕韓南：《中國白話小說史》（杭州：浙江古籍出版社，1989 年 12 月），頁 147。

二、清初前期：喜劇的微妙變裂

明清易代之際，整個漢民族由上至下都受到強烈的衝擊。西元一六四四年，是明崇禎十七年，同時也是清順治元年。雖中間夾有李自成大順王朝（1644年～1645年），後又有南明政權（1644年～1662年）的勉強延續。然而清朝由此開始定都北京，儘管民間動盪，卻大勢已定。整個清初前期都成爲中原漢人面對政權交替、外族統治的適應期。而此期間，不管是清兵攻破揚州，如〈揚州十日記〉記載：「諸婦女長索繫頸，累累如貫珠，一步一蹶，遍身泥土，滿地皆嬰兒……泣聲盈野」的淒慘情狀〔註137〕，或是薙髮令下引起的「嘉定三屠」，都造成當時人民的生命與精神無法想像的創傷。

尤其從明代中後期的蘇杭，到了清代還是受到「甲申」、「乙酉」之亂大肆破壞而損傷慘重。除了前面所說的百姓大量死傷，城市建築也是處處斷垣殘壁，如《蘇城紀難》的作者回到城中，只見「閶門月城內，俱遭烈焰」、「自吊橋至康履橋，不存一瓦一椽」〔註138〕往昔熱鬧的城鎮街景面目全非。據巫仁恕〈逃離城市：明清之際江南城居士人的逃難經歷〉一文研究，明清之際的嚴重動盪至少使江南城市的百姓經歷三次的逃難潮，不幸中的大幸是，蘇州城被破壞的程度是所有城市中較輕的：

> 江南各地抗清的戰事，從閏六月初開始持續到八月底、九月初，大致要到九月底江南才大事抵定，官府開始著手招撫，至此才有難民陸續回城。戰後的城市已是一片殘破的景象，只是不同的城市受創程度略有不同。蘇州城的景象算是受創較輕者，又有總督巡撫等高官與軍隊駐守，所以城內的社會秩序恢復較早……蘇州城內的倖存者，正是靠降臣的維護，以及市民組織的義軍助清守城，才得以保全。〔註139〕

因爲蘇州降臣的保護，百姓們被招撫回城，回到城中殘破的家園，只能認命重建。巨變之下，城裡的刻坊業自然也無法倖存。譬如毛晉曾說起十七史刊刻完成後，因遭遇甲申之亂「豈料兵興寇發，危如累卵」，他如何慌忙將書籍藏在湖邊岩畔，書本如何受到毀損，他也是數年之後待村居稍寧，才慢慢將

〔註137〕王秀楚的〈揚州十日記〉，收錄於夏允彝等著：《揚州十日記：中國近代內亂外禍歷史叢書故事》（臺北：廣文印書局，1971年7月），頁232。

〔註138〕【清】佚名：〈蘇城記變〉，收錄在于浩主編《明清史料叢書續編》第18冊（北京：國家圖書館出版社，2009年），頁10b～11b。

〔註139〕巫仁恕：〈逃離城市：明清之際江南城居士人的逃難經歷〉《中央研究院近代史研究所集刊》第83期，2014年3月，頁28～29。

毀損的書籍重整補遺。〔註 140〕由此推知，那幾年的戰亂雖使江南百姓飽受離亂之苦，但漸漸穩定之後，商業發展仍是持續，據統計，清代後江南五府的市鎮仍繼續向上發展著，並沒有因為戰亂就此一蹶不振。〔註 141〕

另外，順治二年清兵對江南城市大舉破壞，又在數月間平定招撫。而據研究，本期的話本小說多半集中於順治十年以後才陸續刊行〔註 142〕，可以推測城裡百姓應有足夠的時間重建家園，進而達到能追求娛樂的消費程度。經濟環境情況允許，商品也沒有斷絕自己的生機。原本在前朝就擁有一定規模、大量讀者追捧的通俗小說，沒有因為這樣的劫難而滅絕。

此時清初統治階層正在整頓階段，還無暇顧及通俗小說的發展。陳大康在《通俗小說的歷史軌跡》裡表示，有些清初前期的作家還是因為社會劇烈變動的刺激之下，才開始創作的。戰亂給廣大的人民帶來苦難，但也同時提供了大量的題材，作家對生活、生命的觀察更加深刻，創作慾望也更加強烈。所以動盪的社會無法摧毀通俗小說，甚至更加促進它的發展。〔註 143〕

旺盛的創作力帶來多元的題材，蓬勃發展的通俗小說，以中短篇白話小說而言，陳大康認為大致可分成三大流派。一為作家以實錄為己任的時事小說；一為才子佳人派；還有繼承「三言二拍」的精神，在題材上更向人情小說發展，關注市井百姓情感的話本小說。這些小說最大的特徵是已經從依賴過去傳聞、史料的編創邁入獨創的階段。〔註 144〕此時的漢族文人失去嚮往的政治舞台，卻也解除了被儒家思想長期侷限的枷鎖，時代動盪的刺激，使他們更能在創作中表現更多面的情感與個性。

此時，明代通俗小說透過喜劇以譏諷的情況並沒有消失，反而更加寫實、表現得更誇張與滑稽。《鏡與劍——中國諷刺小說史論》就曾舉《照世盃》、《豆棚閒話》等本期小說為例，認為明末清初的諷刺小說是「寫實與詼諧相結合

〔註 140〕【清】毛晉：〈重鐫十三經十七史緣起〉，收錄在葉德輝《書林清話・明毛晉汲古刻書之五》（北京：中華書局，1999 年 9 月），頁 198。

〔註 141〕樊樹志：《明清江南市鎮探微》（上海：上海復旦大學出版社，1990 年 9 月），頁 87。

〔註 142〕徐志平：《清初前期話本小說之研究》（臺北：臺灣學生書局，1998 年 11 月），頁 21～38。

〔註 143〕陳大康：《通俗小說的歷史軌跡》（長沙：湖南出版社，1993 年 1 月），頁 217。

〔註 144〕陳大康：《通俗小說的歷史軌跡》（長沙：湖南出版社，1993 年 1 月），頁 185～196。

的藝術個性」〔註 145〕。其實就連當時基調較為嚴肅的話本小說如《清夜鐘》、《醉醒石》等，雖然全書批判色彩濃厚，或寫忠君愛國、或寫淒涼悲事。但卻仍有些零星的段落，選擇以滑稽的方式呈現荒唐可笑的事實，或者直接穿插笑話緩和悲劇的氛圍。譬如《清夜鐘・貞臣慷慨殺身 烈婦從容就義》寫一名忠臣對李自成攻陷京師的局勢感到絕望，回家與老婆共赴黃泉時，還出現自縊時站錯方向的事。〔註 146〕另外當時轟動一時的假太子案〔註 147〕，在第四回〈少卿癡腸惹禍 相國借題害人〉就有一個片段寫清兵入城時，當初擁戴假太子的百姓，全都在家洗刷門神，黏貼順民，剃頭作新朝百姓。〔註 148〕毫不猶豫變節的速度之快頗為可笑。《醉醒石》全書多勸忠勸孝之作，觀念保守，但也有輕鬆表現的篇章如〈失燕翼作法於貪 墮箕裘不肖惟後〉寫著呂孝廉有五子，當人勸他栽培兒子讀書做官時，他笑說：

> 讀甚麼書，讀甚麼書！只要有銀子，憑著我的銀子，三百兩就買個秀才，四百是個監生，三千是個舉人，一萬是個進士，如今那個考官，不賣秀才，不聽分上？……拼得個軟膝蓋諂人跪人，裝了硬臉皮打人罵人，便就抓得錢來。上邊手鬆些，分些與上司，自然不管我。下邊手鬆些，留些與下役，自然尋來與我。打開幸路，跳入名場。當今之時，只有孔方。……若要靠這兩句書，這枝筆，包你老死頭白。你看從來有才的，畢竟奇窮，清官定是無後。讀甚麼書，做甚清官！

透過呂孝廉狂妄的口吻，藉以反諷當時社會買官的風氣，以及當官之後如何掙錢，「當今之時，只有孔方」若靠讀書當官者鐵定非常窮困，而清官鐵定無後，既然是這樣殘忍只講錢的世道，何須高尚的讀書與作清官的志向？有這

〔註 145〕齊裕焜、陳惠琴著：《鏡與劍——中國諷刺小說史略》（臺北：文津出版社，1995 年），頁 116、123～124。

〔註 146〕【清】薇園主人：《清夜鐘》（上海：上海古籍出版社，《古本小說集成》影安徽省博物館藏本），頁 29。

〔註 147〕【清】張廷玉：《明史・一百二十卷列傳第八・慈烺傳》記載：「京師陷，賊獲太子，偽封宋王。及賊敗西走，太子不知所終。由崧時，有自北來稱太子者，驗之，以為駙馬都尉王昺孫王之明者偽為之，繫獄中，南京士民嘩然不平。袁繼咸及劉良佐、黃得功輩皆上疏爭。左良玉起兵亦以救太子為名。一時眞偽莫能知也。」（合肥：黃山書社，「中國基本古籍庫」影清乾隆武英殿刻本，2009 年）。

〔註 148〕【清】薇園主人：《清夜鐘》（上海：上海古籍出版社，《古本小說集成》影安徽省博物館藏本），頁 138。

樣的父親，他的五位兒子也過得渾渾噩噩。譬如第四個兒子喜扮丑角花面。面對呂孝廉的質問時反駁：「老爺講的，拚得個軟膝蓋跪人諂人。今日試演一試演，想你們這些做官的，在堂上面孔還花似我，門背後膝蓋軟似我。逢場作戲，當甚麼眞？」呼應戲子與官場之間，如此相似的阿諛奉承形象。〔註149〕這些喜劇性的諷刺表現，頻繁出現在嚴肅題材的故事裡。顯見清初前期的話本小說，更善於用寫實、詼諧的方式來表達批判之意。

若就創作動機來看，這些以嘻笑怒罵的諷刺喜劇表現，仍跟明代一樣暗藏著文人托物寄寓的策略。譬如《照世盃》序言就說：

> 東方朔善恢諧，莊子所言皆怪誕，夫亦托物見志也。與嘗見先生長者，正襟斂容而談，往往有目之爲學究，病其迂腐，相率而去者矣。即或受教，亦不終日聽之。且聽之而欲臥，所謂正言不足悅耳，喻言之可也。

序文中舉東方朔與莊子爲例，並說嚴肅的正言不足悅耳，無法滿足大眾的口味，只好假託詼諧的喻言來托物見志。之後隨著小說內容的分析，我們也將會更清楚看見《豆棚閒話》、《二刻醒世恆言》、《照世盃》的喜劇故事，如何透過喜劇性來表現他們對於時局的不滿與譴責。

除了更生動的諷刺喜劇之外，也有像李漁這樣的喜劇方式，褒貶、諷刺意味不那麼強烈，比起批判、譴責，更重視讀者與觀眾意識。韓南曾說，李漁是最接近凌濛初的作家，但他的喜劇與凌濛初不同的地方在於，他沒有既定的道德觀，而是採取某種隨興、順其自然的態度。〔註150〕

李漁的話本小說呈現的喜劇性，與他是劇作家的身分有著密切關係。戲劇與話本小說的密切結合是明清時代的產物，徐大軍《話本與戲曲關係研究中》就表示戲曲的廣泛傳播，使得話本自覺又不自覺地在自己的敘述中引入戲曲的概念，這種現象在明清話本中相當普遍，他並引《警世通言・玉堂春落難逢夫》爲例，話本中寫著「這一『齣』父子相會」，並且用吟唱押韻的方式唱演：「八百好錢買了我，與你掙了多少銀。我父叫做周彥亨，大同城裡有名人。買良爲賤該甚罪？興犯人口問充軍……」〔註151〕，《警世通言》如此，

〔註149〕【清】東魯古狂生：《醉醒石》（臺北：河洛出版社，1980年2月），頁79～84。

〔註150〕韓南：《中國白話小說史》（杭州：浙江古籍出版社，1989年12月），頁169。

〔註151〕張大軍：《話本與戲曲關係研究》（臺北：新文豐出版社，2004年11月），頁232～234。

在李漁的話本小說更是常見。李漁不僅結合戲曲的形式，還認爲小說就是「無聲戲」〔註 152〕，對於戲曲與小說的重疊之處也頗有自覺。而且他非常重視讀者對喜劇反應，對於情節佈局、角色話語等一切形式的操作都有自己的獨特見解，說著「唯我塡詞不賣愁，一夫不笑是無憂」〔註 153〕，一切以讀者的觀感爲出發點。

不過，這樣的李漁也說著：「嘻笑詼諧之處，包含絕大文章，使忠孝節義之心，得此愈顯」〔註 154〕，這與其他文人標舉的口號無異。關於李漁話本小說的喜劇性，將在第二章專章討論，之後的故事內容分析中，我們將能看見他諷刺的痕跡已經不那麼強烈，勸善的心意在內文也非常模糊，所謂的「忠孝節義」在他的喜劇小說內變得虛無飄渺。

李漁的喜劇小說主要展現的是他個人自娛自賞甚至自戀的個性，那也是明代末期文人的一種典型。劉勇強在〈文人精神的世俗載體——清初白話短篇小說的新發展〉一文說：

> 娛樂之於清初文人小說家，也不只是一種社會功能的體現，對他們來說，娛樂還離不開自我的遣興逞才，說到底，他們從事小說創作是在失去了詩文的經典寫作和淡化了史的意識後的一種良心遊戲。而對市民生活的陌生，也是他們更多地依託內心深處的創作衝動，在精神領域展開幻想的翅膀，做輕鬆自在的遊歷和探險。李漁小說虛化現實，消彌衝突，致力創造一種歡唱風趣的輕喜劇氣氛，就是這種新的娛樂風格的典型體現。〔註 155〕

由明入清的文人寄情於遊戲筆墨之中，其實得到另一種自我的實踐。那是失去詩文寫作的平台，還有鬆懈對於社會、歷史的責任之後的轉化與滿足。他們盡情於故事想像的自娛，從創作中以遊戲筆法炫耀自己的機智與才能，開展出更

〔註 152〕李漁將第一部話本小說命名爲《無聲戲》，另外在《十二樓・拂雲樓》也曾說過：「此番相見，定有好戲做出來，不但把婚姻定牢，連韋小姐的頭籌都被他佔去了，也未可知。各洗尊眸，看演這齣無聲戲。」顯見他把小說視爲戲劇無聲的展演。詳見李漁：《十二樓》，《李漁全集》第九卷，（杭州：浙江古籍出版社，1992 年），頁 176。

〔註 153〕【清】李漁：《笠翁傳奇十種（上）》，《李漁全集》第四卷（杭州：浙江古籍出版社，1992 年），頁 203。

〔註 154〕【清】李漁：《閑情偶寄・科諢》，《李漁全集》第三卷（杭州：浙江古籍出版社，1992 年），頁 57。

〔註 155〕劉勇強：〈文人精神的世俗載體——清初白話短篇小說的新發展〉，《文學遺產》1998 年第 6 期，頁 79。

加輕盈的喜劇。這種輕喜劇有別於過去批判諷刺的喜劇類型，它較為友善，主要表現喜劇人物的小缺陷與小迷思，藉以凸顯小人物生命的荒謬與悲哀，沒有明顯的諷刺目標，也沒有沉重的道德包袱。但因為整個時代還是寓莊於諧的傳統語境裡，所以他們的口號與實踐，也在序跋的自述與實際創作中，出現了不同步調的裂變。喜劇性的娛心，在此刻，絕對比勸善來得更能滿足自己。

除了李漁以外，墨憨齋主人的《十二笑》也以「笑」取代小說回目的單位，是本期所有話本小說中，最自覺以笑為主題的作品。書中故事多以不幸人物的荒唐命運為主，比起勸善諷刺，更傾向冷眼嘲笑。其序言〈笑引〉說著：

> 客問《十二笑》何為作也？余曰：古往今來，可笑之人不一人，可笑之事不一事……但當局有不自覺其可笑者，傍（旁）觀有不容於不笑者。不自覺其可笑者，常迷落於笑中，終身俱人話柄；傍觀可笑，及其當局亦迷。仔細思量，直可悲可涕，寧復能笑耶？余聞佛家濟渡，只在拈花微笑，些子機關。作者婆心亦復如是，所云歡喜方便門也。至於人世難逢開口笑，忙忙枉負百年憂……吾將以醒世之哭不得、笑不得者。〔註 156〕

《十二笑》的作者筆名刻意托名馮夢龍的別號，也自稱墨憨齋主人。這段引文可以與前面馮夢龍的〈笑府序〉互相參照，《十二笑》的墨憨齋主人也有著與馮夢龍的非常相似的觀點。他認為古往今來多的是可笑之事，今天笑古人，而後人又來笑今人。人們對於自己所持的一切過於執迷，而自陷困境，成為他人旁觀嘲笑的題材，他今日寫《十二笑》的理由，希望效法佛家「拈花微笑」的境界，讓讀者能讀完故事之後心領神會，心生警惕，從自身的迷惘與執迷之中醒覺。就像馮夢龍在《智囊補・明智・總序》所說的：「暗者之未然，皆明者之已事；暗者之夢境，皆明者之醒心。」〔註 157〕陷入執迷困境的人，只有超然物外的人能看得清楚。故《十二笑》中的「第一笑」，以涕笑的秀才與佛教寺廟為主，破題而入，企圖從宗教的角度，豁達笑看人間所有可悲可涕、因執迷而自毀之處。比起娛心、諷諫、勸善，更多了「醒心」的期許。

〔註 156〕【清】墨憨齋主人：《十二笑・笑引》（上海：上海古籍出版社，《古本小說集成》影清初寫刻本），頁 1～9。

〔註 157〕【明】馮夢龍：《智囊補・明智部總序》（哈爾濱：黑龍江人民出版社，1987 年），頁 149。

李漁、墨憨齋主人所表現的喜劇性，都更願意著墨於「笑」的本質，如此就與明代的喜劇性有所不同。雖然有些序言評論還是顯得如此正義凜然，但是我們可以漸漸看見勸善之說在他們的小說裡，已是虛晃一招的幌子，這與當時文人在精神方面更加世俗化、社會化，也更加正視自身的需求相關。

由明入清的文人已受到前朝重視人欲思潮的影響，從明代中期開始，自王陽明（1472 年～1529 年）心學左派衍生而來的如泰州學派王艮（1843 年～1541 年）主張的「百姓日用即道」，到李贄除了將《水滸》推向天下之至文之列〔註 158〕、主張「穿衣吃飯，即是人倫物理」〔註 159〕等，在明中後期還被多數知識分子視爲異端的思想，卻也在民間掀起一陣重視市民、生活、人欲的風潮。這也影響到清初前期，經歷嚴重戰亂的明末思想家們，更願意試著重新定義理學，肯定「天理人欲」的緊密關係。王夫之（1619 年～1692 年）就認爲：「入天下之聲色而研其理者，人之道也。」〔註 160〕陳乾初（1604 年～1677 年）主張：「人欲不必過爲遏絕」〔註 161〕，唐甄（1630 年～1704 年）也說：「人之生也，身爲重。」〔註 162〕下層文人更是如此，在陳維崧的〈寓舍逼近市廛晨夕聞貨賣者譁聲　援筆漫述〉，可見他描述寓所附近的喧嘩市集裡，其實能聽見：「班張溢輦下，坤軸俱摧拉，哆口論滔滔，掀唇風颯颯，鬻文倚市賣，賣賦作標插。」〔註 163〕的情況，詩中如實展現將市集中吵雜的聲音，除了各種販賣雞鴨豚鵝羊肉吆喝聲的，還有文人推擠賣賦爭相推薦自己，昔日可能是班固、張衡之輩的文人墨客，現在反而成爲到處兜售自誇鬻文的商販。

這種不加掩飾的環境困境與人性慾望，我們也能從喜劇性話本小說家的身上看見，譬如李漁需要賣琴賣賦賣山賣樓，而天空嘯鶴於《豆棚閒話》序

〔註 158〕【明】李贄：《焚書・童心說》（臺北：河洛圖書出版社，1974 年 5 月），頁 98。

〔註 159〕【明】李贄：《焚書・答鄧石陽》（臺北：河洛圖書出版社，1974 年 5 月），頁 4。

〔註 160〕【清】王夫之：《詩廣傳》卷四（合肥：黃山書社，「中國基本古籍庫」影清同治刻本，2009 年）。

〔註 161〕【清】陳乾初：《乾初先生遺集》（合肥：黃山書社，「中國基本古籍庫」影清鈔本，2009 年）。

〔註 162〕【清】唐甄：《潛書・有歸》（合肥：黃山書社，「中國基本古籍庫」影清康熙刻本，2009 年）。

〔註 163〕【清】陳維崧：《陳維崧詩》（揚州：廣陵書社，2006 年 12 月），頁 117。

文所言：「賣不去一肚詩云子曰，無妨別顯神通。」文人仕途不順只好賣賦維生，畢竟過往所習的嚴肅經籍詩文無法受到大眾青睞，只有將掀翻二十一史、學說百姓習慣的善惡因果，或將舊聞李代桃僵、顛倒成案才行。〔註 164〕在思潮與經濟壓力的驅使下，他們向世俗文化屈從，變得更重視大眾、重視讀者。比起過去文人目光向上的諷刺性批判，本期的喜劇故事作家更能以同理心的視角看見人世間的癡迷與執著，除了自娛娛人之外，還有破迷醒心、蔑視痛苦等動機存在。

基本上，清初前期的話本小說，延續傳統通俗小說的諷刺式喜劇演進與變化。因為局勢動盪的刺激，沉淪於窮困或仕途不順的下層文人，透過喜劇來表達諷刺與憤懣；有的文人沉浸於自娛娛人的世界裡，而且更在意觀眾讀者看見喜劇時笑的反應；也有作家直接以笑為全書主題，正視「笑」的本質。從部分喜劇性作家的序跋中看來，勸善雖然仍是偉大的旗幟，但若對應文本內容，其實有一部份的人已將「勸懲」當成幌子，這部份我們之後透過文本分析會更清楚明確。

在創作思潮、政治環境與商業能力等原因交互影響下，作家接受的社會訊息如此複雜，選擇轉化成喜劇的動機也各有不同，不難想見連帶發展出各種不同風貌的喜劇作品。於是本書以下將分為三大章，分類探討這些話本小說如何展現他們「各異其趣」的喜劇性。

〔註 164〕【清】天空嘯鶴：〈豆棚閒話序〉，收錄在《豆棚閒話》（上海：上海古籍出版社，《古本小說集成》影瀚海樓本），頁 2～5。

第二章　巧築與嬉解：李漁話本小說喜劇性研究

與本期喜劇作家群不同的是，李漁有極為豐富的個人著作與史料文獻可供參閱，關於喜劇的相關論述也不少。本章為凸顯李漁的話本小說的喜劇特色，選擇暫時略過李漁生平、史料等介紹，先從文本呈現的客觀現象著手。也就是先歸納閱讀李漁話本小說時，最普遍的喜劇性語言風格與情節佈局，並分析其故事裡活潑生動的喜劇性人物，最後才藉此尋找作品與作家意識的連結，進而探討李漁的內在深層喜劇思想與創作意識。

第一節　個性建構、機智拆解的敘事堡壘

李漁的《無聲戲》系列與《十二樓》收錄的三十則話本小說中，都能看見專屬於李漁個人色彩鮮明的寫作風格。他的敘事話語機智詼諧，尤其擅長操弄語言形式，從常民經驗之中獲取題材與靈感，透過戲仿或妙喻翻轉出新的花樣；在情節鋪陳時又特別具有讀者意識，知道如何運用懸念、巧合等方法營造出新奇感。李漁故事中的機智新奇與輕鬆詼諧，成為他的喜劇特色。故筆者企圖從他話本小說中頻繁出現的語言特色與情節佈局方式，分析李漁的喜劇性建構手法。

一、與眾不同的奇言新解

李漁彷彿有層出不窮的靈感，而他也樂於向眾人分享他靈活的點子。話本小說裡並沒有將自己的思想特色完全隱藏在敘述者的背後，不特別用「說

書者」的身分來掩藏自己，他大方亮出自己的招牌、宣揚他的獨特性。譬如〈醜郎君怕嬌偏得豔〉的入話，敘述者成為一位「婦人科的國手」，寫這篇故事更是為了讓世間婦人把「紅顏薄命」當作四字金丹，只有眾佳人能打消當配才子的貪念，就能長命百歲。〔註1〕從入話開始到結尾，敘述者就是一個自誇自擂、插科打諢，扮演著如賣藥郎中般的作家形象。〈夏宜樓〉的入話說得最為明顯：「我往時講一句笑話，人人都道可傳，如今說來請教看官，且看是與不是。」〔註2〕這已經不是一般話本敘述者的語氣，而是李漁將自己「說笑話必傳」的經驗道出，直接消費自身的成功經驗。前賢學者對於李漁這種彰顯自我的特色已經多有論述，譬如韓南說：

> 即使在一般認為表現自我的範圍很小的小說中，仍然可以強烈地感受到他的自我。李漁在史話和小說中幾乎把傳統的敘事者這個角色改為自己的形象。這樣他個人的觀點和評論就摻入甚至支配了講述。〔註3〕

李漁將自己的形象融入敘述者，宣揚他那慣性在史論、詩歌裡也曾展現過的奇想技巧。在話本小說明確的入話形式裡開闢屬於他「一家言」的園地。徐志平就曾說過：「李漁充分利用了傳統『非情節結構』的部份，他有意識的將入話做各種變形，完全不受傳統結構的限制。」〔註4〕在所有非情節的部分，處處皆可看見他這類表現手法。他改造了既有的入話模式，不完全侷限在一個完整的小故事當做正話的引子，而是在原本入話的篇幅裡，運用換位思考或者拆解、細究字義等方法，說出一番理直氣壯的道理、暢懷地抒發己見之後，才帶進主要故事。

譬如〈失千金福因禍至〉裡，他故意深究「有眼不識泰山、肉眼不識英雄」之嘆，李漁換個角度，認為世人的「凡胎肉眼」是來保護那些偉人英雄的，他說：「若使該做帝王的人個個知道他是帝王，能做豪傑的人個個認得他

〔註1〕【清】李漁：《無聲戲 連城璧》，《李漁全集》第八卷（杭州：浙江古籍出版社，1992年），頁5～7。

〔註2〕【清】李漁：《十二樓》，《李漁全集》第九卷（杭州：浙江古籍出版社，1992年），頁75。

〔註3〕韓南：〈創造一個自我〉，《李漁全集》第二十卷（杭州：浙江古籍出版社，1992年），頁275。

〔註4〕徐志平：〈李漁話本小說的創新意識及其解構〉，「第四屆文學藝術與創意研發學術研討會」論文，後收錄於《明清小說敘事研究》（臺北：新文豐出版社，2014年9月），頁214。

是豪傑，這個帝王、豪傑一定做不成了。」（《無聲戲》頁 68）這些英雄相貌如果容易被看出非凡，可能還沒成功，就先遭來更多的敵人與災難了，這話說得也頗有道理。

他的這些「想法」未必與故事的題旨相符，有時甚至只是為了戲謔而說。最明顯的是〈移妻換妾鬼神奇〉，文中起先主張若男子「是姬妾眾的，外遇多的，若有個會吃醋的妻子鉗束住了，還不至於縱欲亡身。」所以吃醋未必全是嫉妒之意，他大篇幅地敘述適當吃醋的好處，為天下善吃醋的妒婦解套，只是筆鋒轉到正話，說的還是「吃醋」妒婦的報應故事，然後篇尾再度告誡婦人不應吃醋，又說自己一開始說的吃醋注解，只是為了解嘲罷了（《無聲戲》頁 191、206），入話的長篇大論與正話的議題明顯矛盾。

他還喜歡戲擬既有的詞彙遊戲一番，在〈妒妻守有夫之寡 懦夫還不死之魂〉裡，把懼內的男子形容成：「一日壓下一寸來，十日壓下一尺來，壓到後面，連寸夫尺夫都稱不得了，那裡還算得個丈夫？」《連城璧》頁 316）將「丈夫」的「丈」字形象化，頗有聯想力。李漁對於這類的改造或詮釋總擁有細膩的想像，而且有模有樣、看似很有論據的樣子，他在〈拂雲樓〉對於自古為何都將丫鬟喚做「梅香」也做出如下看法：

> 從古及今，都把「梅香」二字做了丫鬟的通號，習而不察者都說是個美稱，殊不知這兩個字眼古人原有深意：梅者，媒也；香者，向也。梅傳春信，香惹遊蜂，春信在內，遊蜂在外，若不是她向裡向外牽合攏來，如何得在一處？以此相呼，全要人顧名思義，刻刻防閒；一有不察，就要做出事來，及至玷污清名，梅香而主臭矣。若不是這種意思，丫鬟的名目甚多，那一種花卉、那一件器皿不曾取過喚過？為何別樣不傳，獨有「梅香」二字千古相因而不變也？（《十二樓》頁 152）

他除了拆解婢女喚作「梅香」的字義，還將「梅香」之名為何流傳許久的用意也推敲一番。在古代常民知識領域裡，梅香已是丫鬟的代稱。在《水滸傳》第五十六回就曾言：「兩個梅香，一日服侍到晚，精神困倦，亦皆睡了……徐寧吃罷……兩個梅香點著燈，送徐寧出去。」〔註 5〕徐寧家中有兩位婢女，都被稱作梅香，沒有其他稱呼，顯見即是將梅香充做婢女的代稱。元雜劇中更

〔註 5〕詳見【明】施耐庵著：《水滸傳．吳用使時遷盜甲 湯隆賺徐寧上山》（臺北：遊目族出版社，2010 年 6 月），頁 230～231。

是盛行，《全元曲》所載的梅香，據統計就出現四十一次〔註 6〕，在元曲中梅香已非角色名，就像店小二這類的人物代稱而已。李漁探討起梅香二字，應是將當時的「隱語文化」〔註 7〕的思考模式帶入，找其諧音之字，也的確能看出梅香「媒向」的巧用。然而李漁還不滿足這樣的發現，繼續將梅香的擅長裡應外合的負面效果，若是「一有不察」反而會造成「梅香而主臭」的懊惱事來。原本看來頗爲清新可愛的美名，轉瞬就成了需要提防的內賊了，而且理直氣壯，煞有其事。

他彷彿刻意打碎原本的磚瓦，再透過李漁式的機智加工，堆砌成專屬於他的獨特舞臺。因爲層出不窮、又相當大量，久而久之也就能被歸納出某種形式固定的話語程式，楊義很精闢指出這個現象：「是對一些常用的詞語、成語，或常見的詩句、典故略作變更和增減，賦予別開生面的解釋，使人在打破成見的詫異中爆發出笑聲。」〔註 8〕那並不是天外飛來一筆的荒謬話語，而是「改造」原本就廣泛被接受的舊有觀念。這類透過戲擬俗語、成語、典故，成爲容易辨識李漁色彩的特徵，除了積極參與非情節的敘述以外，也滲透進故事的人物角色裡，有些對話彷彿也複製了作者那獨特且機智的思考路徑。

其實單就故事中人物角色的分配，就能看見李漁的故事裡常常出現侃侃而談、大發議論的人物，〈醜郎君怕嬌偏得豔〉強調美妻配醜夫是極刑的閻羅王、〈男孟母教合三遷〉女子有七可厭的許季芳、〈妒妻守有夫之寡 懦夫還不死之魂〉開班授課療妒的費隱公、〈乞兒做好事皇帝做媒人〉「叫化」論的乞兒、〈鶴歸樓〉主張惜福安窮的段玉初、頗有自寓色彩〈聞過樓〉的呆叟等等，他們都曾或隱晦或明白展現出李漁式的話語特色，在對話裡頭宣揚某種不同以往、機智且令人耳目一新的想法，表面上讓說話者的思想或者能力高於其他角色，也隱約展現出李漁機伶巧妙的個性特徵，其實也是李漁有意或無意的透過故事人物之口，暢談他自己引以爲傲的各種新解。

如《合影樓》，當管夫人問管公爲何拒絕讓珍生與玉娟會面時，管公道：

〔註 6〕蘇菁：〈漫議梅香〉，《文化學刊》2014 年 5 月第 3 期，頁 144～147。

〔註 7〕陳寶良：「所謂隱語，即爲行話，從官場，到市井各行，乃至於江湖，都有流行於圈子內的行話……隱語大多採用換字的方法，使原本明白的意義變得曲折、隱晦起來……」詳見《明代社會生活史》（北京：中國社會科學出版社，2004 年 3 月），頁 600。這種在明代大爲流行的隱語使用方法多半以拆字、切口、諧音等方式來取代原本的稱呼。所以按照這個思路，李漁是先刻意找出婢女的「媒向」作用，再想像其最後發展成「梅香」的演化過程。

〔註 8〕楊義：《中國小說史論》（北京：中國社會科學出版社，1995 年 2 月），頁 387。

夫人有所不知，「男女授受不親」這句話頭，單爲至親而設。若還是陌路之人，他何由進我的門，何由入我的室？既不進門入室，又何須分別嫌疑？單爲礙了親情，不便拒絕，所以有穿房入户之事。……獨是兩姨之子，姑舅之兒，這種親情，最難分別。說他不是兄妹，又係一人所出，似有共體之情；說他竟是兄妹，又屬兩姓之人，並無同胞之義。因在似親似疏之間，古人委決不下，不曾注有定儀，所以涇渭難分，彼此互見，以致有不清不白之事做將出來。歷觀野史傳奇，兒女私情大半出於中表。皆因做父母的沒有眞知灼見，竟把他當了兄妹，穿房入户，難以提防，所以混亂至此。我乃主持風教的人，豈可不加辨別，仍蹈世俗之陋規乎？（《十二樓》頁 17～18）

這段對話的頭尾明顯是故事人物的形象與口氣，是自認主持風教之人的管公對夫人勸解，語氣看似道貌岸然。但細看「男女授受不親」這句俗語在這裡竟然有了新的解讀，管公認爲男女授受不親並非告誡普世男女往來，而是專爲至親而設，是爲了告誡至親、表親不宜過於親近的解釋方法，這個「話語程式」就完全屬於李漁式的思考路徑了。從約定俗成的材料中尋找新詮釋，然後借角色之口宣揚。另外像〈奪錦樓〉的刑尊，也用兩位佳人幫「犯孤鸞」的袁士駿解套，費心解說孤鸞命原是「單了一人，不使成雙」之意，用於一夫一妻有兇，但用於兩女一男卻未必如此的說法也頗有新意。（《十二樓》頁 49）我們可以發現，李漁這些大發議論的題材，並非無中生有，而是針對常民文化的另類詮釋，從「梅香」到「男女授受不親」等，原先都是大眾習以爲常、普遍熟悉也不去懷疑的常識，在他的趣味翻轉之後呈現新鮮的面貌。這些東西狀似還在本來的位置上，但指涉的重點卻全部傾斜，卻又因爲這種歪斜而誘使讀者回味再三。

閱讀李漁的話本小說，不得不佩服他敘事間時時透露出來的機智絕倫。他的故事題材雖然多談家庭、婚姻愛情，卻往往能玩轉平凡庸碌的人生，既貼近大眾生活、卻又能開創新局，化平凡爲不平凡。關鍵之處在於，李漁看事情的角度與常人不同，而他也深以此爲豪。

李漁與眾不同的詮釋，其實從其著述如史評、詩文與日常記事裡隨處可見。他最常使用的方法是從舊有的日常事件中，開闢新鮮的看法。這類反轉技巧，也要歸功於他有敏銳的觀察力與疑古的思考慣性。李漁的各類文章，都能看見李漁這類喜歡推翻「常理」的思考節奏。他曾著有《笠翁論古》，收錄史論一百三十餘篇〔註 9〕，其中就有多篇是爲史料翻案或者提出新看法的作品，王仕雲爲之寫序認爲這一系列的史論：「有翻案、有定案，不執己見，不依人牆字。」譬如他的〈論吳起殺妻求將〉，主張吳起殺妻並非爲了求將，而是原本就厭惡其妻才以此爲藉口殺害她（《一家言文集》頁 334）；還有〈論項羽不渡烏江〉，就是一反過去項羽不渡江的原因是因爲愧對江東父老，而是主張幫忙項羽渡江的亭長其實有詐，進退維谷的項羽才不上船而選擇自刎：

> 漢兵追羽至烏江，則烏江片土，必非雞犬不驚之地。亭長何人，能不隨眾避兵，而上異船之以待，且爲甘言以誘之乎？雖曰非奸，吾不信矣。至於「亭長」二字，更屬千古疑團。何也？漢王非他，其未起兵時，亦泗上一亭長也。安在一艤船之人，非其當日同事者乎？爲得志之亭長所追，復有一亭長一船以待，此而不疑爲奸，必其無心腸知識者而後可……。（《一家言文集》頁 334～335）

他還巧妙推論「亭長」的身分與劉邦過去身分的巧合之處，孫宇台點評時就爲此論點大讚李漁，認爲歷代所有人讀史，視「亭長」二字不見，只有被李漁察覺。張壺陽也評論「笠翁得手，全在冷處。」（《一家言文集》頁 335）能關注到歷史的冷僻之處，並且進行合理的細節推敲，顯然李漁有見人所未見，疑人所未疑的本事，他對此也頗爲自豪。

再看他的〈不登高賦〉，認爲登高迷信，故不隨人重陽節登高，並自承：「湖濱頑叟，才讓腹虛。好與古戰，不安其愚。」（《一家言文集》頁 16）類似的質疑還有〈回煞辨〉（《一家言文集》頁 121～122），認爲傳統習俗裡親人死後，應先徙宅避煞的規定有違親情倫常，他反而在回煞日當天設席於中堂，誦《蓼莪》之篇悼念他的父親。他喜歡推翻「定見」，所以寫〈雞鳴賦〉，爲過去被文人輕忽的雞抱屈，覺得世界上若無雞鳴，「人將五夜，視作三更。舉國皆夢，誰其獨醒？君由之而度失，臣以此而禍萌。」（《一家言文集》頁 14）也寫〈烏鵲吉凶之辯〉來頌揚烏鴉的反哺之孝（《一家言文集》頁 122）。與人之間的交際往來也是如此，譬如《婺城行・吊胡中衍中翰》：「胡君妻子泣如洗，我獨破涕爲之喜。既喜君能殉國危，復喜君能死知己。」〔註 10〕在人們普遍對生命逝去的悲傷悼念之中，只有他以另一種相反情緒的來正向詮釋死亡。

〔註 9〕【清】李漁：《笠翁一家言文集》，《李漁全集》第一卷，（杭州：浙江古籍出版社，1992 年）。

〔註 10〕【清】李漁：《笠翁一家言詩詞集》，《李漁全集》第二卷（杭州：浙江古籍出版社，1992 年），頁 43。

李漁的觀察力細緻，能從冷僻處著手，更喜歡推翻尋常人眼中，已經習慣、默認的觀念，建構屬於他的新解。這個方式非常頻繁地出現在他的作品中，將原本固有的觀念「陌生化」，受眾們便容易因此感到新奇與有趣。

二、雅俗皆宜的神妙比喻

李漁的語言風格，除了能變舊成新，稍加改造既定的格局成爲他發明創造的看法。另外他還很有聯想力，將譬喻法用得行雲流水、渾然天成。把一件事情形容得更加生動具體，加強說服力。

譬如〈歸正樓〉，他將浪子回頭的可喜喻作雨過天晴：

> 《四書》上有兩句云：「雖有惡人，齋戒沐浴，亦可以事上帝。」齋戒沐浴四個字，就是說的回頭。爲什麼惡人回頭就可以事上帝？我有個絕妙的比方：爲善好似天晴，作惡就如下雨。譬如終日晴明，見了明星朗月，不見一毫可喜。及至苦雨連朝，落得人心厭倦，忽然見了日色，就與祥雲瑞靄一般，人人快樂，個個歡欣，何曾怪他出得稍遲、把太陽推下海去？所以善人爲善，倒不覺得稀奇，因他一向如此，只當是久晴的日色，雖然可喜，也還喜得平常。惡人爲善，分外覺得奇特，因他一向不然，忽地如此，竟是積陰之後，陡遇太陽，不但可親，又還親得炎熱。故此惡人回頭，更爲上帝所寵，得福最易。（《十二樓》頁 49）

李漁先引用四書討論惡人回頭的典故依據，再用「久雨天晴」這種大眾普遍都能感受的情緒共鳴爲喻，最後再藉此喻抒發己見。三個階段層次分明，說的是同一件事，但他總是反覆敘述，把原本強詞奪理的想法說得堅實具體，姑且不論道理的思想層次高低，他能善用比喻讓一件原本可能枯燥或者嚴肅的事情降格爲通俗喜劇，激發聯想、引起共感。像他在〈鬼輸錢活人還賭債〉把「骰子」比做妖孽一般：

> 骰子是無知之物，爲什麼罪它？不知這件東西雖是無知之物，卻像個妖孽一般，你若不去惹它，它不過是幾塊枯骨，六面鑽眼，極多不過三十六枚點數而已，你若被它一纏上了，這幾塊枯骨就是幾條冤魂，六面鑽眼就是六條鐵索，三十六枚點數就是三十六個天罡，把人捆縛住了，要你死就死，要你活就活，任有拔山舉鼎之力，不到烏江，它決不肯放你。（《無聲戲》頁 148）

人們別碰賭的勸誡，他不採取直言教條式的告誡，而是從看似渺小、不怎麼重要的骰子著手。透過骰子的魔幻書寫，一時間讓骰子的形象鮮活了許多，使其更接近大眾口味。另外，他也從反面舉例論證，譬如〈女陳平計生七出〉入話裡「忠孝節義」不宜試煉的理論，他以金銀銅錫做比，金銀銅錫下爐一試，假的壞了，眞金不怕火煉可以保住，但忠孝節義則是相反，弄得不好就把眞誠的人試殺了，弄巧成拙，最後留在身邊的只剩下假仁假義的人（《無聲戲》頁 93）韓南說李漁「缺少重要的美德誠摯，他似乎嚴肅不起來。」〔註 11〕這個特色也可以透過他善用比喻的書寫特色作爲線索，當李漁想要說出一番道理時，總不忘借助更爲媚俗的比方，使比喻與他想說的勸誡相融，這便消解了原本嚴肅、無聊的議題，使人們更容易接受，更因爲新鮮的比喻產生陌生化的審美效果，進而對原本淡而寡味的見解觀念另眼相看。若是除去他比喻說明的步驟，其實李漁敘述的許多事情的新奇感將降低不少。

另外，李漁的比喻特色，更妙在他總能找到一個出人意表的喻依，與喻體的本質差異極大。佴榮本在《笑與喜劇美學》裡談到喜劇性比喻：「喜劇性語言需要不協調，喜劇性比喻要把不同處愈多愈大，甚至毫不相干的對象扭合在一起，僅突出其中的某一點相似。」〔註 12〕李漁就是如此，他將看起來毫不相干的事件連結起來，讓其中所產生的落差發揮喜劇效果。於是還來不及質疑這些比喻的不合理之處，反而先驚喜原來兩種天差地遠的東西竟有如此相似性。

他能將本質嚴肅的喻體通俗化，把忠孝仁義、勸戒性的語氣降到最低，同樣的他還能運用比喻技巧把低俗的情節趣味化。李漁的話本小說有許多家庭婚姻、夫婦巧配、兒女情愛的題材，他也不避諱在情節裡安排不少男女私密之事，但是他的「葷話」並不會太過粗鄙，整體無傷大雅又娛樂性十足，反而還能爲此欣賞他的機智或文采。

像是他在〈醜郎君怕嬌偏得豔〉形容女人家初夜這事：「女人家這種磨難，與小孩子出痘一番，少不得有一次的，這也不消細說。」杜濬就此點評：「極戲謔的話，說來又不傷雅，妙。」（《無聲戲》頁 9～10）出痘與初夜是八竿子打不著邊的兩件事，但他卻能找到這兩種皆爲「必經過程」，竟也有某種隱晦

〔註 11〕韓南：〈創造一個自我〉，《李漁全集》第二十卷（杭州：浙江古籍出版社，1992 年），頁 279。

〔註 12〕佴榮本：《笑與喜劇美學》（北京：中國戲劇出版社，1988 年 11 月），頁 239。

的雷同之處，李漁適時地加了一句「不消細說」，表達天下皆知的心照不宣，其實充滿狡猾又得體的書寫風格。

李漁曾在《閑情偶寄》的科諢篇提到戒淫褻，若非得說起淫褻之事，則以事喻之：

> 如講最褻之話慮人觸耳者，則借他事喻之，言雖在此，意實在彼，人盡瞭解，則欲事未入耳中，實與聽見無異。〔註 13〕

他認爲淫褻之事在表達的時候應有所保留，而透過一些狀似不相關的比喻，則能達到平衡的效果。關於這點，他在小說〈夏宜樓〉裡也提過：「凡戲耍褻狎之事，都要帶些正經，方才可久。」（《十二樓》頁 75）的主張，所以他低俗粗鄙的情節段子，常透過比喻融入屬於他文人的才情，甚至賣弄一些文采，兩者相融合之下，反而平衡出諷意的趣味。這點其實與佛洛伊德的說法相似，佛洛伊德提到了猥褻語（smut）時說明，猥褻語屬於傾向性詼諧的一種，就是有攻擊意味的詼諧，所以製造出這種詼諧至少需要三人以上在場，即除了製造詼諧語境的製作者外，還必須有充當敵意或性攻擊對象的第二者和因此產生快樂的第三者。〔註 14〕也就是會因爲猥褻語而眞正發笑的人，是目擊這項攻擊行爲的旁觀者。這個旁觀者與第一者能站在同一陣線，使受到性攻擊而被迫裸露的第二者無所遁形進而產生性興奮。佛洛伊德更表示：

> 當我們進入到一個由受過更好教育的人們組成的社會時，詼諧的正規化條件纔會起作用。也祇有在這樣的社會裡，淫言穢語纔會變成詼諧。而且也祇有當它具有詼諧特點時，它纔能爲社會所容忍。它最常使用的技巧是引喻，即通過某個微不足道的東西，某個無關的東西來取代。這樣就能夠使聽者在想像中重建一副完美而直觀的淫穢圖像。淫穢語本身直接提供的東西和他在聽者頭腦中勢必引起的東西之間的差異愈大，這個詼諧就愈精采，而且它爲上流社會的人們所接受的可能性也就愈大。〔註 15〕

猥褻語本身的題材，就是揭露兩性的私密裸露或者難以言喻的羞澀行爲，那

〔註 13〕李漁：《閑情偶寄》，《李漁全集》第三卷（杭州：浙江古籍出版社，1992 年），頁 56。

〔註 14〕佛洛伊德　彭舜、楊韶剛譯：《詼諧與潛意識的關係》（臺北：胡桃木文化出版社，2007 年 2 月），頁 142。

〔註 15〕【奧】佛洛伊德　彭舜、楊韶剛譯：《詼諧與潛意識的關係》（臺北：胡桃木文化出版社，2007 年 2 月），頁 143。

是人類在認知裡公開的秘密文化。透過毫不相關、天差地遠的比方，才能將淫穢與趣味兩者連結一起，讓窺探這類私密有了入口，引領旁觀者藉此享受樂趣，被正規化的社會群眾接受。再看李漁說的「戲耍褻狎之事，都要帶些正經」〔註 16〕，可以合理推斷，李漁在營造猥褻笑話的功力上，早已深諳此道，他能靈巧運用比喻，爲猥褻的不可敘述脫罪。譬如前面所說的拿女人初夜與出痘相比，還有他在〈男孟母教合三遷〉形容瑞郎的美臀更是如此：

> 嫩如新藕，媚若嬌花。光膩無滓，好像剝去殼的雞蛋，溫柔有縫，又像剛出甑的壽桃，就是吹一口，彈半下，尚且要皮破血流。莫道受屈棒，忍官刑，熬得不珠殘玉碎。皂隸也喜南風，縱使硬起心腸，只怕也下不得那雙毒手。（《無聲戲》頁 125）

他連續用新藕、嬌花、剝去殼的雞蛋、壽桃等看起來嬌貴脆弱的喻依形容瑞郎的臀部，用高雅的名詞與下半身的連結，瑞郎私密的臀部昇華成公堂上被眾人鑑賞的藝術品。除了讓粗鄙的現象趣味化，如果以主人公的視角敘述自己被迫褪去褲子的難堪，那讀者理應同情其遭遇，但李漁是以看客的角度來形容此美臀，讀者們也同時擁有了旁觀者的選項，可憐主人公的同時也可笑了起來。

以及〈十卺樓〉，姚子穀先後娶了石女的次女、會小遺的么女跟私孕的長女，都費心描寫合房的細節，譬如與天生沒有陰戶的石女性交時，明明是極淫穢「捨前驅後」的過程，卻寫著：

> 新婦要得其歡心，巴不得穿門鑿户，弄些空隙出來以爲容納之地，怎肯愛惜此豚，不爲陽貨之獻？（《十二樓》頁 194）

《論語》陽貨獻豚給孔子的典故，竟然出現在這樣的情境裡，「豚」字雙關的使用出乎意料，卻又感到新奇好笑。接著會小遺的么女也誇張地像漫畫那樣形容：「睡到半夜，不覺陸地生波，枕席之上忽然長起潮汎來，由淺而深，幾幾乎有中原陸沉之懼。」再換了珠胎暗結的長女時，又形容行樂的時候只覺得「輕車熟路一般，毫不費力」，其實姚子穀三個新娘的行房細節，都是極爲私密猥褻的，但在李漁巧喻之下，卻不覺得太過低俗下流，只剩下趣味莞爾。

〔註 16〕接在此句話之後，李漁以男女性事的本質是褻狎，但爲了傳宗接代所以有了正規的理由爲喻。雖與筆者所要闡述的有些偏離，不過單就「褻狎需帶些正經」這句話的前語境，還是能合理推斷這也是李漁思想觀念的表現。

細心的李漁總能看見現實的細節，他善於揣摩人性的狼狽處，讓大家產生共感之趣，卻又保有他獨特的雅緻。楊義說李漁給人一種名士風度，清新流麗，博雅風流，識趣又有才。〔註 17〕在極爲低俗的葷話中還能保有某種程度雅緻，也多半是靠巧妙的比喻所賜。讓一件事情下流之中又帶點巧思、低俗之中又透露著清新，成爲別有雅興的笑謔。

綜上所述，李漁在語言形式方面有兩種突出的表現手法，一是變舊爲新的戲仿，另一種則是運用敏捷的才思聯想出奇妙的比喻。兩者都必須先有個原有之物，與李漁創造的變體相對照，便能帶來出乎意料的驚喜效果，富含機智的喜劇性。

所謂的機智就是：「通過自己清醒的頭腦將本不相干的事物巧妙地連繫在一起的審美態度」〔註 18〕機智不純粹屬於喜劇的概念，譬如推理小說所展現的機智，就與上述李漁所表現的機智大不相同。但是機智的大前提都必須具有絕佳的聯想能力，以相當理智的思路將此物與彼物兩者的雷同之處迅速建立關係，提出前人從未質疑過的看法。

如同方才所舉張壺陽的評論，李漁能輕易鑽進各種常民經驗中的冷僻之處，找出猥褻題材與古籍經典那相當隱微的雷同之處，也能將大眾習以爲常的俗語、成語，戲仿出另一層新意。他戲仿或聯想舊有的語言，變化出新鮮的形式與意義，並沒有批判或諷刺的激情存在，而主要在發現矛盾和表達矛盾〔註 19〕。在他建構的喜劇語言世界裡，他就像個聰明的遊戲發明家，沒有太多的情感寄託，單純炫示他的機智與技巧。

三、驚奇轉折的情節佈局

葉慶炳在〈短篇話本的常用佈局〉一文裡提到，話本小說最常出現的佈局是將整篇話本畫分成幾個階段，每個階段又包含了進展、阻礙、完成三個部分。他認爲這種佈局雖然可以達到曲折動人、高潮迭起的作用，但因爲不斷地「阻礙→完成」，到了結局高潮時往往已經欲振乏力，感受不免疲乏。〔註 20〕

〔註 17〕 楊義：《中國小說史論》（北京：中國社會科學出版社，1995 年 2 月），頁 382。
〔註 18〕 閻廣林：《喜劇創造論》（上海：上海社會科學院出版社，1992 年），頁 192。
〔註 19〕 閻廣林：《喜劇創造論》（上海：上海社會科學院出版社，1992 年），191～192。
〔註 20〕 葉慶炳：《古典小說論評》（臺北：幼獅文化事業公司，1985 年 5 月），頁 180。

李漁的話本小說的故事結構也有這種現象，未必分爲三個階段，但整個故事的進展也藉由主人公進展、阻礙、完成三步驟爲一個小的故事單元，最後再引向最終結局。如〈失千金福因禍至〉（《無聲戲》頁 67～91）就是相當典型的例子。

表 2－1－1：三階段情節佈局

第一階段	第二階段	第三階段
進展： 秦世良成功向楊百萬借到銀兩。 阻礙： 船中被劫去所有銀兩。 完成： 再回去找楊百萬商借。	進展： 楊百萬再借世良五百萬。 阻礙： 先後遇到老叟偷竊與世芳誤會，五百萬再度血本無歸。 完成： 世良回鄉鄉教書度日。	進展： 世芳得世良銀子賺大錢。 阻礙： 回家後方知自己誤會世良，於是尋世良欲還錢。 完成： 世良得錢，兩人與楊百萬追究面相之事，眞相大白。

如表所示，每個階段都是秦世良先向楊百萬借錢，之後那筆銀兩又因故消失，然後楊百萬總是不計前嫌地繼續資助秦世良，一直到第三階段，所有誤會解除，眞相大白。如此循序漸進是李漁常見的情節佈局。〈妒妻守有夫之寡、懦夫還不死之魂〉也是一再出現討伐妒婦的舉動，第一次成功，第二次失敗，最後是費隱公讓穆子大詐死才解決妒婦問題。李漁的話本故事不管經歷多少階段的阻礙與完成，最終都是爲了要邁向親人團聚、沉冤得雪、夫妻巧配的大團圓喜劇結局。且看李漁自己提起的「大收煞」：

> 全本收場，名爲「大收煞」。此折之難，在無包括之痕，而有團圓之趣。如一部之內，要緊角色共有五人，其先東西南北各自分開，至此必須會合。此理誰不知之？但其會合之故，須要自然而然，水到渠成，非由車戽。最忌無因而至，突如其來，與勉強生情，拉成一處，令觀者識其有心如此，與恕其無可奈何者，皆非此道中絕技，因有包括之痕也。骨肉團聚，不過歡笑一場，以此收鑼罷鼓，有何趣味？水窮山盡之處，偏宜突起波瀾，或先驚而後喜，或始疑而終信，或喜極信極而反致驚疑，務使一折之中，七情俱備，始爲到底不懈之筆，愈遠愈大之才，所謂有團圓之趣者也。（《閑情偶寄》頁 91）

「團圓」這被後世學者詬病的傳統老套情節、瞞或騙的毛病〔註 21〕，在李漁眼中還是至關重要，他說團圓是「此理誰人不知」的必然結局，但是團圓的過程不能突兀強拉一處，人物從分散到聚首必須水到渠成，不能牽強附會。情節又不能淡而寡味，必須跌宕曲折，先驚後喜、先疑後信。由此可知這「團圓之趣」的趣味不在團圓本身，而在促使團圓的過程。也就是說，在這必然的故事結構裡，李漁玩耍變化不是情節的大結構，而是在每個單元的「阻礙」與「完成」之間運用巧妙的敘事方式使讀者感到新奇。必須讓遭遇困難、面對阻礙的故事人物，能夠合理且精采地度過難關，邁向團圓喜劇收場。於是在這裡，筆者欲探討在每篇故事的情節轉折之處，李漁慣常使用的敘事手法，以及因爲這個技巧而產生的效果。

（一）施展妙計、營造懸念

李漁的話本小說非常喜歡「施計」，雖然說錦囊妙計的故事情節從以前就廣被各種故事所使用，但李漁頻繁地讓各種「計」出現在他的故事裡，著實爲一鮮明特色。從他的題目就能略見一二，從〈女陳平「計」生七出〉〈寡婦「設計」贅新郎　眾美齊心奪才子〉就能看見，到了《十二樓》更頻繁出現：〈合影樓〉第三回的〈墮「巧計」愛女嫁媒人　湊奇緣媒人賠愛女〉；以及〈三與樓〉第三回的〈老俠士「設計」處貪人　賢令君留心折疑獄〉；還有〈拂雲樓〉的第四回〈圖私事「設計」賺高堂　假公言謀差相佳婿〉等等。這些「妙計」，有時只是主角的個人想法，譬如「心中有了計算」表示主角心裡已有打算，但有時則必須大費周章地在情節轉折處，發揮關鍵的作用。

李漁的小說往往有個特別聰明的角色，在面對環境窘迫的時候，選擇透過欺騙、假意佈局等方式，幫助自已或他人走出困境並且達成目的。李漁的小說喜歡用「計」推展情節，每次施計就等於爲故事提出一個「成功與否？」或「如何做到？」的懸念效果。

〔註 21〕魯迅曾在〈論睜了眼看〉一文中，痛批中國文人不肯正視問題，往往運用瞞和騙造出逃路來，譬如小說家不管如何設計艱難的關卡最終都會大團圓，才子佳人若是私訂終身也終究會「奉旨成婚」壓過父母親的「媒妁之言」；若是瞞不過的史實則設下騙局，岳飛被殺便說是前世宿因；關羽則是死後成神。具有一切「冥冥中自有安排」的逃避傾向。見《魯迅全集》第一卷（北京：人民文學出本社，2005 年 11 月），頁 251～257。

懸念的敘事方法，尤其頻繁運用在《十二樓》之中。有些是順時性懸念，隨著故事中規畫的計謀一步步產生緊張、期待的感覺，敘述者限制部分人物的視角，使被欺騙的對象完全不知道天大的騙局正等著他。

如〈合影樓〉的路公周旋於屠、管二家間，因爲管提舉的心眼與迂腐，不願讓屠珍生娶自己的女兒玉娟，路公於是將屠珍生收爲義子，再假借義子名義向管提舉提親、納玉娟爲媳。又說將在同一日，招屠珍生爲自己女兒錦雲爲婿。此計一說出，知曉者有當時在場的屠觀察，隨後聽到的珍生、錦雲，以及由錦雲告知計畫的玉娟。三個主人公皆因這項妙計而煩惱全消，不藥而癒。敘述者也明白說著：「只消一劑妙藥，醫好了三個病人。大家設定機關，單騙著提舉一個。」（《十二樓》頁 30）讀者從頭到尾都參與這項計畫，並漸漸提高對於這計畫的關注力，想知道管提舉最後如何中計、中計之後的反應等等。這部分的敘事時間放慢許多，顯然爲了鋪陳懸念而刻意控制敘事節奏〔註22〕。集中火力細部描寫管提舉初聞路公提議時的反應、再寫婚後三日路公如何送帖邀管提舉前來會親、最後才正式揭曉管公中計之後的慌亂反應。只讓管提舉從頭到尾都被瞞在鼓裡，看見新人跪拜時想要迴避，反而被兩位親翁：「每人拉住一邊，不但不放他走，亦且不容回拜，竟像兩塊夾板夾住身子的一般，端端正正，受了一十二拜。」（《十二樓》頁 32）眾人皆知曉這項詭計，讀者彷彿也跟著參與這項計畫，熱切等待的便是這一幕管提舉狼狽中計的趣味模樣。

另外像〈拂雲樓〉的能紅，施計讓人賄賂張鐵嘴，順著情節發展讀者們等待的也是看韋家夫婦、韋小姐如何上當的整個過程（《十二樓》頁 188），都是類似的效果。

除了順時性的懸念以外，李漁也使用逆時性懸念。所謂逆時性懸念，必須「先果後因」，提出的問題只有通過回顧往事才能得到解答的懸念。〔註23〕也就是先把結果毫無來由地端出，刺激人們對這個結果的好奇心，之後才進行回顧或者解釋性的說明。這個計畫限制的視角就多了，知道計謀的只有故事裡施計者，讀者也一同被瞞在鼓裡。如〈歸正樓〉的貝去戎爲了造殿的費

〔註22〕范培松認爲懸念出現會帶來一定的緊張氣氛，若是一直緊張下去，會導致作品失控，所以有經驗的作者，就會用「弛」來對懸念實行控制和調節，詳見范培松：《懸念的技巧》（廣州：花城出版社，1988 年 9 月），頁 154。

〔註23〕黃曉紅：〈敘事中懸念的類型〉，《湘潭師範學院學報》26 卷第 6 期，2004 年 11 月，頁 98。

用故弄玄虛，先告訴靜蓮：「待我用些法術感動世人，還你一年半載，定有人來捐造。」說完便出門去，果眞半年後，就有一仕宦、一位富商因爲受到貝去戎「法術」感動而前來施財行善。多年以後，貝去戎在靜蓮的提問之下，才揭曉每一件所謂神仙顯靈的法術，都僅是一些誆騙的伎倆而已（《十二樓》頁 118～126）。另外如〈聞過樓〉的呆叟隱居山中先被盜劫、又被指控受過贓物，只得隨差役進城接受面審，之後殷太史才向他坦承這一切都是出自眾人想騙他入城的詭計。（《十二樓》頁 279～291）〈奉先樓〉的舒娘子，也是先將舒秀才鍊在船外，之後才說出鍊在船外避嫌與防止逃跑的兩個理由（《十二樓》頁 244～248）。

上述的例子均在故事人物遇到「阻礙」時，運用聰明計算，達到「完成」的目的。而其施計的過程，則隨著被隱瞞受騙的對象、或有時連讀者也一併隱瞞，讓答案到最後一步才揭曉，運用懸念讓讀者產生緊張、期待感，或爲結果感到驚奇或拍案叫絕。這種閱讀效果，李漁早有意識，《閑情偶寄》曾提過「小收煞」：

> 上半部之末出，暫攝情形，略收鑼鼓，名「小收煞」。宜緊忌寬，宜熱忌冷，宜作鄭五歇後，令人揣摩下文，不知此事如何結果。如做把戲者，暗藏一物於盆盎衣袖之中，做定而令人射覆，此正做定之際，眾人射覆之時也。戲法無眞假，戲文無工拙，只是使人想不到、猜不著，便是好戲法、好戲文。猜破而後出之，則觀者索然，作者赧然，不如藏拙之爲妙矣。（《閑情偶寄》頁 63）

情節發展上半部告一段落前，暫且收斂，讓人開始猜測之後的結果而留下懸念。他明言必須讓人想不到、猜不著，就是好的戲文。反之，如果早在文中就毫無懸念，便容易讓讀者感到索然。這雖然是以戲曲的結構論之，但在小說部分也是相同道理，所以他常在一段故事情節完成之前，不斷刺激讀者、甚至引導讀者，必須對某一件事情產生疑問。譬如在〈夏宜樓〉瞿吉人先央媒人提親，並讓媒人把嫻嫻近況說得一清二楚，嫻嫻驚疑萬分，覺得是命中姻緣便已先允了親事。在這裡，敘述者暫時中止故事進行，並引導讀者面對問題：「看官們看到此處，別樣的事且丟開，單想詹家的事情吉人如何知道？是人是鬼，是夢是眞，大家請猜一猜。且等猜不著再取下回來看。」明確在故事裡安排一個大問題之後，才用回顧的方式，倒敘瞿吉人如何發現千里鏡，又是如何用千里鏡偷窺到詹家的內部等細節。不只在故事中設計問題，還能在敘述中引導問題思考，於是故事就能在不間斷的疑問與解惑中，明快地進行下去了。

《說文解字》云：「計，會也，筭也。」〔註24〕顯然「計」必須綜合各種元素會算而成，李漁安排故事各種人物爭執、誤會、阻礙，最後再透過「計謀」合算出一個他認爲最完美的總和。在故事外層，透過懸念之計營造故事的驚奇新鮮，這是屬於他機智的寫作策略；而在故事內層，又彷彿透過一個繼承他精神的分身，一個腦筋轉得明快的聰明角色在其中運籌帷幄，將看似離散崩解的情節扭轉乾坤，迎向美滿結局。

（二）天命巧合、歡喜團圓

如果故事中沒有聰明人物出來打破僵局，沒有人爲的妙技施展，那麼陷入困頓的故事人物，就得靠著冥冥中註定的機緣巧合，方能美滿團圓了。「巧合」與「團圓」之間雖然沒有必然關係，卻是中國傳統小說裡合作無間的情節組合。巧合是看似沒有關聯的事情巧妙連繫在一起進而發揮作用。是對生活偶然性的一種巧妙運用。〔註25〕

陳廣興〈論文學中的巧合〉一文裡說起巧合，他認爲「巧合」具有故事層面與敘事層面兩種功能，這是關於巧合的敘事功能，就故事層面而言，能夠促進情節的發展，人物的命運往往因爲巧合而改變。若從敘事功能來看，則能夠使讀者心中引發敘事懸念，激起強烈共鳴。〔註26〕

李漁話本小說自然也有大大小小的巧合，敘事語氣常在話本中就使用「許是因緣湊巧」、「又有湊巧的事」等詞句，作爲故事情節的承接語。有時運用在故事開始時，能促使人物相遇、邂逅，在故事中則進而相戀，像〈合影樓〉的珍生與玉娟就是「機緣湊巧」，各自在家中的樓臺上兩道影子在水面相合，最後私訂終生（《十二樓》頁18～19）；〈拂雲樓〉的裴七郎也是因爲巧遇了曾退親過的韋小姐與其丫鬟能紅，而一見鍾情（《十二樓》頁156～157）。也有在故事中段，讓人物巧遇關鍵人物，促使事件的發生，譬如〈乞兒行好事 皇帝做媒人〉，就是窮不怕拿到嫖客所贈之元寶後，巧遇需要幫助的周大娘，最

〔註24〕【漢】許慎 著【清】段玉裁 注：《說文解字注》（臺北：黎明文化事業股份有限公司，1998年），頁93。

〔註25〕賈文昭、徐召勛：《中國古典小說藝術欣賞》（臺北：里仁書局，1984年），頁189。

〔註26〕陳廣興：〈論文學中的巧合〉，《英美文學研究論叢》，2009年第1期，頁321。

後爲了幫助周大娘而把元寶送她。有了這個事件，元寶才能掀起更大的誤會，成爲關鍵媒介，促使窮不怕知曉了嫖客眞實身分是皇帝的場面（《無聲戲》頁311）；〈夏宜樓〉的瞿吉人用著千里鏡，一次又一次湊巧看見嫺嫺的詩文、詹父燃燒的疏文，使他能順利的繼續裝神弄鬼，唬弄詹家父女（《十二樓》頁73～98）。另外，李漁創作話本小說初期，也喜歡使用類似「莫非定律」的巧合，也就是故事人物逃避、不希望發生的事情，偏偏就會發生在他身上。〈醜郎君怕嬌偏得艷〉、〈美男子避禍反生疑〉都是這類故事，闕里侯希望娶不美的媳婦，偏偏一個比一個美艷；美男子蔣瑜避嫌搬離原本房間，卻還是跟隔壁的何氏搬在一處引發誤會。

顯見巧合在李漁小說的故事層面能夠發揮戲劇化的作用，使兩個不相干的人物、事件能夠兜在一起產生連結，進而促成情節進展的作用。

而在大團圓之前的巧合，自然能使離散的人群、無法相守的情人、受到冤屈的罪犯，透過一件件的巧合事件扣合起來，讓事前往圓滿的一面發展。譬如〈美男子避禍反生疑〉的蔣瑜受不了嚴刑逼供而認了自己沒犯的通姦罪之後，知府回家也同樣遭受被妻子誣賴自己與媳婦有染，甚至使媳婦受屈上吊自殺，最後才意外發現老鼠從中作梗的緣由，方使知府還蔣瑜清白（《無聲戲》頁 34～54）。〈三與樓〉在眾人對著當年俠士所留的白銀發愁，找不到證人的同時，當年的俠士就湊巧前來拜訪，使這件事的推敲能夠落實下來（《十二樓》頁 69～70）。運用最多巧合的故事當屬〈生我樓〉，此篇故事最後又改寫爲戲曲〈巧團圓〉，顧名思義就是充滿巧合與團圓的喜劇故事。〈生我樓〉的尹小樓夫婦早年失子，後來巧遇了姚繼，認姚繼爲義子，姚繼又在前往與小樓相會的途中，無意中救了被綁的小樓妻子，以及他的未婚妻。在姚繼帶著老婦、曹氏與尹小樓相會時，敘述者怕是讓人不知道這巧合有多難得似的，又跳出來說明：

> 若還先賣幼女，後賣老婦，尹小樓這一對夫妻就不能夠完聚了。就是先賣老婦，後賣幼女，姚繼買了別個老婦，這個老婦又賣與別個後生，姚繼這一對夫妻也不能夠完聚了。誰想造物之巧，百倍於人，竟像有心串合起來等人好做戲文小說的一般，把兩對夫妻合了又分，分了又合，不知費他多少心思！這樁事情也可謂奇到極處、巧到至處了。（《十二樓》頁 267）

這段話有趣暗示李漁寫作時的費盡心思，得先將一對夫妻合了又分、分了又合，而由分到合時，還得「巧」合才行，時機、對象不能有絲毫誤差。否則故事人物就無法團圓，也就無法喜劇收場了。

「巧合」與「妙計」不同，巧合在故事裡沒有任何人力介入，一切命中註定、天命姻緣、善惡果報，結果不是故事人物耗費心思求來的，甚至有時候刻意去追求也是沒用，譬如〈失千金福因禍至〉的世良借了兩次銀兩，想出門生意求財，卻都弄得血本無歸狼狽鬢相，最後錢財卻是靠著意想不到的緣分牽連而得到（《無聲戲》頁 67～91）；〈改八字苦盡甘來〉的皂隸蔣成拜訪華陽山人，原是希望能擺脫衰運未果，華陽山人為了安撫隨意給的一張假八字的紙條湊巧與刑廳八字相同，才因刑廳憐憫而轉運（《無聲戲》頁 56～66）。促使故事能夠圓滿收場的巧合，均是天賜良緣、何該如此。

至於為何天賜良緣？為何能夠時來運轉？也不是沒有原因的突然發生，這些故事人物能夠突然交上好運的原因乃在於他們之前做了好事，所以最終的精神導向還是「善惡果報」的結果。〈奉先樓〉的舒秀才之所以能夠在與妻子離散後還能巧遇重聚，是因為他是個吃半齋的人，在餓極之時，還能秉持原則嘔出已經嚥下的牛肉，感動了北斗星君才促成了這項團圓。〈妻妾抱琵琶梅香守節〉的婢妾碧蓮在聞相公死訊之後，仍堅持守節撫養遺孤不隨大娘二娘改嫁，最終才能與相公團圓，原本不孕的她還能再生下兩個兒子。

這部分便吻合李漁在大收煞說的，即便使人物相聚團圓，也不能強拉一處，勉強生情。一切看似湊巧，但追究原因仍是因為存著好心做著好事的人，才能夠擁有這個美好幸運的機緣。這些理由，他總會在故事結論勤勉補充著，務必使整個圓滿的結局都其來有自。

不過巧合所引發的懸念，不若前面施計那般的緊湊吸引人，往往是為了迎合觀眾期待的發展，知道團圓是必然結局的意識前，鋪陳好人終究有好報的因果報應，所以在故事中善良的人物遭遇困難時給與湊巧的幫助與推動。情節的順序就變成了「主角做善事→遭遇困難→巧合轉運→大團圓→補充是因為主角做善事的緣故」千篇一律。敘述者採取全知的視角，有時還自動假設了觀眾的提問，增加說明的機會，如〈改八字苦盡甘來〉皂隸蔣成為何能得到一個假的好八字，敘述者便於故事結尾說明：

> 說來真個耳目一新。說話的，若照你這等說來，世上人的八字，都可以信意改得的了？古聖賢「死生由命、富貴在天」的話，難道反

是虛文不成？看官，要曉得蔣成的命原是不好的，只爲他在衙門中做了許多好事，感動天心，所以神差鬼使，教那華陽山人替他改了八字，湊著這段機緣。(《無聲戲》頁 65～66)

這段話還得先模擬讀者發問「說話的，若照你這等說來……」然後敘述者再回答：「看官，要曉得蔣成的命是不好的……」整個敘事節奏就顯得多餘拖沓了些。雖然如此，但因讀者角色的介入，方能創造出台上台下打成一片的喜劇效果。

人爲的妙計或天命之巧合，都能帶來恍然大悟的驚喜，都能化解情節邁向大團圓之前的阻礙，自然地將分裂的、困厄的難題排除。李漁的故事結構雖然傳統，但他企圖在傳統之中另闢一條合理的新徑。他的「新」並非突破全部的格局，不是革命性破壞再創造，他喜歡在既有的形式裡，改造出一番新天地。如同他在《閑情偶寄・詞曲部》的賓白篇曾提過：「千古文章總無定格，有創始之人，既有守成不變之人；有守成不變之人，既有大仍其意，小變其形，自成一家而不顧天下非笑之人。」〔註 27〕他熟悉歷代文學發展的趨勢，從過往的經驗中得知只需小小的變動，就能讓人輕易接受又感到新奇的這種「變舊爲新」的思考模式，而這也成爲李漁非常強烈的個人敘事風格了。

綜上所述，我們可以看見李漁慣用的喜劇敘事手法是從常民經驗文化中取得靈感，削弱大家對舊有常識的認知，積極賦予新意。此新意並未眞有深意，但李漁總是藉由說書者相對而言全盤皆知的高度、或者故事內機智的角色，進行滔滔不絕、其來有自的解說。另外他又善用妙喻，把天南地北的看似毫無關聯的兩件事聯想在一起，尤其擅長把猥褻低俗之事轉化成別有風味的情色笑話。而他建構的故事城牆，雖然保有固定的傳統與步驟，但因爲善於在結構裡鑿出各種迂迴秘徑，以懸念、巧計、團圓等手法讓故事盡可能堆疊得緊湊豐富，再漆上他獨特巧妙的言語，才能成就專屬於他個人特色、又深受大眾喜愛的故事堡壘。

其實將舊有的常識詮釋出新解、巧喻低俗不堪的題材以及佈局足智多謀的故事結構，都是李漁運用其卓越的聯想力，將既有的生活經驗穿鑿附會、進行各種自由連結的喜劇語言策略。他的招數並不多，但因爲總能抓住「新奇」的賣點，察人所不察之處，所以他說的故事還是引人入勝，使讀者甘願

〔註 27〕【清】李漁：《閑情偶寄》，《李漁全集》第三卷（杭州：浙江古籍出版社，1992 年），頁 49。

沉浸於他的敘事語境中，一起去領略他那些「小變其形」就能「自成一家」的喜劇世界。

第二節　描繪喧鬧的衆生圖景

李漁的話本小說題材多從愛情、婚姻家庭出發，也有發展成公案、冤屈、俠義、果報等包羅萬象。他的故事人物涵蓋各階層，上至帝王、官宦下至乞丐、流寇。杜濬評李漁《無聲戲》時認爲「《無聲戲》之妙，妙在回回都是說人，再不肯說神說鬼。更妙在忽而說神，忽而說鬼，看到後來，依舊說的是人，並不曾說神說鬼。」〔註 28〕不僅是《無聲戲》，另一本話本小說《十二樓》也多以平民百姓爲故事主角。李漁的人物、故事背景皆貼近當時的社會現實，但透過李漁誇張的筆法詮釋，使得這些平凡百姓的遭遇看起來一點也不平凡。

以下就李漁話本小說底下常見的喜劇人物類型分析之：

一、女諸葛與河東獅

李漁善於刻畫女人形象，在他的《閑情偶寄》當中的聲容篇，就專門記載關於女人品評，分爲選姿、修容、治服、習技四大類，譬如選姿中提到若要透過面相角度觀察女子眉眼，還得留意女人因爲害羞所以目避下視，此時自己當降軀以矚之，當女人環轉眼睛以避時，則能在女人眼球轉動的時候，辨別其「貴賤妍媸之別」。〔註 29〕敘述的語氣簡直同鑑賞建築、植物、食物一樣，把女人也當作是鑑賞的對象，並炫示他對於女人有一套屬於自己的美感標準。

毛文芳曾在《物・性別・觀看——明末清初文化書寫新探》裡明白指出：

> 歷來沒有一個時代，像明末清初這麼鄭重其事地將女子視爲一種觀看對象，仔細地觀察與品賞女子，進而廣泛地發展女性化的趣味，女性一逕地處在男性視野中。〔註 30〕

〔註 28〕【清】李漁：《無聲戲 連城壁》，《李漁全集》第八卷（杭州：浙江古籍出版社，1992 年），頁 424。

〔註 29〕【清】李漁：《閑情偶寄・聲容部》，《李漁全集》第三卷（杭州：浙江古籍出版社，1992 年），頁 111～112。

〔註 30〕毛文芳：《物・性別・觀看——明末清初文化書寫新探》（臺北：台灣學生書局，2001 年 12 月），頁 48。

明末清初的經濟、思潮發展，讓當時的文人關注於生活、物質層面，非常重視環繞自身的美感事物，除了遊歷山水、品鑑古董書畫、園林建築以外，女人也是非常重要的審美對象。他們共同擁有明顯的「觀看」、「鑑賞」文化，透過鑑賞時的話語權力，已下意識地將鑑賞對象化爲所有物。

在男女地位落差還很大的古中國社會，男子視女人爲己物、物化女性這樣的社會風氣並不稀奇，只是在明末清初，他們更將其具體落實於書寫，把女人理所當然地網羅進他們品評書寫的範圍裡。所以當時便有《美人譜》、《花底拾遺》、《青樓唾珠》、《品花箋》等著作〔註 31〕，他們不僅審美、也審醜。陳元龍的〈妒律〉就曾仿律法的形式，套入各種妒婦情境並爲妒婦的「罪狀」設計誇張的重刑〔註 32〕，雖是嬉鬧取樂之作，但仍可看出便男作家的視角底下，「去妒而後快」的企圖。

李漁的話本小說中，也大量出現各種婦人女子的角色，他描寫未出閣的女子時，總不吝爲佳人勾勒出含羞帶怯、端莊婀娜的美麗形象。當然有些大膽追求自由愛情的勇敢未婚女子，譬如〈譚楚玉戲裏傳情 劉藐姑曲終死節〉的劉藐姑，爲了抵抗母親將她許配給富人爲妾，不惜投江以死明志（《無聲戲》頁 251～279）；再看〈合影樓〉的玉娟，也是不管父母的反對，與珍生私定終身（《十二樓》頁 13～35）。但比起未出閣的小姐，李漁更擅長刻畫家庭中的各式已婚婦人。這三十篇話本小說，其中妻妾在情節裡擔當重要、關鍵角色的就有十三篇〔註 33〕。顯見李漁非常喜歡書寫婚姻狀態中的女子形象。

〔註 31〕毛文芳：《物・性別・觀看——明末清初文化書寫新探》（臺北：台灣學生書局，2001 年 12 月），頁 47。

〔註 32〕【清】陳元龍的《妒律》內容以條列的方式記載各種妒婦情境，如「婦人臥病如果還使婢女稽查丈夫與妾的私語者，杖一百流三千里」或「婦人因夫偶飲妓家，遂令跪床前者，杖一百徒三年」等等。收錄於《筆記小說大觀》第五編（揚州市：江蘇廣陵古籍刻印社出版，1995 年），頁 2997～3019。

〔註 33〕此數據計算的依據，是以李漁話本小說中主要涉及夫妻關係的經營，妻妾遇家中地位、守節等難題的已婚婦人，有〈醜郎君〉的三位妻妾；〈女陳平〉的耿二娘；〈移妻換妾〉的楊氏與陳氏；〈妻妾抱琵琶〉的羅氏、莫氏、碧蓮；〈說鬼話計賺生人〉的雲娘；〈妒妻守有夫之寡〉的醋大王與淳于氏；〈貞女守貞來異謗〉的上官氏；〈寡婦設計贅新郎〉的「五美」；〈奪錦樓〉的邊氏；〈十卺樓〉的屠氏；〈鶴歸樓〉的圍珠、饒翠；〈奉先樓〉的舒娘子等共十三篇。其餘才子佳人故事如〈合影樓〉〈夏宜樓〉雖然男女主角最終結婚，但並沒有描寫婚姻生活，另外只是一般配角如〈生我樓〉的龐氏雖也是已婚婦人，但故事裡的婚姻生活並非故事重點，於是不列入計算。

李漁筆下的已婚婦人，已經脫離需經父母安排婚姻、待字閨中有所保留的少女階段。嫁進夫家以後，她們正視自己的欲望、懂得審時度勢，積極尋找自己在家中的定位。許多女性人物的才智與力氣甚至淩駕於夫君之上，其中大致可分聰慧靈巧與妒悍潑辣兩大類型，她們在各自的婚姻生活裡面大展身手，費盡心思達成目標。所嫁非人的婦女強調權力義務均分，想鞏固地位的婦女悍防其他妻妾，不幸淪落劫難的婦女則需先明哲保身。不管她們如何大費周章與種種遭遇相抵抗，鮮明的個性、話語總是張力十足。

（一）聰慧機智的巧婦

李漁肯定有才能的女子，他筆下有多位女性人物機智絕倫，能評估局勢，化險爲夷，在混亂的大大小小災難裡，積極保存或主動爭取自己最適當的位置。

俗話說女怕嫁錯郎，李漁在〈醜郎君怕嬌偏得豔〉以笑謔的方式描寫三位婦女嫁給奇醜無比的闕不全時的反應。第一位鄒小姐因無法忍受闕不全的各種醜惡外貌，一個月後便托人刻了觀音像，放在書房裡佯裝吃齋禮佛，巧妙避行夫妻義務；第二位何小姐嫁進來第三天，也趁機躲進鄒小姐的房裡不肯出來，最後一位進門的吳氏先在袁進士家中被原配嫉妒，又陰錯陽差被迫嫁進闕里侯家中，爲了保全自己貞節，還沒與闕裡侯洞房就先以死要脅，又裝神弄鬼要闕里侯護送她到靜室裡與前兩位美妻會合，甚至還有機會能擺脫闕里侯，可惜袁進士已不再接受她。後來吳氏冷靜評估局勢，知道如果所嫁醜夫已是命定結局，那麼至少得分擔自己的妻子義務：

> 他娶過三次新人，兩個都走脫了，難道只有我是該苦的？她們做清客，教我一個做蛆蟲，定要生個法子去弄她們過來，大家分些臭氣，就是三夜輪著一夜，也還有兩夜好養鼻子。（《無聲戲》頁 28）

最後吳氏巧言說服其他兩位妻子一起行服侍醜丈夫，這三段狀似極不美滿的婚姻，最後竟然靠著三位妻子團隊合作圓滿度過危機。

雖然不幸嫁給醜丈夫，但妻子間合作聯盟，協調節制規律的生活方式度過難關，說的還是妻子以自己的幸福爲優先考量。但若是嫁給無能又窮困的丈夫，妻子甚至得主持大局，爲整個夫家重振家風。〈說鬼話計賺生人 顯神通智恢舊業〉中的雲娘嫁給家道中落的秀才顧有成，沒有其他妻妾一起合作，便必須獨自運用自己的智力，使自己的夫家重新振作。雲娘才剛嫁進顧家，便開始評估情勢：

> 雲娘走進大門，看見新郎的舉止與家人的動靜，就知道這分人家，不做婦人的家數做得來的，連「女中丈夫」四個字都用不著，還要截去上二字，不肯列於女子之中，儼然以丈夫自命。……。及至查問田產，並沒有寸土尺地。雲娘看見這些光景，十分憂慮。心上思量道：「這等看起來，連『丈夫』二字也用不著，竟要做神仙了。」（《無聲戲》頁 429）

她嫁後三天便出來理家，以家中主人身分，監視丫鬟、稽查奴僕，還得不動聲色假託過世的前妻之口，做出無米之炊好讓家中奴僕暗自心驚，從此洗心革面、忠心侍主。雲娘還了債務，賤買糧食再貴賣，家境從此興旺。可笑的是，搞不清楚狀況的丈夫，對於妻子的聰慧一無所知，一直到後來都還天眞以爲妻子具有點鐵成金的法力，夫妻的癡愚與聰慧成爲明顯對比。

若在太平之時，婦人嫁入夫家所需面對的挑戰，不外乎是家庭裡的生活瑣事、家人之間的權力位置；但若身逢亂世，國家危難、社會局世混亂，連最基本的活命都是未知數了，婦人家還要如何保全貞節與名譽？

〈女陳平計生七出〉的耿二娘臨危不亂。她能從眾流賊中迅速判斷賊頭身分，主動輸誠屈從以避免其他侮辱，還能僞裝經期與在私密處塗抹巴豆拖延賊頭的侵犯，最後還能擒住賊頭，借賊頭之口在眾人獲得眾人的信賴，所以李漁最後又補充說明：

> 假如把他弄死，自己一人回來，說我不曾失身於流賊，莫說眾人不信，就是自己的丈夫，也只說她是撇清的話，哪見有靛青缸裡撈得一匹白布出來的？如今獎語出在仇人之口，人人信爲實錄，這才叫做女陳平。（《無聲戲》頁 105）

在這篇故事，二娘的冷靜機智除了與賊頭的狼狽猴急成爲可笑的對比以外。與其它被掠婦人也有顯著的差異，李漁刻意諷刺，之前要尋死的婦人，在面對賊頭時卻是：「眾婦個個歡迎，毫無推阻。預先帶的人言、剃刀，只做得個備而不用；到那爭鋒奪寵的時節，還像恨不得把人言藥死幾個，剃刀割死幾個，讓他獨自受用，才稱心的一般。」（《無聲戲》頁 98）這個場景非常荒謬，李漁用他精準的對比，徹底嘲弄了傳統社會最講究的貞節觀念。

〈奉先樓〉也描寫另一位在劫難逃的已婚婦人舒娘子，在災難來臨前，她還先請丈夫邀請族人共同商議「守節」與「存孤」二事，最後選擇後者。舒娘子沒有耿二娘如此幸運，她被闖賊凌辱後，後又委身於將軍，藉以細心養大舒家七世單傳的血脈。多年後無意聽見前夫舒秀才在船艙外的哭喊，她還能壓抑想與前夫相認的激動，冷靜做出適當的決策——讓人用鐵鍊將前夫栓在船外示眾。一來可防止前夫在不知情而離開，錯失相認的機會；二來是防範後夫回來以後若是疑心倆人之間的清白，會對前夫不利。（《十二樓》頁235～248）娘子的細膩與聰慧，也同樣是為了保全他人對自己貞節的猜疑而費心安排。從這幾個故事中可以看見，這幾位已婚婦人她們都具有獨立思考、細膩聰明、審時度勢的優點。遇到難題時，也會藉助他人能力，最終達成目標。

上述兩個例子還能看出李漁企圖消解婦人的貞節傳統觀念，以戰亂時期弱勢的市井小民裡頭更被邊緣化的女子為對象，拆穿言行不一的「節婦」偽裝，而真正守節的婦人，是用才智與不得不的犧牲才能達到她們更偉大的目的。李漁並不企圖建立新的貞節觀念，但他在故事中，同情並肯定這些聰慧的女子。

李漁曾辯駁「女子無才便是德」這句話：

> 女子無才便是德，言雖近理，卻非無故而云然！因聰明女子失節者多，不若無才之為貴！蓋前人憤激之詞，與男子因官得禍，遂以讀書作宦為畏途，遺言戒子孫，使之勿讀書勿作宦者等也！此皆見噎廢食之說，究竟書可盡棄，仕可盡廢乎？吾謂才德兩字，原不相妨，有才之女，未必人人敗行：貪淫之婦，何嘗歷歷知書？
>
> （《閑情偶寄》頁141～142）

他在《閑情偶寄》大力鼓舞女子學習各種才藝、文學，鉅細靡遺地交代學習的步驟，顯見他對女人的真誠與關心。不管是透過前面所引之論點、或者觀看他書寫巧婦的故事，都能看見他進步與寬容的思想。譬如他知道女人家在亂世之中所面臨的重大難題就是「守節」，於是在敘述故事的過程中，就同時涵蓋著「節婦難得」與「失節事小」兩種概念。在這些形容巧婦的故事之中，雖有一些情節充滿嘲弄與鄙夷的語氣，但還是能看見他對於這些婦人家的悲憫與理解之心。

（二）刁鑽潑辣的妒婦

從明清話本小說的女子形象看來，「妒妻問題」顯然是明末清初讓男人相當關注的社會現象。然而妒婦現象並非明清時候才有，劉宋的虞通之曾寫志人小說《妒記》，描述王導之妻曹氏妒忌拿刀追討與王導懼內鞭牛飛奔的詼諧事蹟〔註34〕；南朝梁張纘作〈妒婦賦〉雖沒具體描寫妒婦故事，卻也評論「惟婦怨之無極」〔註35〕。然而「妒婦問題」似乎到明末清初時節才成爲「問題」，成爲當代文人正視，甚至企圖「療妒」、「治妒」的主流意識。明末出現男作家爭相探討與批評，譬如謝肇淛（1567年～1624年）在《五雜組》中指出：

> 凡婦人女子之性，無一佳者，妒也，吝也，拗也，懶也，拙也，愚也，酷也，易怒也，多疑也，輕信也，瑣屑也，忌諱也，好鬼也，溺愛也，而其中妒爲最甚。故婦人一不妒，足以掩百拙。〔註36〕

他列舉眾多缺點，其中嫉妒爲最嚴重的一種，顯見他對於婦人的善妒毛病感到強烈不滿。明清時期的小說家也多有描寫妒婦的故事，譬如《醋葫蘆》〔註37〕、《醒世姻緣傳》〔註38〕等，皆以男性的角度譴責妒婦、並把「妒」當成婦女疾病。

而李漁小說作品中最突出的兩篇妒婦形象，就是〈疑妻換妾鬼神奇〉的陳氏與〈妒妻守有夫之寡，懦夫還不死之魂〉的淳于氏了。

或許李漁也明確意識到妒婦的題材已被廣泛書寫，所以特意在這兩篇故事中加了點新意，〈疑妻換妾鬼神奇〉寫的是妾嫉妒妻子進而陷害原配：

> 從來婦人家吃醋的事，戲文、小說都已做盡，那裡還有一樁剩下來的？只是戲文、小說上的婦人，都是吃陳醋，新醋還不曾開壇，就從我這一回吃起。（《無聲戲》頁191）

他這篇寫得是新妾陳氏，嫁進已有一病妻的韓一卿家中。陳氏原本以爲原配楊氏會隨著嚴重的病情過世，沒想到她的病卻日趨和緩。陳氏再拿毒藥想害楊氏，反讓楊氏的病情以毒攻毒，恢復健康。陳氏嫉妒不過，開始誣陷楊氏偷竊與不貞的罪名。李漁在這裡比較精采的描寫，是將陳氏寫成一位僞君子。她背地裡做出各種壞心勾當，但表面卻相當賢慧得體。譬如韓一卿痛打楊氏

〔註34〕【劉宋】虞通之：《妬記》：「曹氏聞驚愕，大恚，不能自忍，乃命車駕將黃門及婢二十人，人持食刀，自出尋討。王公亦遽命駕，飛轡出門。猶患牛遲，乃左手攀車欄，右手提麈尾，以柄助御者打牛，狼狽奔馳，劣得先至。」載於《藝文類聚》卷三十五（北京：北京愛如生數字化技術研究中心「中國類書庫」影宋紹興本）。

〔註35〕【梁】張纘：〈妒婦賦〉，載於《藝文類聚》卷三十五（北京：北京愛如生數字化技術研究中心「中國類書庫」影宋紹興本）。

〔註36〕【明】謝肇淛：《五雜組》卷八（合肥：黃山書社，「中國基本古籍庫」影萬曆四十四年潘膺祉如韋館刻本，2009年）。

〔註37〕【明】西湖伏雌教主：《醋葫蘆》（天津：百花文藝出版社，1992年）。

〔註38〕【清】西周生：《醒世姻緣傳》（北京：中華書局，2005年）。

時，陳氏替楊氏苦辯：「大娘是個正氣之人，絕無此事。」韓一卿要趕楊氏出門時，陳氏還跪下來求情：「求你恕她個初犯，以後若再不正氣，一總處她便是。」（《無聲戲》頁 198～199）李漁先爲陳氏戴上假面具，後來也毫不留情地撕下，露出陳氏的本性。在楊氏備受冷落多時，卻因爲不明原因跟韓一卿過夜，被陳氏發現時，陳氏此時再也不像先前的賢慧溫柔，而是潑悍打罵：

> 陳氏氣得亂抖，就趁他在睡夢之中，把丈夫一個嘴巴，連楊氏一齊嚇醒：各人睜開眼睛，你相我，我相你，不知又是幾時湊著的。陳氏罵道：「奸烏龜，巧王八！教你明明白白地過來，偏生不肯，定要到半夜三更瞞了人來做賊。我前夜著了鬼，你難道昨夜也著了鬼不成？好好起來對我說個明白！」（《無聲戲》頁 201）

李漁將陳氏個性形象刻畫得很有層次，前面表現得溫良恭儉，後面則髒話罵聲不斷，形成有趣的對比。故事後來還是讓陳氏受到神明的附身而自己認罪、所有過程自問自答，自拆僞裝的部分頗爲荒唐狼狽。這位妒婦最終還是成爲婚姻裡的輸家，「男人的正義」獲得勝利，李漁在這篇故事之前說了一番關於看似爲妒婦辯論的新解，最後還是不了了之，讓這篇開頭看似有新意的人物設定，最後還是成爲「療妒」的故事之一。

另一篇故事〈妒妻守有夫之寡，懦夫還不死之魂〉，李漁就直接進入「療妒」的主題，他讓妒婦化身爲故事裡的丑角，讓故事喜劇性的重擔，落在這些妒婦以及懼內卑微的男人身上。這篇故事甚至把「療妒」的流程機械化，有療妒大師費隱公，顯著的事蹟是降服了醋大王，從此成爲眾人欽佩的「妒總管」，費隱公還因此收了門生，開班授課，煞有其事的樣子讓人發噱。

誰知道費隱公家隔壁的還住著一位更厲害的妒婦淳於氏。費隱公的門生第一次闖入她家時，她還嘴裡不認輸的罵著，但那雙小腳一步一步的往裡縮，最後妥協讓丈夫納了妾。費隱公的門生再次闖入家中時，淳于氏的潑辣程度已再進階，除了罵出許多男子口中罵不出來的髒話、命令丫鬟執器械打人以外，還設了非常極端的機關：

> 只見樓上的窗子還是閉著的，只說在裡面打點說話，好解散眾人，那裡知道他安排兵器。少刻窗子一響，竟有許多汙穢之物從樓上傾將下來，傾得眾人滿頭滿面。你說是些甚麼汙穢？原來是淨桶裡面的東西，叫做「米田共」，預先防備他來，擺在樓上伺候的。起先躲避上樓，就是爲此，居高建瓴，正要使這恩施普遍。所以眾人裡面，

沒有一個不被他雨露之恩，又喜得是仰面而受，沒有一滴洒在空處，這個越王勾踐，是人人要做的了。(《無聲戲》頁 345)

這則故事彷彿闖關式的遊戲，挑戰完第一個妒婦又有下一個，一關過完又有更艱難的挑戰等著這群男人，整體描寫得非常詼諧。又用反諷形容淳于氏將糞便「恩施普遍」，而眾人則承受其「雨露之恩」，還「仰面而受」，最後以越王勾踐嘗膽之苦，調侃這些被糞便澆淋的可憐人們。

李漁筆下的妒婦，都很聰明有主見。她們不是單純的潑辣兇狠而已，而是有手段、有伎倆，也能夠評估時勢，敵強則我弱的時候虛與委蛇，之後再趁勢壯大崛起。只是，她們還是得在婚姻裡被迫妥協。不管是陰狠的陳氏還是潑辣的淳于氏，最後她們都還是成爲男作家筆下屈服的那一方，李漁所謂的「療妒」，駕馭妒婦的方式，其實還是假託鬼神。〈疑妻換妾鬼神奇〉透過神明附身，讓陳氏自招罪名，〈妒妻守有夫之寡〉的淳于氏，最後認輸也是因爲被以爲已經死去的丈夫嚇得花容失色，以爲陰間鬼魂問罪，才徹底收斂自己的行爲。這樣的結局，與前面眾多巧婦施技時如出一轍，落入李漁自己的俗套裡。

儘管看見了李漁在塑造女子形象時的創新與局限，我們還是能看見這些女性人物無論品行善惡，聰明機智或張牙舞爪，她們活潑生動地展現人物個性，使故事充滿驚奇與新鮮感。

二、鄰人滿牆頭

唐時杜甫回鄉，形容鄉里對他的遭遇是「鄰人滿牆頭，感歎亦歔欷」〔註39〕，既關心又爲他感慨。李漁的話本小說多以熱鬧的城市爲故事背景，其中也安排許多熱情的「鄰人」、「眾人」。他們也積極關注主角，但表現的情感卻一點也不溫馨。這些看客沒有姓名、也沒有外貌形象，卻常常圍繞在主角周圍，進行旁觀、議論或幫腔。多半出現在公共場所，有時由主角主動招攬，也有單純湊熱鬧推擠向前爭觀的。只要他們圍上來，故事主人公就成爲被觀看的對象。他們生動體現市井間龐大、旺盛的生命力，不只是七嘴八舌的議論而已，很多時候還成爲推動故事情節的重要關鍵。

看客群雖多爲主角的鄉里、同伴，但說話卻不留情，他們有時是道德的，但更多時候卻也殘酷現實。尤其以《無聲戲》的群眾角色特別辛辣，譬如〈美

〔註39〕【唐】杜甫著【清】仇兆鰲注：《杜詩詳注（一）》(新北市：漢京文化出版社，1984 年 3 月)，頁 391。

男子避惑反生疑〉的玉吾就是被鄰里質疑才逼得鬧上公堂；〈女陳平計生七出〉的耿二娘夫妻公審賊頭，也是爲了取信眾人自己貞節並未遭受污辱；〈男孟母教合三遷〉季芳因爲惹了眾人嫉妒、犯了眾怒才被打死在公堂之上；〈鬼輸錢活人還賭債〉的眾人慫恿竺生借貸賭博；〈妒妻守有夫之寡，懦夫還不死之魂〉的百位眾人甚至逼入穆子大家中，斥責淳於氏的嫉妒。《十二樓》雖然也有精采的圍觀議論情形〔註 40〕，但因爲多以獨棟建築爲故事圍觀群眾少得許多、行爲也顯得收斂許多，故以下所舉之例將以《無聲戲》爲主。

這些群眾自然出現在公眾廣場，或者有他們出現的地方，那裡就成爲廣場，他們擁有各種聲音，有戲謔、有批判與嘲弄，正是廣場語言的體現。李漁在創作的過程融合社會眾聲喧嘩的各種聲音，他創造象徵他者、客體的大眾角色，並且戲擬更粗野、更不莊重的聲腔，逼眞呈現大眾廣場的場景。

這種精神類似巴赫金（M. M. Bakhtin，1895 年～1975 年）說的廣場語言，巴赫金認爲拉伯雷作品中的廣場因素，與拉伯雷本身曾經長時間受民間廣場文化影響有關，民間舉凡傳統慶典、市集、演戲、街頭狂歡等皆在廣場舉行，民間的廣場可以同時聚集了所有非官方與官方的言語與意識：

> 中世紀末期和文藝復興時代的廣場是一個統一完整的世界，在那裡一切表演，從廣場的大聲吵架到有組織的節日演出，都帶有一種共同的色彩，爲同樣的自由、坦率、不拘形跡的氣氛滲透。在廣場上像指神賭咒、發誓、罵人話這樣的不拘形跡的言語因素已完全合法化了，輕而易舉地滲透到所有傾心於廣場的節日體裁之中。廣場集中了一切非官方的東西，在充滿官方秩序和官方意識型態的世界中彷彿享有治外法權的權力，它總是爲老百姓所有的。……廣場是處於中世紀官方世界之中的第二世界。主宰這個世界的一種特殊交往、自由自在、不拘形跡的廣場式交往。〔註 41〕

民間廣場匯集所有活躍的可變因素，所有界線都能在廣場節慶的氛圍當中被模糊，但筆者想透過這段引文論述的重點並非廣場自由、坦率的解放精神，而是認爲當群眾出現，群眾的言語力量就會瞬間合法化、權力化。當故事在廣場等

〔註 40〕〈生我樓〉小樓賣身爲父飽受眾人嘲笑、最後還得在眾人面前脫下兒子的褲子驗卵證實身分，以及〈拂雲樓〉的醜婦封氏遊湖時，觀看群眾誇張表現也頗讓人發噱。

〔註 41〕【俄】巴赫金著 李兆林、夏忠憲譯：《拉伯雷研究》，《巴赫金全集》第六卷（石家莊：河北教育出版社，1998 年），頁 174～175。

公眾地方發展，主角與圍觀眾人共用話語的權力，此時各種言語輕易互相滲透、影響，多數壓過少數，就算高高在上的官方階級，也無法輕忽四方湧來的聲音。這時語言正在廣場上以親暱笑罵的方式，拉近人跟人之間的距離。〔註 42〕

譬如第八卷〈鬼輸錢活人還賭債〉的賭客，罵竺生「獃子」，罵小山「鬼頭鬼腦」、「光棍奴才」（《無聲戲》頁 148）；第二卷〈美男子避禍反生疑〉的鄰人，罵玉吾「扒灰」，罵蔣瑜「窮鬼」，不同個性的眾人也有不同個性的言語表現，當他們狐疑蔣瑜與玉吾家媳婦私通時：

> 有一個尖酸的道：「可恨那老亡八平日輕嘴薄舌，慣要說人家隱情，我們偏要把這樁事塞他的口。」又有幾個老成的道：「天下的物件相同的多，知是不是？明日只說蔣家有個玉墜，央我們估價，我們不識貨，教他來估，看他認不認，就知道了。若果然是他的，我們就刻薄他幾句，燥燥脾胃，也不爲過。」（《無聲戲》頁 41）

李漁戲擬個性尖酸者自然出口就見「老亡八」的字眼，而成穩個性的聲腔則會從長計議，在其中找出折衷的方式，只要「刻薄幾句」即可，因爲聲腔的多元，使群眾議論形象更加生動有趣。

群眾很少眞正安靜下來，除了語言相譏，還有其他生動表現。譬如第四回〈失千金禍因福至〉，富翁楊百萬以相人面相來借錢，他看出世良擁有富貴命運，於是不管世良搞砸了幾次貸款，還是二話不說的將錢借貸與他。此時，世良身邊也有一群等著借貸的人：「眾人都把他細看，也有讚嘆果然好相的，也有不則聲的，都要掙著眼睛，看他做財主。」（《無聲戲》頁 74～75）就算沒有設計對白，但看客好奇張望的的形象豐富，仍然使這幕借貸的情節產生熱鬧的喜劇氛圍。

不完全友善的群眾，他們所表露的現實人性往往比主角還要眞實。李漁的小說內容往往過於遵循娛樂效果，而使故事主線與社會現實脫節，故事主角太戲劇化，缺少深刻的韻味；但是主角與群眾呈現對立的場面時，倒是相當社會化、非常寫實。另外，群眾也常因爲仗義或私慾的言語心理矛盾，使得語言出現不同的層次。也因爲是聚眾喧鬧，毫不掩飾的刻薄批評或嘲笑謾罵呈現某種集體性的戲謔效果。而下列兩項，又是最鮮明、最常見的性格：

〔註 42〕劉康：《對話的喧聲——巴赫汀文化理論述評》（臺北：麥田出版社，1995 年 5 月），頁 282。

（一）表裡不一

最常出現表裡不一的個性，第二回〈美男子避惑反生疑〉裡玉吾原本附庸風雅喜向鄰人炫耀扇墜，自扇墜被媳婦取去以後，鄰人問及扇墜。玉吾雖然說了理由，鄰人明明懷疑他扒灰，但也不會表現出來，只是笑了一笑，後來隔壁秀才蔣瑜撿到玉吾媳婦遺落的扇墜，裝飾自己的扇子出現在鄰人眼前時，眾人也表面上討來看看，卻在蔣瑜離開時，馬上七嘴八舌起來：

> 蔣瑜坐了一會，先回去了。眾人中有幾個道：「這個扇墜明明是趙玉吾的，他說把與媳婦了，爲甚麼到他手裡來？莫非小蔣與他媳婦有些勾而搭之，送與他做表記的麼？」有幾個道：「他方才說是人送的。這個窮鬼，那有人把這樣好東西送他？不消說是趙家媳婦嫌丈夫醜陋，愛他標緻，兩個弄上手，送他的了，還有甚麼疑得？」
> （《無聲戲》頁 41）

表面屈從誠懇，但轉身就在背後議論是非的個性。正是社交當中常見的行爲。玉吾與蔣瑜等人也因爲這樣的輿論壓力，最後鬧上公堂。

類似表裡不一的情況還有〈男孟母教合三遷〉，故事裡季芳男風美少年瑞郎，備受眾人嫉妒，正聞瑞郎爲季芳私自腐刑，於是一狀告到官府上。太守執刑時，眾人爭看瑞郎的裸臀，此時季芳又跑上去保護瑞郎：

> 只見季芳拚命跑上去，伏在瑞郎身上道：「這都是生員害他，情願替打。」起先眾人在旁邊賞鑒之時，個個都道：「便宜了老許。」那種醋意，還是暗中摸索；此時見他伏將上去，分明是當面驕人了，怎禁得眾人不發極起來？就一齊鼓掌嘩噪起來道：「公堂之上不是幹龍陽的所在，這種光景看不得！」太守正在怒極之時，又見眾人嘩噪，就立起身來道：「你在本府面前尚且如此，則平日無恥可知。我少不得要申文學道，革你的前程，就先打後革也無礙！」說完，連籤連筒推下去。（《無聲戲》頁 125）

這也是非常普遍的人性反應，見不得人好的羨妒心理，卻透過道貌昂然、合理化的藉口懲戒故事主角。反映了社會階層對於龍陽之事的隱晦不明的曖昧態度。玉吾的玉墜謠言起源於鄰人不滿玉吾平時小氣又喜炫耀的個性；而季芳瑞郎的故事，看客則將妒恨之心隱藏在道德懲戒之下。李漁將這群看客的心理與言語，都做了層次上的設計，看客表現出最眞實的人欲，他們以自身的人性欲望爲主，嘴裡說的跟心裡、或者背地底評論的是完全不同的指標。

他先透過全知的視角告訴讀者，看客內心的思緒，然後再使看客說出虛僞的、冠冕堂皇的理由，使看客們的反差心態一目了然。

（二）盲目跟從

群眾與故事主角沒有親屬關係。他們因爲湊趣熱鬧而好奇圍觀，或者因爲有點利害關係而爲故事核心的人物幫腔，鞏固核心人物的某一方立場，所以與故事主要人物的情感關係淡薄。因此在圍觀時，他們所進行的議論與看法，隨時隨事浮動而無法固定了。

譬如第五回〈女陳平計生七出〉，當二娘成功守節又使計讓丈夫二郎計擒賊頭之後，丈夫在眾人面前拷打賊頭。賊頭爲了避免皮肉之苦，於是供出自己藏有兩千多銀子想藉此求饒。一聽到銀子，原本旁觀行刑的眾人出聲了：

> 眾人道：「銀子在那裡？」
>
> 賊頭道：「在某處橋下，請去撈來就是。」二郎道：「那都是你擄掠來的，我不要這等不義之財，只與萬民除害！」
>
> 起先那些問話的人，都恨這賊頭不過，齊聲道：「還是爲民除害的是！」
>
> 不消二郎動手，你一拳，我一棒，不上一刻工夫，嗚呼哀哉尚饗了。還有幾個害貪嗔病的，想著那二千兩銀子，瞞了眾人，星夜趕去掏摸，費盡心機，只做得個水中撈月。（《無聲戲》頁 104）

聽到銀子之後的反應很有趣，這裡的道德意識產生了分歧，原先對賊頭再恨不過，但聽到銀子之後的反應則是對銀子產生貪婪之心，但在公眾場所之下，順應主角二郎的話語而附和「還是」選擇爲民除害，表示在內心進行一場選擇。

前例爲群眾順應主角的話一呼百應，但更多時候是主角震懾於群眾的威力，甚至出現不惜僞裝自己達到集體認同的荒謬細節。譬如十二樓有一篇〈拂雲樓〉的七郎娶了醜婦封氏，當封氏的貌醜被一旁的群眾訕笑、並好奇封氏之夫是誰的時候，七郎小心翼翼隱藏自己：

> 內中有幾個道：「有了正旦、小旦，少不得要用正生、小生，拚得費些心機去查訪姓字，兼問他所許之人。我們肯做戲文，不愁他的丈夫不來潤筆，這樁有興的事是落得做的。」又有一個道：「若要查訪，連花面的名字也要查訪出來，好等流芳者流芳，貽臭者貽臭。」七

> 郎聞了此言，不但羞慚，又且驚怕，惟恐兩筆水粉要送上臉來。所以百般掩飾，不但不露羞容，倒反隨了眾人也說他丈夫不是。被眾人笑罵，不足爲奇，連自己也笑罵自己！及至回到家中，思想起來，終日痛恨，對了封氏雖然不好說得，卻懷了一片異心，時時默禱神明，但願她早生早化。（《十二樓》頁 158）

因爲害怕醜名上身，七郎不惜在眾人之間佯裝不認識自己的妻子，當別人批評的時候，他還能若無其事甚至也跟著笑罵自己。反映群眾聚集時，個人的意志、意願都不重要，而是盲目跟隨當時表現最突出的聲音與立場。

群眾善於見風轉舵，他們能評估當時較爲有利的局勢，選擇最符合多數認同的方式。李漁小說中的群眾，表現出最眞實、在團體中生活的人性寫照。雖然沒有一定標準，但是他們彼此結合協調，仍以多數人的利益爲最大標準，最後團結成一股不容忽視的言語勢力。

李漁小說裡的故事主角多半還是順從輿論。讓人玩味的是，這些輿論並非全是眞正的仗義執言。李漁設計群眾看似正義的同時，也揭露了他們道德觀浮動、利己自私的眞實面貌。

不過這樣的輿論壓力其實非常巨大，故事裡頭的主角們也在對話中表現了對於群眾勢力的驚慌，〈美男子避禍反生疑〉裡鄰人主動提議要去向蔣瑜討出玉墜對證時，玉吾慌忙止住道：「這是我家的東西，爲何要列位這等著急？」簡單一句話就將看客的激進風格描述得栩栩如生；而〈男孟母教合三遷〉在季芳死前，更是明白道出悲劇的主要原因來自於眾人的嫉妒；〈生我摟〉的尹小樓覓得親生兒子以外，還得在鄉里面前脫下褲子驗明正身；〈女陳平計生七出〉裡，二娘費心守節還不夠，她必須用計生擒賊頭，讓賊頭親自並且當眾說出二娘並未受辱的實情來取信於大眾。再看群眾中的個人角色，力量有多薄弱：

> 內中也有妻子被擄的，又問他道：「這等前日擄去的婦人，可還有幾個守節的嗎？」賊頭道：「除了這一個，再要半個也沒有，內中還有人帶人言、剃刀的，也拼不得死，都同我睡了。」問的人聽見，知道妻子被淫，不好說出，氣得面如土色。（《無聲戲》頁 104）

對照看客之中得知妻子被淫的人受悶氣的模樣，就更能襯托二娘用計之細膩與聰明，她要對付的不只是賊頭，還有廣大的社會大眾，她必須確保自己歷劫歸來之後，還能被社會所接受。

這一點我們可以看出，圍觀的群眾正代表著社會，這才是主角們最忌諱、也最飽受壓力的來源。看客們因爲人性的自私與盲從，致使他們表裡不一、見風轉舵，卻也更襯托主角們的無辜與純真，以及人單勢孤的可憐。在市井小民的世界裡，威脅未必來自於大奸大惡的壞人，而是整個大環境的社會認同。

還有，小說故事背景多設定於明代社會。雖然圍觀是人類好奇的天性、古今中外皆然，但明末資本主義所連帶影響的活躍社交風氣，也的確能反映這群看客能如此「清閒」的原因之一。那顯然是個熱鬧喧騰、界線模糊的大環境，思潮主張順從人欲、生活又重視商業發展；人民物質慾望提升、對生活享樂也更加要求；民眾從講究禮義廉恥的儒家思想中暫時解放，於是也出現一批遊閒之輩的市民階層，其中會識字唸書的還能附庸風雅，遊走於達官顯貴之門的幫閒文化將於後面章節討論。但從小說中展現的圍觀風氣，或許也表現出社會環境遊手好閒人口增加的現象。

李漁小說中的「眾人」如何表現無聊人士聚集的生活文化呢？在〈男孟母教合三遷〉便生動描繪了一幫文人喜愛男風，進而群聚圍觀評賞美少年的嗜好；同樣的行爲在〈扶雲樓〉也出現過，也是模仿榜第爲美女排名。這些李漁筆下「作孽的文人」巧立名目，對新奇人事物進行圍觀品鑑的行爲。透過這批文人尚奇、獵色，不務正業的形象風貌，足見明代文人的享樂風氣盛行。

明末市民的自我意識的崛起，也源於人民對於腐敗封建制度的反抗，到了清朝入關大規模進行整肅，人民逐漸再度接受高壓統治的壓制與馴服，市民們閒遊享樂的氣勢也就減弱了。不過小說作爲社會的反照鏡，李漁的確將這樣七嘴八舌、街頭巷議、集體享樂取向的時代風景也寫了進去。

李漁在故事裡安排了公眾、開放式的串場，運用廣場言語，戲擬看客的聲腔填補沒有台下觀眾的空隙，這批群眾顯然身兼觀賞者與表演者兩種身分，他們可以是讀者的縮影，代替讀者向故事人物質疑與好奇；也可以扮演群眾、輿論壓力，輔助敘述者成爲情節邁向教化目的發展的墊腳石。雖然因此少了細細品味文字韻味、發人省思審美的藝術境界，卻能呈現熱鬧喧嘩的表演場景。這些群眾未必討喜溫和，他們在圍觀的同時，擁有更多元的聲音與個性。李漁讓這群喧嘩但面孔模糊的群眾同聲一氣。故事也在這些熱切幫腔的基準下，更顯得荒誕與鬧趣。

看熱鬧的鄰人看客走入廣場，巧婦與妒婦也不再是純粹的閉門之役，她們也要考量旁人的目光來擬定自己的作戰計畫。這些已婚婦人與看客鄰人，原本只在社會邊緣遊走，此時紛紛走出家宅，去除其隱蔽模糊的顏色，獲得李漁敘事的聚焦中。他們的個性、言行、煩惱與缺陷，都在故事中被彰顯與誇大，成爲鮮明的特色，他們不再是傳統故事中陪襯的角色，而是成爲推動故事往喧嘩熱鬧、誇張諧謔發展的重要關鍵。

第三節　游離與解構的悲喜人生

李漁除了《無聲戲》系列與《十二樓》之外，還留下許多豐富的作品與理論著述。本節企圖參考他的生平與其他著作，結合前面兩節所說的喜劇性語言、情節佈局與喜劇性人物等特色，進而深入探究他的創作思想脈絡。

前面兩節我們可以發現李漁同時蘊含創新與傳統兩種面向，從敘述故事的語氣到題材人物的刻畫，都能看見他與其他話本小說家不同之處。李漁有其創新的一面，也有其保守的部分。譬如各篇故事的結局仍固守「團圓之趣」，且情節佈局、敘述節奏也大多雷同。他擅寫人物活潑鮮明的形象，但這些人物的遭遇或命運轉折雷同，總是仰賴計謀或巧合解決難題。他是一位懷疑論者，卻又每篇故事都隱隱暗藏天命思維與宿命觀。李漁願意碰觸的題材廣泛，卻不願深入探討，往往一篇故事的主軸到了最後結局已經偏離，種種現象讓人彷彿看見了李漁思想層面的遊離與波動，不過在這樣的情況下，他依舊堅持他創作的「喜劇」風格。以下筆者將融入李漁的生平、更多的自我論述，試圖分析李漁喜劇故事背後的喜劇思想。

一、悲劇時代的身分流轉

緒論時提及，明代中期以後文人出現幾種變相，文人個人意識解放，傳統儒教強調的禮教分際漸漸失守，加上經濟方面資本主義萌芽，商業也向文人階層滲透。使原本向上仰望朝廷、科舉功名的文人，有了另一種生活的選擇，視線紛紛轉移經營「文化事業」，向大眾靠攏尋求認同。他們在雅俗之間徘徊，具備文人風雅，又能營利謀生。

生於明朝萬曆年間的李漁就是這樣環境底下極具代表性的人物。〔註 44〕甲申之亂以前，他還是一位以科舉、功名爲人生志向的純粹文人。李漁家族

〔註 44〕李漁是浙江蘭溪人，但自幼生長在江蘇如皋，生於明萬曆三十九年，卒於清康熙十九年的杭州西子湖。其餘詳細事蹟，見於單錦珩〈李漁年譜〉，收錄在《李漁全集》第十九卷，頁 1～130。

裡並無人出仕，李漁又少年早慧，所以很受家人期待。李漁也的確有這樣的資質潛力，明崇禎八年（1635 年）二十五歲的李漁曾赴童子試，當時以五經見拔，獲當時的主試官許豸賞識，將他的試卷印成專帙，每至一地便廣為宣傳說：「吾於婺州得一五經童子。」這個舉動使李漁聲名遠播，他多年後回想起來還是非常引以為榮。〔註 45〕李漁在這個階段應該是意氣風發、仕途前景一片看好，但以優秀成績取得生員資格的李漁之後的應舉之路卻不順遂。崇禎十二年（1639 年），他赴杭州應舉途中遇劫，舉試結果又落第，於是曾為此寫下一詩〈榜後柬同時下第者詩〉〔註 46〕，埋怨自己時運不濟，命運不好，空有才氣卻無法如願登科。隔年崇禎十三年（1640 年），又寫〈鳳凰臺上憶吹簫・元日〉詞曰：

> 昨夜今朝，只爭時刻，便將老幼中分。問年華幾許？正滿三旬。昨歲未離雙十，便餘九、還算青春。歎今日，雖難稱老，少亦難云。閨人，也添一歲，但神前祝我，早上青雲。待花封心急，忘卻生辰。聽我持杯歎息，屈纖指、不覺眉顰。封侯事，且休提起，共醉斜曛。
>
> （《一家言詩詞》頁 477～478）

當時的李漁，已經嚐過鄉試落第的滋味，又警覺自己年滿三旬的年紀，相對於妻子為他祝禱而忘卻生辰的積極，已經能看見李漁「封侯事，且休提起，共醉斜曛」對於科舉的消極與逃避之意。另外還有〈夜夢先慈責予荒廢舉業，醒書自懲詩〉與〈清明日掃先慈墓詩〉兩首，則都充滿他因荒廢科舉而愧對先母的自責〔註 47〕。顯見功名不就的喟嘆以及對於家人的虧欠，李漁意氣風發的文士豪情，早已被科舉帶來的挫折消磨殆盡。

〔註 45〕《春及堂詩》跋：「侯官夫子為先朝名宦，向主兩浙文衡，予出赴童子試，人有專經，且間有止作書藝而不及經題者，予獨以五經見拔。吾夫子獎譽過情，取試卷災梨，另有一帙，每按一部，輒以示人曰：吾於婺州得一五經童子，詎非僅事！予之得播虛名，由昔徂今，為王公大人所拂拭者，人謂自嘲風嘯月之曲藝始，不知實自采芹入泮之初，受知予登高一人之說項始」《李漁全集》第一卷，頁 134～135。

〔註 46〕【清】李漁：《一家言詩詞》，《李漁全集》第二卷（杭州：浙江古籍出版社，1992 年），頁 149。

〔註 47〕前詩內容：「予失過庭教，重為泣杖人。已孤身後子，未死意中親。恍惚雖成夢，荒疏卻是眞。天教臨讀寐，礪我不才眞。」（《一家言詩詞》頁 92）寫出荒廢舉業、愧對亡母，夢而驚覺惕厲的心情。後者〈清明日掃先慈墓詩〉言：「三遷有教親何愧，一命無榮子不才。人淚桃花都是血，紙錢心事共成灰。」（《一家言詩詞》頁 158）也是相似的愧對之情。

崇禎十五年（1642 年），李漁赴鄉試途中遇警而歸，從此便不再應舉。放棄科舉的主要原因，李漁並未明確說明，不過孫楷第、黃強、張曉軍等學者多從他的詩文，推斷其原因在於李漁一再落第、又身逢亂世而厭倦科舉〔註48〕，一再的失敗，使一向自負自信的李漁承受不了挫折，加上他追求生活趣味、愛好戲曲詩歌雜學同時嚮往隱逸生活使然。〔註49〕

青年時期的李漁，人生基本信念仍以科舉爲主，那不只是他一個人的成就，還背負母親、妻子甚至整個家族的期許。也能看見李漁的功名之路從二十五歲到達巔峰之後，就讓他經歷很長一段低谷期。同時，因身逢亂世，這條科舉之路的選擇也讓他感到警惕與不安。〈應試途中聞警歸〉：「正爾思家切，歸期天作成。詩書逢喪亂，耕釣俟升平，帆破風無力，船空浪有聲。中流徒擊楫，何計可澄清？」（《一家言詩詞》頁 94）這是他最後一次赴舉，中途因警報而順應局勢折返，詩中只有慶幸的情緒，沒有無法應舉的遺憾，反而質疑起求取功名在亂世中的用處。內心的煎熬加上外在局勢的干擾，使得李漁不再應舉。那次的警報，間接促成李漁徹底脫離科舉之路。

崇禎十七年（1644），李自成攻入京師稱帝，明思宗朱由檢自縊。五月，多爾袞入定京師，十月，福臨入關定都北京，改元順治，中國在一年內經歷了三個皇帝，全國動盪劇烈，滿目瘡痍。戰亂時，李漁躲入山中避難，有五言古詩〈甲申紀亂〉紀錄到處都是流賊暴兵的避難過程，當時亂到兵賊不分，他們全是使老百姓無法安身立命的威脅：「入山恐不深，越深越多祟。內有綠林豪，外有黃巾輩。……賊心猶易厭，兵志更難遂。難民徒紛紛，天道胡可避？（《一家言詩詞》頁 8～9）」李漁反覆敘述流亂世裡賊、兵無異，百姓腹背受敵，進退維谷的悲慘命運。當時倉皇驚恐「只待一聲鼙鼓近，全家盡涉山之岡（《一家言詩詞》頁 42）」的李漁，非常慶幸自己能得到金華許檄彩的幫助，他因此寫下〈亂後無家暫入許司馬幕〉感激喟嘆（《一家言詩詞》頁 162）。順治三年，清兵破金華，他也曾因清朝剃髮令而作〈丁亥守歲〉〈薙髮二首〉發洩其憤懣之情，面對國家的陷落、家園的殘破、政治的暴權等等，從這些作品中都能看見李漁直率表達的沮喪、批判與憤怒。

〔註48〕鍾明奇：〈李漁放棄科舉考試成因說辨〉，《中國文學研究》2010 年第 4 期。
〔註49〕黃果泉：《雅俗之間——李漁的文化人格與文學思想研究》（北京：中國社會科學出版社，2004 年），頁 122～124。

李漁在這段最動盪不安的歲月裡，曾選擇隱居山林避亂或鄉間耕田，這段被他稱爲「得享列仙之福」的時光〔註 50〕，其實是他去杭州之前，很重要的過渡期，對自身功名失落與焦慮、對世道憤怒又恐懼的李漁，並不是一下子就能轉換到賣文爲生的商人身分。李漁在還沒至杭州賣文爲生以前，雖然叛離了幾乎跟隨一輩子的信念、經歷過改朝易代的可怕動亂，卻仍能在大自然中得到了最純粹、自然的救贖。他曾於〈伊山別業成．寄同社其五〉之四透露：「但作人間識字農，爲才何必擅雕龍。」（《一家言詩詞》頁 166）的豁達。這類識字農的思想，其實也體現在他的小說中，譬如〈聞過樓〉的主人公呆叟，就是一位頗有才氣、見識與一般人不同的秀才。他只是運氣不好，小考成績一直不錯，只是科舉之路坎坷，所以關於科舉之外的生涯選擇頗有自覺，呆叟曾對人立誓：

> 「秀才只可做二十年，科場只好進五六次，若還到強仕之年而不能強仕，就該棄了諸生，改從別業。鑷鬚赴考之事，我斷斷不爲。」不想到三十歲外，髭鬚就白了幾根。有人對他道：「報強仕者至矣，君將奈何？」呆叟應聲道：「他爲招隱而來，非報強仕也。不可負他盛意，改日就要相從。」果然不多幾日，就告了衣巾，把一切時文講章與鏤管穴孔的筆硯盡皆燒燬，只留農圃種植之書與營運資生之具，連寫字作畫的物料，都送與別人，不肯留下一件。人問他道：「書畫之事與舉業全不相關，棄了舉業，正好專心書畫，爲什麼也一齊廢了？」呆叟道：「當今之世，技藝不能成名，全要乞靈於紗帽。仕宦作書畫，就不必到家也能見重於世。若叫山人做墨客，就是一樁難事，十分好處只好看做一分，莫說要換錢財，就賠了紙筆白送與人，還要討人的譏刺，不如不作的好。」知事的聽了，都道他極見得達。（《十二樓》頁 275～276）

李漁透過呆叟這號人物，描繪了一個理想中的士人骨氣，能果斷停損科舉應試帶來的挫折，不再盲目追求功名，只想去除自己文人的身分，甚至連寫字

〔註 50〕李漁曾於《閑情偶寄．夏季行樂之法》云：「追憶明朝失政以後，大清革命之先，予絕意浮名，不幹寸祿，山居避亂，反以無事爲榮。洗硯石於飛泉，試茗奴以積雪；欲食瓜而瓜生户外，思啖果而果落樹頭。可謂極人世之奇聞，擅有生之至樂者矣。……計我一生，得享列仙之福者，僅有三年。」（《閑情偶寄》頁 318～319），此間年譜考證爲順治四到六年，詳見單錦珩：〈李漁年譜〉，《李漁全集》第十九卷（杭州：浙江古籍出版社，1992 年），頁 18～22。

作畫的工具材料都送人。因為就算要以字畫為生，終究得仰賴「紗帽」，向政治權勢靠攏才得以生存。這段話隱藏著敘述者對於當時整個環境的透徹觀察與批判，也頗有無奈自嘆的味道。文中呆叟果斷放棄科舉、徹底告別文人生活，完全隱居山林，正是李漁自比「識字農」的眞實經歷，也顯示出他對於世間環境的變化，其實相當清楚。

小說中的呆叟最後因為一連串人為的戲劇轉折，迫使他放棄山林生活，回到城裡，不得不待在殷太史等人身邊，一是他的理想生活受到現實的破壞（儘管是朋友好意的設計）讓他感受到窮困的可怕，二是他感受到自己強烈的被原先環境需要著。同樣的原因也能拿來觀照李漁從「文人」→「隱士」→「商人」的關鍵轉折——即害怕窮困與渴望被需要。

若從馬斯洛（Abraham Maslow1908 年～1970 年）的人類需求層次金字塔〔註 51〕來看，李漁的需求金字塔裡，隱居的歲月其實是李漁逃避科舉之後的自我理想實踐，在這個理想世界他能保有文人的自尊、享受隱逸之趣，不與亂世有任何的歪纏牽扯，也不再受科舉命運般地捉弄。只是這個位居需求金字塔高端的自我實現，最後還是受不了金字塔最低階的生命生理的需求，他的理想世界最終因為受不了飢餓與窮困而面臨崩解。

此時期的李漁在蘭溪還被族人選為祠堂總理，狀似穩定的生活，後來禁不住田地的荒蕪、乾旱等帶來的窮困，而賣掉了他的伊山別業。為此有〈賣山券〉一文，明載他窮困的細節：

> 詎意兵燹之後，繼以凶荒，八口啼饑，悉書所有而歸諸他氏。噫，山棄人耶？人棄山耶？何相去之疾而相別之慘也！

其實不只賣山，從李漁的詩詞文獻看來還有多少賣樓、賣劍、賣琴、賣硯、賣畫的紀實作品〔註 52〕，兵災、饑荒、養家餬口的壓力，使他賣掉這麼多家產，於清順治七年（1650 年）舉家遷移杭州「賣賦」為生。〔註 53〕就像〈賣山券〉自我質疑的部分一樣，究竟是山棄人？還是人棄山？同理，是科舉棄李漁？還

〔註 51〕馬斯洛（Abraham Maslow）人類需求金字塔理論，人類的需求由低至高可畫分為生理需求（身體基本需求）、安全需求（人身安全需求）、歸屬與愛需求、尊嚴需求、自我實現需求、知識與理解需求、審美需求等。詳見莊耀嘉編譯：《馬斯洛》（臺北：桂冠圖書出版社，1990 年 2 月），頁 180～182。

〔註 52〕【清】李漁：《一家言詩詞》收錄一連串篇賣掉各式物品的詩作（杭州：浙江古籍出版社，1992 年），頁 86～87。

〔註 53〕詳見單錦珩：〈李漁年譜〉，收錄於《李漁全集》第十九卷（杭州：浙江古籍出版社，1992 年），頁 23。

是李漁棄科舉？李漁的社會空間每次轉移，自己主動離去的背後，他一直保持著清醒的理智，在詩文中留下他曾經審慎評估的痕跡。從此李漁的人生邁向另一項重大轉折，窮困使他告別隱居鄉間的理想實踐、也是告別了亂世文人的最後殘存的自尊，但隨著他自創小說戲曲的大受歡迎，卻也讓他又再創另一個理想世界。一個後來被記載爲「婦人孺子無不知有李笠翁者」〔註54〕的巔峰時期。

李漁在杭州居住十年，這段時間完成了傳奇《憐香伴》、《風箏誤》、《意中緣》、《奈何天》等，還有小說《無聲戲》，後來往金陵與杭州其間，又完成了《十二樓》，此時期的李漁，可以說進入他通俗文學創作的黃金時期。石鯨的《柬李笠翁》提起這個盛況：

> 《憐香》、《風箏》諸大刻，弟坐臥其中旬日矣。丹鉛匝密，評贊如鱗，每食必藉以下酒。昨者偶失提防，竟爲貪人攫去，不啻嬰兒失乳。敢向左右，再乞數冊，以塞無厭之求。得則秘枕，雖同寓諸子垂涎，不使入帳也。〔註55〕

他的作品大爲流行，讀者強烈索求，還得防偷防竊，顯見他的作品在當時非常轟動、成爲民間百姓、甚至文人雅士爭相擁有的娛樂讀物。此時的李漁也開始展開交遊，結識了「西冷十子」，還有杜濬與張縉彥等人，這兩位是李漁話本小說創作的重要人物，杜濬爲他的小說寫序；張縉彥則幫他將小說印行。之後，因爲杭州盜刻事件太過頻繁，李漁最後才移居金陵開書鋪、自組家班，在金陵二十年後，晚年才又回到杭州。

這些名氣與財富，都是他將上半輩子所學、苦讀的才學轉化成通俗、喜劇的形式，藉此大受歡迎的成果。年輕時期希望被科舉肯定的挫折，在通俗文學的市場中得到彌補。而且也因此與更多文人雅士結交，人際關係不可同日而語。能維持這個現況的最基本辦法，就是繼續讓自己受到更多的歡迎，寫作更被人接受。就像〈聞過樓〉的呆叟一樣，因爲「被需要」而留下來。

那麼從蘭溪鄉間來到杭州，從文人隱士轉爲商人身分的李漁，是否還具有少年時期「相問有仇否」〔註56〕、避亂時期「銜須伏劍名猶烈」〔註57〕的

〔註54〕【清】朱琰：《金華詩錄・李漁小傳》，收錄《李漁全集》第十二卷（杭州：浙江古籍出版社，1992年），頁313。

〔註55〕李漁編：《尺牘初徵》，收錄在《四庫禁燬書叢刊》（北京：北京出版社，1995年），頁531。

〔註56〕李漁少作〈贈俠少年〉頗有豪情：「生來骨骼稱頭顱，未出鬚眉已丈夫。九死時拼三尺劍，千金來自一身盧。歌聲不屑彈長鋏，世事惟堪擊唾壺。結客四

文人傲骨呢？首先，從他的書寫習慣來看，他還是具有文人寫作的自發性，從李漁保留作品、有意識的集結、有明確的創作理論這些跡象看來，雖然李漁在商人與文人兩種身分間遊離，遷居金陵以後更成爲打抽豐，當權貴的清客幫閒，留下「齷齪」〔註 58〕的罵名，但他用文字形塑自我，把生活、創作經驗理論化、結構化，這一切作爲雖然沒有達到「立功、立德」的境界，至少他在「立言」這個範圍，一直以他獨特另類的寫作方式，企圖留下專屬於他的鮮明又詼諧的一章。這種企圖其實是非常純粹、不容懷疑的文人思維。

其次，儘管他在科舉路上受挫，但在他的價值觀裡並沒有否定科舉取士這個制度，也從未放在國家、社會的框架裡批判，故事中雖然對文人多所批判，但故事裡頭的善人善報仍以求取功名、發跡富貴爲文人的最高成就，這樣的普世觀念仍根深蒂固地展現在他的創作裡。

最後，他的話本小說也有涉及家國社會的部分，有數篇故事涉及譴責強權或同情亂世百姓的題材，譬如〈美男子避禍反生疑〉、〈男孟母教合三遷〉裡提到嚴刑逼供。以及〈女陳平計生七出〉、〈生我樓〉、〈奉先樓〉描述流賊之亂來臨時的民間慘況，顯見他並沒有完全忽視自己生活環境所受到的不公不義與亂世動盪。

只是，他總將一切惡劣的生存環境視爲一場過招闖關的遊戲，譬如《無聲戲・女陳平計生七出》明明是無恥流賊與被劫婦人的悲劇，卻變成荒腔走板、讓人啞然失笑的局面。耿二娘的機智與賊頭的滑稽舉措，使耿二娘的奮鬥，離開沉重的亂世現實，變得輕盈又詼諧多了。

亂世被輕描淡寫的情況在《十二樓・生我樓》中也能看見，當姚繼經過「人行」時，看見的景象，其實是相當殘忍的人口販賣，〈生我樓〉的女子被擄還被裝進袋中叫賣，成了任人挑選秤斤論兩的「魚貨」，李漁描寫的販賣過程，卻充滿夾雜殘酷的戲謔感，他將一袋袋的人命調侃成西施嫫姆的猜謎。

方知已遍，相逢先問有仇無。」李漁：《一家言詩詞》（杭州：浙江古籍出版社，1992 年），頁 147。

〔註 57〕李漁創〈避兵行〉時，曾有捨生取義的念頭：「下地上天路俱絕，捨生取義心才決。不如坐待千年劫，自憑三尺英雄鐵。先刃山妻後刃妾，銜須伏劍名猶烈。」李漁：《一家言詩詞》（杭州：浙江古籍出版社，1992 年），頁 42。

〔註 58〕【清】董含《蓴鄉贅筆》形容李漁：「性齷齪，善逢迎，……常挾小妓三四人，遇貴遊子弟，便令隔簾度曲，或使之捧觴行酒，並縱談房中術，幼賺重價。」收錄至李漁：《李漁全集》第十九卷（杭州：浙江古籍出版社，1992 年），頁 313。

之後姚繼買下一袋，敘述中還形容初打開袋中見一道眩目白光，原以爲是皮膚白皙的少女，怎知卻是老嫗的白髮之光。姚繼叫屈，亂兵還會拔刀喝斥他趕緊將老嫗領走。(《十二樓》頁 262～263）明明是非常緊張詭譎、驚恐不安的局勢，卻被避重就輕，只著力於物色女人的荒謬遊戲裡。

〈女陳平計生七出〉有流賊，〈生我樓〉有亂兵，兩者其實都是李漁曾在詩中嚴厲批判過的亂世禍源〔註 43〕。李漁卻在小說裡避開話鋒，不痛斥這些大環境中的亂象，而是聚焦主人公的煩惱缺陷，並加上看客們的七嘴八舌、喧嘩湊鬧。所有的惡劣環境與不合理的行爲，全成了這些諧謔場面的「遊戲背景」罷了。

他也有寫實地陳述社會現象、並同情男女主角在該環境的遭遇，可是他不爲這些亂象表達主觀的譴責之情，寫作情緒顯然與高談闊論夫妻間生存之道時的得意面貌大不相同。以〈萃雅樓〉爲例，這是篇描述明代奸臣嚴世藩買通宮裡太監陷害權汝修一逞獸慾的故事。這則故事的情感主軸主要是同情美男汝修的慘痛遭遇，最末透過配角之口陳列奸臣嚴世蕃犯下的政治惡行，因此能惡有惡報的結局，全文沒有敘述者對於嚴世藩惡行的主觀譴責。他將敏感的寫作題材做了最理性的處理，甚至爲避免讓自己的作品與敏感的政治牽扯，也曾另做《曲部誓詞》，保證自己的作品絕對沒有諷刺任何人事。〔註 59〕顯見他在敏感題材部分的謹慎小心。

綜合看來，李漁儘管從文人轉商人，他的思維還是被文人時期的科舉經驗與國家戰亂遭遇所影響。只是這些經驗並不是他創作的重心，在他的故事裡出現的秀才甚至進士，其存在的意義不爲國家政治，而僅象徵一個高階的社會地位；他能看見家國百姓的動盪苦痛，但是他選擇用遊戲的方式輕描淡寫；他也清楚社會的腐敗與黑暗，但不進行嚴苛的批判或諷刺；對於素質不高的文人，也僅以「作孽的文人」一語帶過。另外他小說裡才子佳人的才子，積善之家必有餘慶的善報，也是將人物的成功導向取得功名、光耀門楣的表面虛榮。

〔註 43〕見李漁〈甲申紀亂〉中的「賊多請益兵，兵多適增厲。兵去賊復來，賊來兵不至。兵刮賊所遺，賊享兵之利。如其吝不與，肝腦悉塗地。」等句，能清楚看出李漁對當時流賊與亂兵交替行暴的深惡痛絕。詳見李漁：《一家言詩詞》，《李漁全集》第二卷（杭州：浙江古籍出版社，1992 年），頁 8～9。

〔註 59〕【清】李漁：《一家言文集・曲部誓詞》：「餘生平所著傳奇，皆屬寓言，其事絕無所指，恐觀者不諒，謬謂寓諷刺其中，故作詞以自誓。」，收錄在《李漁全集》第一卷（杭州：浙江古籍出版社，1992 年），頁 130。

李漁在他人生每個階段，都是一位抱持著高度理性的環境評估者，他隨著年紀不斷變換自身的理想，也顯示出他的思想是一直不斷流動、變化，做出對自己最有利的選擇。文人時期的夢想，最終因爲生命無法抵抗的遭遇而有所質變，他早期詩文裡還能看見的文人自覺與國家民族意識，也隨著他社會身分的轉移，從他的創作中退場了。另一方面，筆者認爲他有很強的觀察力，才能發現常民經驗中的細微與可變造之處。也因爲他高度的理性與謹慎思維，所以規避敏感危險的大時代題材，轉向調侃市井小民的家事煩惱、婚姻問題。

二、戲解核心的喜劇執念

前文說李漁是一位環境評估者，他的思想觀念不斷流動以順應時勢，初來杭州賣文爲生的日子，李漁爲何不選擇詩詞字畫，而是傳奇小說的外在原因，應該就是仰賴於他對於市場環境的觀察。他在〈與徐治公二箚〉中提到：「今人喜讀閒書，購新劇者十人而九。名人詩集，問者寥寥。」(《一家言文集》頁 232）足以表現李漁對於通俗文學市場的敏銳觀察。他也能理解這個時代對於消愁尋樂的迫切性，所以他在第二部傳奇作品《風箏誤》的下場詩說：

> 傳奇原爲消愁設，費盡仗頭歌一闋。何事將錢買哭聲，反令變喜成悲咽。惟我填詞不賣愁，一夫不笑是吾憂。舉世盡成彌勒佛，度人禿筆始堪投。(《李漁全集傳奇十種》頁 203）

李漁很快就抓到了市場的需求，並且靈活地運用及自我推廣。先用「何事將錢買哭聲，反令變喜成悲咽」將悲劇故事的價值貶低，再抬高自己「惟我填詞不賣愁，一夫不笑是吾憂」喜劇的價值，這首詩至今看來都是很引人注目的「廣告文案」，帶著煽動式的情緒推廣喜劇。

他在〈與韓子蘧〉文中曾提及：「大約弟之詩文雜著，皆屬笑資。以後向坊人購書，但有展閱數行而頤不疾解者，即屬贋本。」(《一家言文集》頁 219）顯見他對自己的作品裡的喜劇性充滿自信，只有自己的作品才能使人開懷大笑，如果沒有達到這等效果的皆屬贋品。還有寫給〈陳學山少宰〉一文也能看見這樣的自豪感：「使數十年來無一湖上笠翁，不知爲世人減幾許談鋒，增多少瞌睡？」(《一家言文集》頁 164）他對於喜劇的執念，除了幫助他在民間迅速成名，也使他在這個人生階段裡，充分的自我肯定。前面提到李漁的理想總是因時因地流動著，放棄科舉時短暫的歸隱生活「但做人間識字農」，是他當時的理想生活。到了杭州開啓賣文維生的、硯田餬口的日子時，因爲喜劇創作而達成的成就感，似乎就成爲他這段時光的主要動力了。

前面提過李漁是個理性的環境評估者，他能敏銳觀察身邊的人事物。不管事宏觀的或者細節的，既能掌握整體市場的閱讀趨向，曾說過「今人喜讀閒書」（《一家言文集》頁 232）、「人情畏談而喜笑也明矣」（《一家言文集》頁 31）、「近日人情喜讀閒書，畏聽莊論」（《閑情偶寄・凡例七則》頁 2）等言論；又能細緻地關注他的讀者反應，譬如「往時講一句笑話，人人都道可傳」（《十二樓》頁 75）、「一夫不笑是吾憂」（《傳奇十種》頁 203）、「有展閱數行而頤不疾解者」（《一家言文集》頁 219）、「數十年來無一湖上笠翁，不知爲世人減幾許談鋒，增多少瞌睡？」（《一家言文集》頁 164）等等，把讀者的「笑」視爲自己作品成功的標準。即便晚年理論性的談起創作觀，每一個特色也是離不開觀眾、讀者的反應，譬如論起傳奇：

> 古人呼劇本爲「傳奇」者，因其事甚奇特，未經人見而傳之，是以得名，可見非奇不傳。新，即奇之別名也。若此等情節業已見之戲場，則千人共見，萬人共見，絕無奇矣，焉用傳之？是以塡詞之家，誤解傳奇二字。欲爲此劇，先問古今院本中曾有此等情節與否。如其未有，則急急傳之。否則枉費辛勤，徒作效顰之婦。
>
> （《閑情偶寄・脫窠臼》頁 9～10）

這段話的重點，雖然是在說李漁對於傳奇「新意」的追求，但他追求「新意」的基礎還仰賴受眾，傳奇新奇與否，仍須由接受者來決定。再看他的〈詞曲部・聲音惡習〉：

> 花面口中，聲音宜雜，如做各處鄉語，及一切無非爲發笑之計耳……花面聲音，亦如生旦外末，悉做官音，只以話頭惹笑，不必故作方言……即作方言，亦隨地轉，如在杭州，即學杭人之話，在徽州，即學徽人之話，使婦人小兒皆能識辯，識者多，則笑者眾矣。
>
> （《閑情偶寄》頁 104）

每個角色的台詞設計、方言運用，也都是以觀眾爲主，一切都是爲了讓人發笑，方言得力求普及，使婦人小兒都能理解，能發笑的人越來越多才好。關於李漁的喜劇的相關理論探討，其實前賢已經做過許多分析，在此不再贅述，只是，在李漁「重機趣」、「重新奇」、「脫窠臼」等等的理論背後。就是很簡單的理想，希望能夠取悅更多的觀眾與讀者。

「喜劇」笑謔的高級與低級，往往就在作者的一念之間。若是一味媚俗，使婦人孺子都能輕易理解接受的笑謔，文學美感絲毫不存，或許就無法吸引比較高階層的文人。李漁的喜劇作品還能獲得眾多官員、文人的青睞，代表他並沒有在通俗詼諧的作品中，喪失身爲文人的自我。事實上，他還在創作中過分表現自我，前面已經說過，他在論述中不斷強調自我，這種現象我們都能視爲一種自娛。而這樣的自娛精神中，他更能將自身的才華、文筆運用期間，巧妙拿捏用詞與情節布局的雅俗尺度。所以我們既能看見李漁積極成就自己，又將他詼諧、遊戲的創作態度一覽無遺。若直接將他視爲一位只是以詼諧機智的創作來標榜自己、已獲取名聲的作家。卻又隱約看見他建構的李漁世界，對這個世界仍充滿好感的眞誠。他的喜劇與之後各章要論述的喜劇不太相同，雖然也充滿嘲謔、滑稽、戲仿，但沒有嚴厲的諷刺與苛責。他對於自己所寫的世界，有他的細緻觀察與理解，只是他站在過於理性的高度，還是以寫出逗人爲笑的故事爲最高目標，於是我們能從他作品中讀出對世間種種輕若浮雲的態度，看起來不太認眞，一切皆屬笑資。

目前這麼多研究李漁的論文當中，也有許多學者直言李漁的矛盾之處，類似「理論上是個巨人，在創作上是個侏儒」〔註 60〕這樣的評論出現，認爲李漁的戲曲理論看似完善，卻沒有完全在他的創作當中實踐。也有人說：「李漁是矛盾的集合體，或者說是集多種矛盾於一體的特殊人物。」〔註 61〕從創作實踐到個性分析，李漁常常呈現自相衝突的模樣，所以總是被安上「矛盾」的形容。

從他的話本小說中的確能也看見這種「矛盾」，那是建構與解構交換進行的遊戲態度，建構之後又自行將中心瓦解。只是筆者認爲，「遊戲」不代表隨便，遊戲本身帶著創新的實驗與試探。他選擇以遊戲的態度進行天馬行空的創作，相對能發揮的空間較爲自由，拒絕嚴肅意義的創作的同時，是拒絕在創作中確立明確的價值觀。

雖然他常常在故事中、創作觀的抒發中試圖傾注正統的教化思想或者系統式的結論。也不只一次提過小說的功用，這三十篇短篇小說裡也時時看見

〔註 60〕詳見黃天驥：〈論李漁的思想與劇作〉，收錄在《李漁全集》第二十卷（杭州：浙江古籍出版社，1992 年），頁 201。

〔註 61〕詳見葉志良：〈李漁研究筆談：命定與抗爭——李漁現實的矛盾與人格突圍〉，《浙江師範大學學報（社會科學版）》，2008 年第 4 期，頁 25。

結論出現誇耀自己小說的實用之處，然而事實上，他的各種勸懲之說，並沒有執行徹底，總是寫到最後又自行解構了。

細看李漁每篇故事的結尾，他並不將故事結局引向儒家思想強調的忠孝節義，也不提及人性深處的感悟。情節發展到後來總能偏離傳統的勸善敘述系統。譬如《無聲戲・變女為兒菩薩巧》最後不勸人為善或者應重守承諾，而是說銀子與兒子兩者間有所相礙，為人必須散些銀子，才有空間能容納兒子，故意以諧謔的方式勸人勿愛財過度（《無聲戲》頁 189）；《十二樓・夏宜樓》的結論並非拆穿世間眼見為憑的假相，反而發表而女子在無人之處也不應該裸身的言論（《十二樓》頁 97）。有時候他會做出否定自己故事內容的結論，如《無聲戲・男孟母教合三遷》展現對瑞郎龍陽之戀的同情，但結論卻還是要人「斷了這條斜路不要走」，應當留些精神施於有用之處，為朝廷添些戶口（《無聲戲》頁 130）；更甚者他還會推翻他在入話時說的道理，如《無聲戲・移妻換妾鬼神奇》入話時狀似力挺妒婦，但隨著妒婦遭遇惡報的故事結束後，卻又說自己方才所說的只是解嘲（《無聲戲》頁 206）。這些與故事發展、敘述語氣不協調的結論，刻意不往傳統的方向發展，而兀自延伸出另一番諧謔的解釋，自我解構了。

他的創作中並沒有崇高的價值或明確的真理，只有不斷拆解與建築，透過遊戲過程審視那些社會上被輕視的情感、狼狽的人性以及關注過去被邊緣化的面目。他拆解陳舊的觀念，但建築的新理念卻也不是莊重而是歪斜的，彷彿隨時可以被推翻。所以前面章節論述他解構過去既有的題材、建構屬於他自己的故事城堡，然而當他完成一則故事之後，卻也不願意為故事負責，我們總是能從他的故事結尾，看見他的避重就輕與情感偏離。

不過從他的偏離，我們又能看見他原先聚焦的故事核心，就來自於他廣泛且寬容的社會觀察中，男風、妒婦、失節以求全的婦人、被看客騷擾的當事者等等，他都看見也寫到那令人同情的難堪面。只是李漁不願意認真去辯護這些現象，他還是更重視故事的喜劇效果。李漁話本小說中為故事下的結論，多半為不正統的思想與人生觀，他把整個故事當遊戲，勸懲時的語氣也頗為諧謔不夠嚴肅。整體創作就如同他的五言古詩〈偶興〉所說的：「嘗以歡喜心，幻為遊戲筆；著書三十年，於世無損益。但願世間人，齊登極樂園。縱使難久長，亦且娛朝夕。」（《一家言詩詞》頁 25～26）這短暫的一生中，在他看來沒有什麼是永恆的，沒有永恆的善與惡、沒有絕對的對與錯，只有把握「且娛朝夕」的精神才是真的。他看似矛盾的言論，實際上是削去中心價值，以理性的遊戲方法消解固定的傳統觀念；看似浮動，但又固執的追求觀眾讀者「笑」的反應。這樣遊戲式的建構與解構，不管是隨意塗上又自由抹去、刻意頭頭是道又迅速解嘲，或者創作之後又系統性地整理，都能被涵蓋在這樣的理念之下，由內到外，由生涯發展到創作體現，都是他高度俯瞰之後、及時行樂的人生觀展現。

第三章　僞笑面具：《豆棚閒話》與《二刻醒世恆言》喜劇性研究

《豆棚閒話》混合講史、靈怪、人情、傳奇等各種元素，並虛擬一個坐落於鄉野間的豆棚，隨著說話者更替，讓故事素材的多樣性顯得合理，也使得故事結構井然有序。《二刻醒世恆言》就沒這麼有條理了，全書二十四回故事題材較爲蕪雜，而且多有所本。這兩部都有難以被歸類成小說的作品，譬如《豆棚閒話・陳齋長論地談天》與《二刻醒世恆言・五不足觀書證道》都是進行一場正反兩方的提問或辯論，故事性較薄弱。有些故事則不具備喜劇性的條件，譬如《二刻醒世恆言・申屠氏報仇死節》的故事與《石點頭・侯官縣烈女殲仇》相同，寫的都是申屠氏報仇雪恨後自縊的淒慘壯烈事蹟。《豆棚閒話・大和尙假意超升》寫和尙殺人斂財，批判人心險惡的性質遠多於詼諧有趣。

這兩部話本小說也並非主流的「人情小說」，魯迅曾說起人情小說的特色是：「大率爲離合悲歡及發跡變態之事，間雜因果報應，而不甚言靈怪，又緣描摹世態，見其炎涼。」〔註 1〕人情小說重點在描摹世態，神魔靈怪的部分相對減少許多。一般我們在閱讀小說時，總能看見分類時無法處理的混類現象，人情小說之中仍有靈怪情節、靈怪小說當中雜揉著歷史題材、歷史故事中又多的是被神鬼化的歷史人物等等。以清初前期的話本小說爲例，《風流悟》寫元稹鶯鶯傳私奔轉世不和的果報〔註 2〕，《生綃剪》寫雷擊逆子的神奇事蹟

〔註 1〕魯迅：《中國小說史略》（上海：上海古籍出版社，2004 年），頁 125。

〔註 2〕【清】坐花散人：《風流悟・伉儷無情麗春院元君雪憤 淫冤得白蕊珠宮二美酬恩》（瀋陽：春風文藝出版社，中國古代珍稀本小說，1997 年 3 月），頁 402～419。

〔註3〕，《珍珠舶》寫鬼娶活人〔註4〕、《八洞天》寫忠僕爲撫養孤兒祈禱上天出竟從身體變出女人乳房哺乳。再看本章的研究對象，《豆棚閒話》十一則故事，就有四則小說混合著靈怪色彩。《二刻醒世恆言》更是處處可見神仙鬼怪。

除此之外，還有許多以軼事、英雄傳奇爲基礎進行改編翻案的話本小說，像《豆棚閒話》的介之推、西施范蠡、伯夷叔齊，《二刻醒世恆言》也能見到楊玉環、趙飛燕、陶淵明、曹操、秦檜等歷史人物。顯見清初前期，話本小說在人情世態題材蓬勃發展的時候，在舊史軼事的題材仍然有所關注。〔註5〕這些小說不像李漁的小說以現實社會爲基礎，並以聰明機巧的設局與解題爲路徑來創作故事，也不像下一章要討論的《照世盃》與《十二笑》那般，見證社會層面人與人之間荒謬的情感。比起現實社會發展出來的新鮮事，更多是以歷史史料、傳奇軼聞爲基礎的新變化。

儘管如此，這兩部小說中從舊故事中延伸出新鮮有趣的支脈，卻又是令人驚喜的一章。尤其他們還具備著無法忽略的鮮明喜劇性。尤其是《豆棚閒話》裡頭的歷史翻案故事，能將正經與詼諧比例調配得恰到好處，把莊嚴的英雄改寫成畏首畏尾的平庸小人，並形容得頭頭是道。《豆棚閒話》序言就言明「莽將二十一史掀翻」，欲「化嘻笑怒罵爲文章」〔註6〕顯現其積極且自主的寫作策略；《二刻醒世恆言》則把慣見嚴肅高貴的神仙、神魔的面孔也都重新描繪、頗有趣味。故事雖多有所本，但若對照其原典出處，更能顯現他們豐富的想像力與改寫樂趣，而且這兩部小說從故事題材以及這些故事背後的意義，似乎還能讀出某種明確的指向，他們的喜劇性與李漁式的娛樂、遊戲式的寫法有所殊異，關注的焦點也不太一樣。所以筆者希望能從這類雜揉著神仙、歷史，具有怪誕風格的話本小說中，分析出不同的喜劇性，並從顛覆歷史、以及光怪陸離的超現實呈現笑謔情節中，推敲作家的寫作心態與其喜劇企圖。

〔註3〕【清】谷口生等著：《生綃剪・一篇霹靂引 半字不虛誣》（瀋陽：春風文藝出版社，1987年9月），頁331～346。

〔註4〕【清】鴛湖煙水散人：《珍珠舶・石門鎮鬼附活人船》（瀋陽：春風文藝出版社，中國古代珍稀本小說，1997年3月），頁473～496。

〔註5〕徐志平：《清初前期話本小說之研究》（臺北：臺灣學生書局，1998年11月），頁615。

〔註6〕【清】天空嘯鶴：〈豆棚閒話序〉，收錄在《豆棚閒話》（上海：上海古籍出版社，《古本小說集成》影瀚海樓本），頁2～5。

第一節　揮落冠冕：人物降格的喜劇性書寫

《豆棚閒話》與《二刻醒世恆言》都有對於歷史名人、鬼神的重寫策略，透過降格書寫的方式，將過去存在百姓記憶裡熟悉的崇高人物打回平庸的面貌，進而產生喜劇性。下分《豆棚閒話》的歷史名人降格與《二刻醒世恆言》的鬼神降格分析之：

一、《豆棚閒話》的歷史名人降格

《豆棚閒話》有三篇歷史翻案小說。分別是第一回〈介之推火封妒婦〉、第二回〈范少伯水葬西施〉與第七回〈首陽山叔齊變節〉。三篇故事皆將史籍記載的名人變得非常平凡普通。作家將這些名人波瀾壯闊的經典事蹟，全再製成一場陰錯陽差、無心插柳柳成蔭的鬧劇。

〈介之推火封妒婦〉寫介之推爲了追隨「猝然遭變」的重耳，故與新婚燕爾的妻子石氏分離。石氏盼了十九載，好不容易等到丈夫回來團聚，卻又聽聞丈夫想下山受職的消息。心中憤恨難平的石氏，於是拿索套扣頸縛住介之推，限制他的行動。當被拘禁的介之推得知魏犨在山外頭放火尋他時，又焦急又難堪，於是乾脆也縱一把火，與妻子同歸於盡。

關於介之推的史料，最早紀載的介之推的是《左傳・禧公二十四年》「介之推不受祿」：

> 晉侯賞從亡者，介之推不言祿，祿亦弗及。推曰：「獻公之子九人，唯君在矣。惠、懷無親，外內棄之。天未絕晉，必將有主。主晉祀者，非君而誰？天實置之，而二三子以爲己力，不亦誣乎？竊人之財，猶謂之盜，況貪天之功以爲己力乎？下義其罪，上賞其奸，上下相蒙，難與處矣。」其母曰：「盍亦求之？以死，誰懟？」對曰：「尤而效之，罪又甚焉。且出怨言，不食其食。」其母曰：「亦使知之，若何？」對曰：「言，身之文也。身將隱，焉用文之？是求顯也。」其母曰：「能如是乎？與汝偕隱。」遂隱而死。〔註 7〕

《左傳》所載的介之推有「天未絕晉，必將有主」、「天實置之」的天命思想，於是不將個人的犧牲奉獻視爲功勞，堅持不受祿，最後母親與他一同歸隱到

〔註 7〕【春秋】左丘明著【晉】杜預注【唐】孔穎達正義：《十三經注疏・春秋左傳正義》（北京：北京大學出版社，1999 年 12 月），頁 417～418。

死。司馬遷的《史記・晉世家》〔註8〕也是大同小異的說法。文公焚山逼介之推出仕的事蹟首見《莊子・盜跖篇》，盜跖篇寫孔子規勸盜跖棄暗投明，盜跖怒駁孔子之言，並列舉一串世間忠賢之輩命運悽慘的史事：

> 世之所謂賢士，伯夷叔齊。伯夷叔齊辭孤竹之君而餓死于首陽之山，骨肉不葬。鮑焦飾行非世，抱木而死。申徒狄諫而不聽，負石自投於河，爲魚鱉所食。介子推至忠也，自割其股以食文公，文公後背之，子推怒而去，抱木而燔死。尾生與女子期於梁下，女子不來，水至不去，抱樑柱而死。此六子者，無異於磔犬流豕操瓢而乞者，皆離名輕死，不念本養壽命者也。〔註9〕

此段批判伯夷、叔齊、鮑焦、申徒、介之推、尾生這六位「離名輕死」爲了虛有的名節而不愛惜自己生命的「賢人」。從盜跖篇的「抱木而燔死」開始能看見介之推堅持不受祿而焚死的線索。隨著後代民間流傳的寒食節、文人詩詞的詠嘆到通俗文學如元雜劇《晉文公火燒介子推》、余邵魚的《東周列國志》三十一回〈晉惠公怒殺慶鄭 介子推割股啖君〉與三十七回〈介子推守志焚綿上 太叔帶怙寵入宮中〉等故事，均是生動形容「子推終不肯出，子母相抱，死於枯柳之下。」的情節。〔註10〕介之推忠賢孝義的正面形象，乃在於割股之忠與鄙薄其他功臣等高尚情操。他堅守原則而慘遭焚死的結局，更使他的品性氣節顯得慷慨激昂、波瀾壯闊。

作家顯然從正史或通俗文本中看見了能進行解構的「縫隙」，介之推母子的對話，以及最後被人發現兩具焦屍相擁以前的一切行動，這些應屬介之推的私生活。也就是說，介之推去棉山以後的部分可以任由想像。於是這則話本小說，拿掉賢良的母親，虛構善妒的妻子。那麼介之推的確能因爲妻子的善妒而無法離開，也能因爲羞窘難堪而與妻子同歸於盡。忠義賢良的男人與懼內的男人兩者並不違背，但因忠義賢良而死與因夫妻問題自焚，前後死因的高度差異就大了。

另外兩篇故事，也同樣如庖丁解牛一般，從歷史事件的可變造之處進行

〔註8〕【漢】司馬遷著【日】瀧川龜太郎考證：《史記會注考證》（臺北：萬卷樓出版社，2004年），頁632。

〔註9〕【戰國】莊周：《莊子・雜篇・盜跖》（合肥：黃山書社，「中國基本古籍庫」影四部叢刊明世德堂刊本，2009年）。

〔註10〕【明】余邵魚：《東周列國志》第三十一回（臺北：文化圖書公司，1981年2月），頁209；第三十七回，頁251～252。

加工，扭轉內部細節，以抽梁換柱的方式讓故事維持經典的客觀條件，實際上歷史名人的形象高度早已鬆動瓦解。〈首陽山叔齊變節〉的手法與〈介之推火封妒婦〉相似，伯夷叔齊也在《莊子・盜跖篇》的離名輕死的賢士之列〔註11〕，皆具歷史盛名。伯夷叔齊更是《論語》、《孟子》等諸子人物品評的模範，如孔子稱伯夷叔齊是求仁得仁，沒有遺憾的賢人〔註12〕；孟子稱伯夷是「聖之清者」〔註13〕；《韓非子》認爲聖人應該「德若堯舜、行若伯夷」〔註14〕，司馬遷《史記》更以〈伯夷列傳〉爲列傳首篇：

> 伯夷、叔齊，孤竹君之二子也；父欲立叔齊。及父卒，叔齊讓伯夷。伯夷曰：「父命也。」遂逃去。叔齊亦不肯立而逃之；國人立其中子。於是伯夷、叔齊聞西伯昌善養老，「盍往歸焉！」及至，西伯卒，武王載木主，號爲文王，東伐紂。伯夷、叔齊叩馬而諫曰：「父死不葬，爰及干戈，可謂孝乎？以臣弒君，可謂仁乎？」左右欲兵之。太公曰：「此義人也。」武王已平殷亂，天下宗周；而伯夷、叔齊恥之，義不食周粟，隱於首陽山，采薇而食之……遂餓死於首陽山。〔註15〕

兄弟相讓，又扣馬而諫，最後相偕歸隱於首陽山及餓且死。司馬遷於文後爲夷齊兄弟等賢人，雖賢達卻命運乖舛，質疑天道不公並寄予同情。另外，後代文學家如韓愈也有〈伯夷頌〉〔註16〕這樣的作品問世。

伯夷叔齊的事蹟與介之推非常類似的地方在於，兩者皆是爲了堅守心中的正義與原則，所以歸隱山林最後不幸身亡。而《豆棚閒話》在伯夷叔齊故事發現到的矛盾細節，則如上述例子所見，儘管內容彰顯兄弟二人的賢達，卻僅以「伯夷」爲題，在題目中省略了叔齊的名諱。〔註17〕於是作家想像叔

〔註11〕【戰國】莊周：《莊子・南華眞經第九卷・盜跖》（合肥：黃山書社，「中國基本古籍庫」影四部叢刊明世德堂刊本，2009年）。

〔註12〕【魏】何晏注【宋】邢昺疏：《十三經注疏・論語注疏・述而篇》（北京：北京大學出版社，1999年12月），頁90。

〔註13〕【漢】趙岐注【宋】孫奭述：《十三經注疏・孟子注疏・萬章章句下》（北京：北京大學出版社，1999年12月），頁269。

〔註14〕【戰國】韓非子著【清】王先愼集解：《韓非子集解・功名》（合肥：黃山書社，「中國基本古籍庫」影清光緒二十二年刻本，2009年）。

〔註15〕【漢】司馬遷 著【日】瀧川龜太郎考證：《史記會注考證》（臺北：萬卷樓出版社，2004年），頁845～84。

〔註16〕【唐】韓愈：《昌黎先生文集・伯夷頌》（合肥：黃山書社，「中國基本古籍庫」影宋蜀本，2009年），頁93。

〔註17〕故事中提到四書的逸民部分不提叔齊。

齊中途改變心意的過程，獨以「叔齊」爲名，編撰這則叔齊變節下山時遭遇的驚險趣味歷險記。

首先主張在扣馬而諫時，叔齊心中其實頗感惶恐：「前日撞著大兵到來，不自揣量，幫著家兄，觸突了幾句狂言，幾乎性命不免……」並且時時感到自己僅是順著兄長的名氣，不得不跟著受苦罷了：

> 怎奈何腰胯裡、肚皮中軟當當、空洞洞，委實支撐不過。猛然想起人生世間，所圖不過「名利」二字。我大兄有人稱他是聖的、賢的、清的、仁的、隘的，這也不枉了丈夫豪傑。或有人兼著我說，也不過是順口帶契的。若是我趁著他的面皮，隨著他的跟腳，即使成得名來，也要做個趁鬧幫閒的餓鬼。設或今朝起義，明日興師，萬一偶然腳蹋手滑，未免做了招災惹禍的都頭。〔註 18〕
>
> （《豆棚閒話》頁 200）

這裡的叔齊總是審時度勢，在名節與生存的天平上多次衡量，故事中還將首陽山食物短缺、餓肚子的生理狀態描寫得頗爲生動。整個故事若剔除人格化的神仙野獸來看，其實顯得相當合理。以最民生最基本的需求，動搖人想成爲聖賢的心志，進而一步步走下他們崇高的寶座，成爲禁不住餓、開始動歪腦筋的平凡小人物。

有趣的是，叔齊明明受不了飢餓，但面對萬獸質疑時，還是能說出一番冠冕堂皇的理由。編出自己身爲次子當以宗祠爲重的使命，還趁機以教誨的口吻煽動野獸們應回歸飲血茹毛的本性，不該學時人「虛驕氣質，口似聖賢，心同盜蹠」。這番話看似說得天花亂墜，明顯是爲了脫險而臨時瞎編的虛假道理，卻也是隱藏敘事者的話中有話。夷齊的故事與明清易代的明末文人兩難處境極爲相似，所以處處可見指桑罵槐的托言寄寓。藉叔齊、野獸之口，批判盲從歸隱的人虛矯，看似清高，實則「身騎兩頭馬、腳踏兩來船」。

整個故事雖使叔齊顯得既虛僞、貪生怕死又狼狽，但因敘述聚焦於他的內心，使叔齊心中的焦慮與投機毫無保留地袒露出來，再對比其他虛矯人士之後顯得極爲眞實。也就是說，在情節內層叔齊看起來像個舌燦蓮花的僞君子，但從情節外層來看，叔齊奸詐的又可鄙又可愛，是個考量相當實際的眞小人。

〔註 18〕【清】艾衲居士：《豆棚閒話》（上海：上海古籍出版社，《古本小說集成》影瀚海樓本），頁 200。

而〈范少伯水葬西施〉的敘述手法與其他兩篇不同，全文議論重於敘事，直接針對范蠡與西施的形象進行貶謫。西施的故事雖不見於正史，但稗史、歷代詩詞皆有記載。如東漢袁康、吳平的《越絕書．越絕卷第十二》說到「越乃飾美女西施、鄭旦，使大夫種獻之於吳王」的事蹟。〔註 19〕；趙曄的《吳越春秋．勾踐陰謀外傳》則有越王調教西施的過程：「飾以羅縠，教以容步，習於土城，臨於都巷。三年學服而獻於吳。」〔註 20〕而西施的結局，則大致上有「越浮西施于江，令隨鴟夷而終」與「復歸范蠡，同泛五湖而去。」也就是沉湖或隨范蠡離去兩種。〔註 21〕歷代對於西施的評價，不管正反，都從未否認她的美麗。

《豆棚閒話》將沉湖與隨范蠡而去的兩種結局相結合，變成在歸途中、范蠡推西施墜河。另外更刻意翻轉歷代的西施之美。原本美人復國、迷離撲朔的結局、深幽湖水等歷史詠歎，在這則故事當中，都有了全新的詮釋。

原來西施美貌不若歷代詩人所讚美的那般：

> 一日山行，忽然遇著淡雅新妝波俏女子，就道標緻之極。其實也只平常。又見他小門深巷許多醜頭怪腦的東施圍聚左右，獨有他年紀不大不小，舉止閒雅，又曉得幾句在行說話，怎麼范大夫不就動心？那曾見未室人的閨女就曉得與人施禮、與人說話？說得投機，就分一縷所浣之紗贈作表記？又曉得甚麼惹害相思等語？一別三年，在別人也丟在腦後多時了，那知人也不去娶他，他也不曾嫁人，心裡遂害了一個癡心痛病及至相逢，話到那國勢傾頹，靠他做事，他也就呆呆的跟他走了。可見平日他在山裡住著，原沒甚麼父母拘管得他，要與沒識熟的男子說話就說幾句，要隨沒下落的男子走路也就走了。(《豆棚閒話》頁 44～45)

這其實是以儒教傳統的女性規範批判一位春秋末期的女子。把西施形容成一位才貌平庸、沒有家教、願跟男人私奔的女人。到了吳國，也是一番誤打誤撞闖靠著騙術伎倆闖出的名聲，最後故事更杜撰當地老翁之語毒舌總評：「乃是敝地一個老大嫁不出門的滯貨，偶然成了虛名。(《豆棚閒話》頁 54)」直接

〔註 19〕【東漢】袁康、吳平著，劉建國注：《新譯越絕書》(臺北：三民書局，1997 年 6 月)，頁 265。

〔註 20〕【漢】趙曄：《吳越春秋》(臺北：台灣古籍出版社，1996 年 8 月)，頁 396。

〔註 21〕關於西施下場的考證與主張，可見【明】楊愼：《太史升庵全集六十八卷．范蠡西施》(合肥：黃山書社，「中國基本古籍庫」影明刻本，2009 年)。

用當代的社會觀念拉近與歷史人物的距離，把絕代佳人貶低成鄉里鄰居常批評的那種平庸老姑娘。

而且故事聚焦主角心思時，則將其形容成陰險狡詐、兩權相衡的小人。原來西施想回越國，靠半老丰姿凌駕越國夫人之上。而范蠡則考量他的出身，是「以吳之百姓爲越之臣子，代謀吳國，在越則忠，在吳則逆。」就怕越王日後突然計較起自己身爲臣子的本末，或由西施洩漏他過往不明不白的財富，必遭禍殃。於是殺人動機也就此成立。雖然故事中還安排豆棚底下的觀眾質疑其說，即有一後生提出異議：「那范大夫湖心中做的事，有誰作證？」說話老翁再緊跟著補充，將范蠡的名號陶朱公轉譯成「逃誅」、鴟夷子詮釋成「害了一位夷光」、又舉許多西施沉河故事爲證。看來煞有其事，卻也僅是穿鑿附會，將舊文字進行新詮解罷了。(《豆棚閒話》頁 50～52)

這三篇小說都鉅細靡遺、有模有樣地勾勒出這些享譽名聲的歷史人物不爲人知的內部憂患，使原本忠賢者懼內、清高者貪生、而美女的「美」名，也只是一路誤打誤撞闖蕩出來的名號。名聲的虛無瞬間被瓦解，看似正面莊嚴的歷史形象，透過新時代新註解，翻轉出不一樣的效果。眞實與虛假的界線變得模糊，同樣的，勇敢與膽小、賢能與卑劣、美與醜，也變得沒那麼對立。

這些歷史名人在《豆棚閒話》新編的故事之中，透過敘事焦點的轉移，讓他們從偉大悲壯的形象，轉向不爲人知的平庸煩惱。煩惱讓他們變得個體化與世俗化，與原先的神聖、崇高感產生分歧，出現乖訛感。介之推不畏割肉之痛，卻怕妻子的怒氣；叔齊雖爲不食周粟而上山，但其實他又餓得偷跑下山；西施與范蠡根本不愛國，他們各有各自私的盤算。充滿與身體相關的欲望與恐懼，使他們「犧牲小我完成大我」的偉大，被消解成因爲「小我」而輕易投降的狼狽情況。在這個敘述空間裡，國家、民族、核心價値、精神理想都不再重要，重要的全是故事人物私人的煩惱、懼怕與慾望。

這三篇翻案小說的共同手法，都是以個人小我瓦解歷史人物原先的大我形象，這種手法絕非只爲了調侃古人，而是爲了強化主體性以達到諷喻的目的。黃子平曾說：「一旦爲了解釋當前，而將舊事反覆重提，使之成爲現實的一項註解，舊事也就『故事化』、『寓言化』了」〔註 22〕所以三篇小說重複的手法與意象，使故事的思想比原先油滑語境更明顯清晰，足以轉化成與現實密切相關的時代訊息。

〔註 22〕黃子平：《革命．歷史．小說》(香港：牛津大學出版社，1996 年)，頁 109。

祝宇紅的《故事如何新編》，就曾表示歷史重寫的目的主要爲了諷喻：

> 自況也好，物傷其類憑弔文人也好，借古諷今針貶時事也好，對歷史的解釋退居其次，重寫更側重於諷喻性。在此，作家創作的驅動力正是諷喻，讀者閱讀的關注點也往往是諷喻。在重寫中，「解釋」指向的是前文本，「諷喻」則指向現實語境。當然，首先是認知模式的改變爲重新解釋提供了可能，不過，之所以解釋某一個前文本……則和重寫所處的現實語境關係密切。質言之，「解釋」的同時更有「諷喻」的目的。……新的史學觀念提供了新的解釋模式，從而使重釋成爲可能，這是一方面；另一方面則是現實時局激發了作家們借古諷今的寫作慾望。〔註23〕

歷史重寫的諷喻成爲作家的主要創作動機，而作家期待的也是讀者能讀出其創作動機。來自於作家明末作家跟隨國家政治的發展不得不來到新的朝代，他們必須拋棄與重新建立的信念究竟有多少我們無法得知。但從《豆棚閒話》這三篇翻案歷史小說的立場來看，作家並不嚴厲指責野獸、妒婦、或避禍殺人的范蠡，只有透過翻案重寫表現對權威與高尚情操的懷疑。爲何想將高等世界的人降格書寫？他們諷刺目標爲何？將忠臣寫成平凡小人，看似顛倒是非，但更像是抹除對錯的對立。於是我們能看見這些歷史名人的挫敗與狼狽，可以嘲笑又能同理那些平凡至極的理由。也更能透徹地看見，選擇沒有所謂的對錯。或許比不上聖人，或許非常平凡狼狽，卻絕對比故事中「虛矯的偉人」好多了。於是這幾則故事中批判與嘲笑的都是「假高尚與狗彘行」的人，顯然拆穿假象成爲這些故事的共同目的。

故事中的敘述者看似解釋前文本，但翻案出新的說法時，其主體性與歷史批判的用意便彰顯了，然而他們又能安全地利用喜劇性的油滑隱藏在故事之中。《豆棚閒話》本身就有較爲複雜的敘事空間，站在「豆棚」底下的老翁或少年等敘事者，看似沒有脫離話本小說裡頭「說書先生」的程式，然而豆棚本身的虛構性與結構設計又使整個故事新增一層再虛構的外衣，使得這些豆棚底下的說書先生看起來並不可靠。他們輪番站在歷史故事的外層，成爲這些事件的主要敘事者，以全知視物角恣意流轉於故事中、並且刻意舉出有利的史料當作證據。但因爲「豆棚」空間的虛擬性，凸顯說故事者更加虛幻的存在，連帶他們刻意扭曲講演的歷史故事，也變得可以讓人付之一笑。若

〔註23〕祝宇紅：《故事如何新編》（北京：北京大學出版社，2010年4月），頁149。

上一章說李漁毫不掩藏作家自己的個性，將說書者身分與自己結合，展現自我色彩，他的故事種種荒唐可笑，都能直接聯想李漁本人的思想邏輯。那麼艾衲居士則剛好相反，他透過層層的虛構與包裝，設計出一個又一個語氣詼諧、口若懸河卻又斷章取義的說話者，將這些歷史名人形容得亂七八糟卻又言之鑿鑿，曲解傳說、史料與經典詩詞好不容易成就的典範與神聖。讓我們一面笑荒謬「故事」的同時也笑著荒謬「敘事」，而作家本身的寫作意圖，譬如對當代士人處境的隱微批判，就能安放在這些笑聲的隱密角落中。而這些明顯被恣意扭曲的歷史名人，也有意無意地緩和了敘事過程指桑罵槐的銳利。

《豆棚閒話》讓活在人們心目中的歷史偉人，大方地展現他們人性的黑暗面，卻不用受到過往敘事習慣的道德懲戒。沒有多餘的好人好報、惡有惡報的因果之說。叔齊雖遇惡鬼野獸刁難，卻也是南柯一夢，醒來以後他說的是：「自信此番出山卻是不差，待有功名到手，再往西山收拾家兄枯骨，未爲晚也。」這番話說得讓人覺得又可笑又可憫，生命與忠義這個必須取捨的天平，繼續在時代的角落上下搖晃著。既然偉人都不偉人，自然也無從要求眞理該傾斜於哪一邊了。

二、《二刻醒世恆言》的鬼神降格

《豆棚閒話》既無歌功頌德歷史人物，也沒有嚴厲批判他們。他們只是變得平凡又庸俗。介之推懼內、叔齊怕死、范蠡涉嫌謀殺西施；這幾位歷史人物原本在史料、傳說中的高尚美好形象，逐一在小說中崩解。他們自崇高的寶座走下來，降格爲心思千迴百轉、見異思遷、有難言之隱的平凡人物，將原本光輝燦爛的歷史美名變成誤打誤撞、以訛傳訛的荒謬故事。這三篇歷史翻案小說集中同一種路徑——讓崇高者適俗，讓偉大的情操變得相當平凡卻又可愛。另外還有值得稱許的地方，這幾則故事都沒走向善惡有報、因果循環的老路。

《二刻醒世恆言》雖然故事中也有大量的歷史人物，然而這些人物就老套多了。尤其本書融入更多鬼神思想、靈怪經驗，歷史人物的出身背景、傳奇經歷已非重點。有時只藉著他們既有的形象，方便故事能順利進入天地神鬼與善惡因果循環中而已。他們也適俗，只是已非歷史人物內在思想、德行情操的降格書寫，而是透過歷史人物延伸更多神魔情節、接觸更多神靈鬼怪，但也因爲這樣的神魔化而使故事顯得更加通俗化，《二刻醒世恆言》的處理讓這些人物走出史料文獻，透過泛宗教化的途徑走進婦人孺子的視野中。角色雖然在故事中看起來沒什麼太驚奇的變化，但他們接觸的神靈群像卻頗爲鮮明逗趣，也由於神靈的人性化形象，讓差點流於乏善可陳的因果故事還能發揮其喜劇風味。

（一）走入天堂或地獄的扁平化符號

《二刻醒世恆言》收錄的歷史人物，較無降格形象的表現。他們賢者恆賢，卑劣者也一貫維持他們卑劣的形象。故事中並沒有爲他們的經歷顛覆出更新穎特殊、更不爲人知的一面。然而敘事者仍然爲這些歷史人物賦予一個新的身分，即是根據他們的善惡，判決其下場成仙或者成鬼。

如果歷史形象是賢者、俠士或隱士，則故事中總是如有神助、列爲仙班；反之，則入阿鼻地獄，以惡鬼或冤魂的形象在故事裡遊蕩搞鬼。

譬如第一回〈琉球國力士興王〉寫張良與陳力士的故事。原《史記・留侯世家》只載的張良與力士刺殺秦王的事蹟僅有寥寥數句：

> 良嘗學禮淮陽。東見倉海君。得力士，爲鐵椎重百二十斤。秦皇帝東游，良與客狙擊秦皇帝博浪沙中，誤中副車。秦皇帝大怒，大索天下，求賊甚急，爲張良故也。良乃更名姓，亡匿下邳。〔註24〕

當鐵椎力士擊中副車之後並無下文，而此則故事賊虛構陳力士誤擊秦王副車之後，逃亡到海外琉球國，訓練了金銀銅鐵錫五金兵攻下琉球，自立爲王。最後還又與張良相偕至蓬萊山上成仙；張良的故事原本在史料文獻上就極具神秘色彩，《史記・留侯世家》說張良拾履得書，晚年則「乃學辟穀，導引輕身」以不吃五穀習道教方士之術，並且「願棄人間事，欲從赤松子游耳」。〔註25〕後代也常見「張良慕赤松」的詩歌作品。〔註26〕張良成仙的故事時有所聞，這次則將他的成仙傳說與力士琉球王進行連結。張良的運籌帷幄、謀才在這

〔註24〕詳見【漢】司馬遷 著【日】瀧川龜太郎考證：《史記會注考證》（臺北：萬卷樓出版社，2004年），頁803～804。

〔註25〕【漢】司馬遷 著，【日】瀧川龜太郎考證：《史記會注考證》（臺北：萬卷樓出版社，2004年），頁810。

〔註26〕如【唐】李商隱《李義山詩集・四皓廟》有詩句云：「本爲留侯羨赤松，漢庭方識紫芝翁」（合肥：黃山書社，「中國基本古籍庫」影四部叢刊明嘉靖本，2009年）；還有【宋】王安石：《臨川集・送張卿致仕》「子房籌策漢時功，身退超然慕赤松」（合肥：黃山書社，「中國基本古籍庫」影四部叢刊明嘉靖本，2009年）等。

則故事是看不到的。他與陳力士相偕遊歷山水之後，便來到蓬萊仙境遇到了童子恭迎：

> 與童子施禮畢，仙童向前引導。來至蓬萊殿，一同進內。殿上坐著赤松子、黃石公。子房迎見，仙風道骨，比前授履時，更自不同。（《二刻醒世恆言》（上）頁 28）

在〈留侯傳〉原本就具神秘色彩以拾履考驗張良的黃石公，此刻以仙風道骨之姿出現。彷彿彼時的張良通過所有試煉，過關者則能列位仙班，得道升天。力士與張良成仙的故事，是根據張良原本就求道歸隱的結局加工而成。然而有些故事並不符合歷史人物的個性，譬如〈桃源洞矯廉服罪〉讓形象一向豁達、隨遇而安，不爲五斗米折腰的陶淵明巧遇九玄天女娘娘，被任命成爲桃花源洞洞主，他以眞廉士之姿嚴厲判決矯廉士陳仲子，甚至「喝令武士押出陳氏之族，盡行誅戮。」〔註 27〕（《二刻醒世恆言》（上）頁 170）雖能體會故事對虛矯之人的深惡痛絕，但總覺得這個故事中讓「桃花源」變得一點也不純樸天眞，而所謂的九玄天女娘娘任命的「桃源洞主」也太專斷獨行了。

《二刻醒世恆言》顯然有一套道德篩選的標準，也以這些標準套在這些歷史人物身上，擅自將他們拉進虛擬的仙話空間裡進行審判、歸納其善惡因果。有德行有功勞的歷史人物受到成仙成道的絕佳安排，而部分生平具有爭議的歷史人物，則是在死後必須以鬼魂的姿態與其他鬼神打交道，他們的品德儘管在陰間依舊延續生前的猥瑣卑劣形象。

譬如〈棲霞嶺鐵檜成精〉寫秦檜、萬俟高兩魂魄來到陰間，想賄賂好接棒曹操與王安石這兩人的判官職位：

> 檜思良久，道：「某向年謀害岳家父子之後，日夜不安，曾設羅天大醮，延僧請道，超度忠魂，燒過金銀冥資一千萬。誰知岳氏父子死而爲神，又道是讎家賄賂，分毫不用，盡棄之破錢山下。他鬼見之，亦鄙爲貪污之物，咸不肯要。吾與你進之曹、王二判，求以爲代，豈不美哉！」（《二刻醒世恆言》（上）頁 134～135）

在秦檜的對白裡又能再度看見審判的現象，忠臣岳飛父子最後死後爲神，而他卻還是個遊蕩的鬼魂，甚至生前於心不安所燒的金銀冥資，也成爲其他鬼魂都鄙棄的貪污之物。四人上下交相成賊的結果，使得陰間大亂。最後才出

〔註 27〕【清】心遠主人：《二刻醒世恆言》（上）（上海：上海古籍出版社，《古本小說集成》影印雍正刊本），頁 170。

動一位名叫倪賓的忠臣魂魄，趁地藏王菩薩開目之際呈上諫言。故事最終的結局則又是玉帝讓倪賓駕雲升天成爲土地神，秦、萬二人則受到成仙的岳飛「夜率領陰兵，將銅鞭連肩帶腦擊碎其半」（《二刻醒世恆言》（上）頁 150）的悲慘下場。從這裡我們可以看見，這些忠惡的形象都相當扁平，惡人對自己的貪汙與排擠不覺有任何不妥或難言之隱，只想著再以這些「冥資」換得更好的位置，故事呈現惡者恆惡、善者恆善的二元對立。也或許因爲這樣的扁平化形象，他們盡情展現最終得到的惡果，方能達到「除之而後快」的效果。只是若要說起秦檜的惡報，還不若明末董說的《西遊補》第九回有孫行者在陰間一連串對於秦檜的極刑，每一個苦刑都極爲殘忍恐怖。〔註 28〕這裡的秦檜雖然形象依舊扁平，卻顯得較爲活潑與狡詐。

故事也有意透過歷史人物展現出除奸懲惡的具體行爲。譬如其中一篇〈睡陳摶醒化張乖崖〉就以張乖崖得陳摶之助，除了以預言法術避過種種危難，還記載張乖崖殺惡僕的故事。（《二刻醒世恆言》（上）頁 233～264）此故事從宋代筆記小說《聞見近錄》〔註 29〕延伸而來，《二刻醒世恆言》與《聞見近錄》同樣記載張乖崖偶遇受害者哭訴，被惡僕威逼即將迫嫁女兒的苦衷。《聞見近錄》書寫張乖崖以刃揮惡僕墜崖，《二刻醒世恆言》則是張乖崖誘使惡僕揹著裝滿石頭的行囊至懸崖峭壁，張跟在後頭將其狠推下山，書中謂之「除了一害」。這與《水滸傳》魯智深大鬧桃花村，還有《西遊記》孫悟空降伏豬八戒的方式殊途同歸，都是用以惡制惡的方式，解決了閨女迫嫁的危機。然而魯智深跟孫悟空也只是把起色心的壞人痛打教訓一頓，過程滑稽逗趣，並沒有像張乖崖這樣直接推落山谷殺害人命。雖然《二刻醒世恆言》這則故事的敘事語氣顯得理所當然、天經地義。再與上則陶淵明誅戮陳仲子等故事一起來看，筆者認爲歷史人物在這裡成爲方便歸類善有善報、惡有惡報的度量工具。他們的作用只是使得善惡形象便於被理解，而他們的經歷、事蹟在話本中都被淡化了。

歷史人物神魔化雖然不若《豆棚閒話》，因爲降格書寫而有了全新的喜劇面貌，然而這些歷史人物一下子化神化鬼、從時間深處躍進虛幻的仙話結界裡，還是比過往的歷史形象更加親切。而且《二刻醒世恆言》的歷史

〔註 28〕【明】董說：《西遊補》（上海：上海古籍出版社，《古本小說集成》北京圖書館藏崇禎中刊本），頁 131～156。

〔註 29〕【宋】王鞏：《聞見近錄》（合肥：黃山書社，「中國基本古籍庫」影宋刻本，2009 年）。

人物，他們接觸的神明鬼怪並不高深莫測，反而常常展現逗趣的人格化特色，充分表達對人類社會的反諷與譏嘲。下面也將提到這些神魔人物的喜劇表現。

（二）鮮明逗趣的神仙人格化

雖然歷史人物在《二刻醒世恆言》的喜劇性薄弱，但是他們卻也在故事中爲當時的受眾著扮演過去與未來的重要媒介，成爲宗教思維中勸善懲惡、仲裁的實驗對象。

若將人們對時間的認知劃分成「過去」、「現在」與「未來」三個部分。「現在」屬於人類有限的壽命裡，歷史所代表的「過去」我們無法參與，而關於人類壽命結束後的「未來」我們總是未知，在中國人的民間信仰中僅能以仙境與地獄二分法的方式想像著「未來」。歷史人物隨著善惡評價神化或魔化，也是具有指標性的作用。《二刻醒世恆言》透過這些歷史人物示範生前種的「因」影響死後的「果」，藉以滿足了人們的想像，間接療癒與鼓舞人們在無奈的現實生活中，似乎還能寄託那個未知的未來。畢竟故事都這麼演著，善者終將有報，而惡者也不容於天地之中。

矛盾的是，儘管故事不斷傳遞美好或恐怖的遠景滿足人們的想像，透過鬼神審判歷史人物生前的善惡，給予明確結局，卻又在同時對我們崇拜、象徵著終極仲裁者的鬼神投射現實的怒氣。一面期待他們主持「公道」，卻又隱隱指責這些「公道」不夠盡責，才會使得人們活得這麼辛苦與艱難。

《二刻醒世恆言》在這些歷史人物所接觸的神鬼之中，連結了神仙人格化的表現。並透過這些神仙的不足之處，間接嘲弄現實社會的種種弊病。如方才所舉之例〈棲霞嶺鐵檜成精〉之所以會任由四位惡人擔任地獄判官，其實是有理由的。透過倪賓與鬼使的對話可以發現地獄的亂象，來自於地藏王菩薩的不聞不問：

> 只得向前，細問鬼使道：「請問列位，適間所說曹操等四人作判擅權，攪亂陰陽，但此四人乃陽世莫大奸雄。欺君賣主，蠹國殃民。世人都道此輩死去，必受陰司之苦；又道陰間有刀山地獄、水火地獄、抽腸拔舌等一十八重地獄。專爲此輩而設，如何反來此地又得做官，仍弄出生前手段，卻是爲何？」鬼使道：「來魂有所不知。只因地主閉目修眞，卻被曹操等百計鑽謀爲左右判，這也是時衰鬼弄人之故也。……地主也不察賢愚，不親政務，任其所爲。如今宋室將亡，

> 也是他放出群奸作祟……。」倪賓聽罷，大怒道：「待我寫道表章，奏明地主，除了奸佞，世界便清。」鬼使道：「不可造次。表文奏上，菩薩閉目不看，生殺予奪，皆由二判，恐你反受其害。你若有手段，須至七月三十日，係地主誕辰，其日開目一日，彼時上表面奏，可以無礙。」（《二刻醒世恆言》（上），頁 144～146）

這段對話先由倪賓提出關於秦檜等人惡行卻沒有惡報的質疑，再藉由鬼使之口暗示因為地藏王菩薩閉目修行，才導致放任奸邪作亂。暗示只要「仲裁者」昏庸不明、對是非對錯不聞不問，就算有人發出正義之聲，一切努力仍是徒勞無功。故事將現實社會在上位者雖然擁有崇高的地位與權力，卻總是冷漠、袖手旁觀的形象，投射在閉目修眞的地獄地藏王菩薩上，反諷無爲卻也無治的社會亂象。

除了譴責在上位者冷漠，也諷刺其不辨奸邪、賢愚，讓國士不遇、讓朽木爲官的選士制度。如〈九烈君廣施柳汁〉以五代後周篡後周的故事爲背景，寫後漢隱帝劉承佑不喜文臣，反重用郭威、史弘肇等人，最後被謀反的故事。故事中王章入廟求士感動了太上眞人，於是太上眞人向九烈君索取能讓人「脫白換綠，中了高第」的綠柳汁好幫助王章高中，而九烈君與太上眞人的對話隱隱透露帝王賤棄儒生的反諷：「假如漢高皇把儒冠當溲溺之器，秦始皇就坑了若干的儒生，燒了萬千的典籍，那時節的上帝，怎生不來救護？」借眞人之口，列舉史事諷刺在上位者不尊重文臣，連上帝也無可奈何的現象，而當九烈君借了柳汁之後，太上眞人卻又態度輕慢隨處亂撒：

> 太上眞人又說道：「還有所餘的柳汁，借我看看。」將柳汁在手裡，便對九烈君道：「這餘剩的，待我做個方便，使不得罷。」於是將一柱楊柳，醮了柳汁，灑去了。方在正灑去，又走遍五方亂灑。九烈君連忙道：「不可亂施了，反誤了眞正人才。」那眞人那裡肯住手，雖是眞人一片好心，卻忒濫觴了，竟不管是讀書的，不是讀書的，但沾在身有濃濃的柳汁，便做到玉堂品位，不見甚難，卻也是忒造化哩！（《二刻醒世恆言》（上），頁 77～78）

太上眞人在這裡象徵著一位輕慢隨便的權力單位，濫用權力，讓沒有才能的人居上位。最後郭威與史弘肇等粗魯武人也沾了柳汁，反而擠下王章，謀反篡位。太上眞人最後雖然感到羞愧懺悔，卻也沒有辦法再扭轉結局，從慈藹崇高的神仙形象降格成犯下無法挽回的錯誤的糊塗神仙了。

糊塗神仙還有一位拉錯紅線的月老，〈錯赤繩月老誤姻緣〉描寫一位標緻的女子阿麗所遇非人自縊慘死，死後找上月老。有趣的是尋找月老的途中還遇到趙飛燕與楊貴妃的魂魄，三個女子冤魂一同尋找月老算帳。月老雖然言明兩位貴妃娘娘是自作孽才有不堪的下場，卻也證實自己拉錯阿麗的紅線：

> 「你這月下老人，也莫怪我說，你卻是天下第一個不平心之人哩！」老人被這阿麗說得呆了，半晌做聲不得，於是將那婚姻簿子，從新簡看，一張張又翻了好幾遍，直翻到九千七億兆五萬八個八百五十六卷上，注著個揚州薛阿麗。應嫁與來科探花、武陵桃源縣人，姓梅、名芝者爲妻。月下老人看完了，……想了一會道：「錯了，錯了！」……姻緣錯配了，只得去轉世償還你，如今也休怨我了。」薛阿麗卻才笑了一聲，道：「我說哩，竟是你月下老人錯了。」
> （《二刻醒世恆言》（下），頁453～456）

月下老人被阿麗罵呆是令人莞爾的人格化形象，故事還設計月老經手的婚姻有「九千七億兆五萬八仟八百五十六卷」巨大數量，而這忙中有錯，卻也無法改變現狀，只好轉世償還。這樣的表現手法就像馬奎斯的《百年孤寂》那樣，總是用極誇張的數字表達人世間的虛無與渺小。或許這也是作者透過指責月老口中的億兆婚姻，間接安慰現實世間女子們婚姻錯配的無可奈何。

上述故事以歷史人物既定的惡劣或悲慘命運爲基礎，創造各種袖手旁觀、濫用權力、糊塗等人性化的神鬼。而神鬼角色的對白，其實都刻意顯現他們欠缺同情、無法體諒世情卻又毫無自知之明的模樣，藉以反諷現實社會掌權者的卸責與高高在上。這些神魔不再因爲神奇法術、高深道行而神聖莊嚴。當他們仗著自己權勢地位而犯錯時，其所造成的災難往往比世間任何一個壞人的惡行還要可怕。藉此警示現實社會的掌權者如果尸位素餐、昏庸不明，是多麼容易鑄成大錯。

弗萊（Northrop Frye，1912年～1991年）的《批評的解剖》分五個層次來介紹虛構的模式。虛構故事中的人物並非根據道德，而是按照主人公的行動力與環境是否超越、不及或者與我們大致相同來分類出「神話」、「英雄傳奇」、「史詩悲劇」、「現實主義小說或喜劇」以及「諷刺故事」〔註30〕。我們

〔註30〕這五個層次大致說明如下：如果主人公的性質超越「凡人」與「凡人環境」，他便是神、他的故事便是神話；如果在程度上出類拔萃，還是人類但超過其他人的表現，那麼他屬於英雄傳奇的故事；如果主人公在程度上比其他人優越，但不超越他的自然環境，那麼他的故事可能就屬於悲劇或史詩型；如果

可以輕易看見《豆棚閒話》中的歷史偉人與《二刻醒世恆言》的神仙們，他們原先存在人民記憶、意識裡的高度，在這兩部作品中產生明顯降格，他們的行爲未必卑劣到讓人髮指，卻早已喪失他們原本的莊嚴。他們僅僅是變得跟一般人沒什麼兩樣，展現昏庸、貪生怕死、糊塗、說謊的普通面貌，諧謔感就傾巢而出。

敘事者刻意貶低歷史名人或神魔，在過去或未知的虛構空間中主宰、重新詮釋舊有的神聖。將原本高模仿的人物降格成低模仿的人物，把歷史名人卑劣化，展現他們不爲人知的猥瑣心思；把神仙人格化，展現他們平庸不足之處；而隨著降格的處理，作家的高度也相對出現。他們對史料細節信手捻來，既能展現自己的才情；又能透過書寫支配神聖人物的命運、對錯、品格優劣，來彌補自己心中的不平、發洩對於世道不公的怒氣。

這類諧擬神聖嘲笑聖賢的狀況，是明代中後期才有的集體文化現象，畢竟明初永樂年間的法令中，還是禁止「褻瀆帝王聖賢」的〔註 31〕。到了明末清初卻能在不少作品中看見，譬如雜劇《齊東絕倒》有顛覆舜的孝悌形象表現〔註 32〕、《餓方朔》把辯才無礙的東方朔因與郭滑稽辯論碰了一鼻子灰〔註 33〕；胡震亨《讀書雜錄》裏頭有吳剛與嫦娥、纖阿兩雌相伴是何等幸福的記載〔註 34〕。其實本書在前章論述李漁時，也列舉數則李漁有爲舊史立新說的史評。顯見戲聖諷古的風氣在明中後期政治腐敗、封建制度日漸衰落的時候

智力與行動力都跟我們無異，經驗一致，這樣便產生了低模仿類型，常見於喜劇或現實主義小說；如果主人公體力智力都比我們低劣，使我們感到睥睨他們受奴役、遭挫折的境況，他們便屬於諷刺類型的人物。詳見弗萊：《批評的解剖》（天津：百花文藝出版社，2006 年 1 月），頁 45～47。

〔註 31〕【明】顧起元：《客座贅語》卷十〈國初榜文〉：「今後人民倡優裝扮雜劇，除依律神仙道扮，義夫節婦、孝子順孫、勸人爲善及歡樂太平者不禁外，但有褻瀆帝王聖賢之詞曲，駕頭雜劇，非律所該載者，敢有收藏、傳誦、印賣，一時拏送法司究治。奉旨。但這等詞曲，出榜後，限他五日都要乾淨，將赴官燒毀了，敢有收藏的，全家殺了。」（臺北：藝文印書館，《百部叢書集成》影金陵叢刻本，1968 年），頁 312。

〔註 32〕【明】呂天成（抹陵居士編）：《齊東絕倒》，收錄在沈泰《盛明雜劇》初集卷三十（臺北：廣文書局出版社，1979 年 6 月），其中西湖竹笑居士評「此劇幾於謗毀聖賢矣」。

〔註 33〕【明】笨庵孫源文：《餓方朔》，收錄在沈泰《盛明雜劇》二集卷二十九（臺北：廣文書局出版社，1979 年 6 月）。

〔註 34〕【明】胡震亨：《讀書雜錄》（合肥：黃山書社，「中國基本古籍庫」影清康熙刻本，2009 年）。

穩定發展，文人們透過各種創作，小說、戲曲甚至讀書心得來踰越典範、批判神聖。藉以達到某種自我滿足與叛逆的快感。

《豆棚閒話》與《二刻醒世恆言》也是如此，透過歷史人物或神仙的降格模仿。同時達到取悅大眾，又能宣洩心中憤怒、自我滿足等等多重效果。在上一章，我們討論到李漁的色情笑話時，提到佛洛伊德「性欲的傾向」，另外還有一種「仇意的傾向」，它與性欲傾向相同，都需要三個人在場，需要有詼諧的製造者、還有必須充當敵意或遭受性攻擊的第二者、還有產生快樂使目的能夠實現的第三者〔註 35〕。當奇妙比喻成爲情色攻擊的緩衝功臣，將猥褻語轉化成機智詼諧的笑話，那麼在此刻的莊嚴人物，也背負起相同的作用了。朱光潛在《文藝心理學》裡就分析這兩種傾向都和禮俗、制度相衝突，而詼諧能幫助這兩種傾向以遊戲態度發洩出來，使傾向能被發洩又不至於失禮、違法。〔註 36〕可以保護自己、宣洩情緒、諷刺朝政、取悅大眾、表現機智等等，顯然這種模式的喜劇性創作，成了這時期文人在考量與宣洩中的最佳選擇。

第二節　笑中有刀：反諷的喜劇作用

不管是《豆棚閒話》偉人降格或《二刻醒世恆言》的鬼神降格所要傳達的訊息，不僅僅純粹地想取悅讀者。他們擁有比笑更嚴肅的訊息與諷意藏在故事裡。於是本節必須提到在這些隱藏在喜劇故事中的反諷技巧，從間接諧謔的話語、誇張情境分析故事其中的反諷精神。

然而討論這兩部小說的反諷手法，並非表示本書的其他小說就沒有運用反諷。不管是反諷或者諷刺，都能從這些話本小說看見相當不錯的表現。徐志平就曾表示：「本期話本小說在寫作藝術上最值得稱道的，應該是諷刺技巧的部分。」〔註 37〕在閱讀這些話本小說時，也看見了各式各樣的譏諷。譬如李漁話本多處的反諷痕跡，《無聲戲‧醜郎君怕嬌偏得艷》一開始敘事者就馬上恭喜長得醜陋的婦人不會紅顏薄命，一定長命百歲；在〈女陳平計生七出〉的故事也是反諷亂世揚言守貞的女子實則言行不一的舉動等等；若說起戲仿手法，李

〔註 35〕【奧】佛洛伊德著　彭舜、楊韶剛譯：《詼諧與潛意識的關係》（臺北：胡桃木文化出版社，2007 年 2 月），頁 256。

〔註 36〕詳見朱光潛：《文藝心理學》（新北：頂淵文化事業有限公司，2003 年），頁 351。

〔註 37〕詳見徐志平：《清初前期話本小說之研究》（臺北：臺灣學生書局，1998 年 11 月），頁 637。

漁歪曲舊題的程度也不比這兩部小說少。還有下一章即將提到的《照世盃》與《十二笑》，各種因人生荒謬的悲劇而成生的喜感，也傳達了尖銳的諷刺意味。然而我們還是能讀出些許差異，李漁小說的反諷不企圖博取同情或更深層的含意，情感與思想是以他的見解與觀察爲主，爲解構而解構。《照世盃》或《十二笑》的諷刺意味濃厚，但比起借一層故事、托神寓鬼、說東指西，他們更傾向以又滑稽又寫實的手法，直擊荒謬的人生現場，這些故事荒謬的背後，似乎比較沒有更積極的情感需求。弗萊曾簡要區別反諷與諷刺，他認爲諷刺是咄咄逼人的嘲弄，其中很少含有同情部分；反諷則會讓讀者摸不清什麼是作者的態度，其中很少含有敵意的成分。〔註38〕當然還有更多複雜的原因，但就閱讀感受而言，《照世盃》與《十二笑》各種激烈、荒唐的故事更像是揭穿一幅幅血淋淋的狼狽人生，而非像《豆棚閒話》或《二刻醒世恆言》婉而有刺、綿裡藏針。而且這些小說總是就近取材，也沒有像《豆棚閒話》或《二刻醒世恆言》這樣，明明是要揭近代的瘡疤，卻僞裝地將焦點放得老遠。所以，雖然每部小說或多或少都用到諷意，然而在這兩部小說中，能讀到的比遊戲或荒謬更少的攻擊性與更多嚴肅的訊息。同樣是逗人取樂的喜劇性通俗小說，若同樣以「反諷」的角度切入，其實在這兩部小說較能分析出其中的創作動機。

反諷（Irony）起源於古希臘喜劇中某種佯裝無知，故意說些假象套出眞相的角色，蘇格拉底將其運用在辯論的發問技巧。十九世紀德國浪漫主義將反諷概念拓展成美學、哲學意義，成爲克爾凱郭（Soren Aabye Kierkegaard，1813～1855）說的「一種認識事物，看待存在的方式」〔註39〕，二十世紀新批評文論又將反諷充分運用在文學批評上，新批評的反諷分類從言語細部推進到語境、結構、篇章布局等〔註40〕，使用頻繁氾濫，反諷變得適用於各種目的，意義也跟著搖擺不定，儼然成爲「反諷的帝國」。〔註41〕但大致仍可被概括成言語反諷與場景反諷兩種：

〔註38〕詳見【加】諾思羅普・弗萊著　陳慧等人譯：《批評的解剖・冬季的敘事結構——嘲弄和諷刺》，中文在此將 Irony 翻成嘲弄，應做反諷比較恰當（天津：百花文藝出版社，2006 年 1 月），頁 325。

〔註39〕【丹】克爾凱郭爾著　湯晨溪譯：《論反諷概念——以蘇格拉底爲主線》（北京：中國社會科學出版社，2005 年），頁 220。

〔註40〕詳見閻廣林、徐侗：《幽默理論關鍵詞研究》（上海：學林出版社，2010 年 4 月），172～179。

〔註41〕【美】韋恩・C・布斯著　穆雷等譯：《修辭的復興：韋恩・布斯精粹》（南京：鳳凰出版集團之譯林出版社，2009 年 5 月），頁 91～93。

> 反諷是一種講話方式，用來傳達公認的或與表面的意思相異——常常相反——的意思。存在著幾種類型的反諷，儘管它們又可以分爲兩種主要的類型：情境反諷和言語反諷。所有成功的反諷取決於他們對詞語之間、事件之間的距離及其上下文的利用。〔註42〕

言語反諷只集中表現於言語修辭、上下文語境呈現不一致產生的悖論；而情境反諷則更加擴展，不管是人物的內心思想與外在環境的不協調、故事發展與讀者認知標準背道而馳，乃至於兩種觀念的矛盾對立等等都是。〔註 43〕簡言之，反諷提供兩種相對立或者有顯著差異的存在並置，有時候作者的眞實意圖不顯露，而是刻意引導相異的訊息刺激讀者的思想交流。這樣的刺激與交流之中，讀者產生的優越感、參與感或者諷刺的嘲笑等等，都與喜劇性息息相關。

本節筆者將從這兩部小說的反諷故事中，尋找其中相似的喜劇手法，比較《豆棚閒話》與《二刻醒世恆言》的反諷意蘊與喜劇作用，進而思考作者的寫作企圖與動機。

一、聰明讀者的遊戲

《豆棚閒話》與《二刻醒世恆言》跟本書研究的其他小說最大的不同在於，他們不是純粹的市井小說，而是混合歷史、宗教的傳統元素並加以創新改造。他們都從舊傳統當中歪曲成新的諧趣現象。這樣的手法在修辭學上，我們稱之爲「戲擬」或「戲仿」。楊義說：「戲擬乃是對傳統敘事成規存心犯其窠臼，卻以遊戲心態出其窠臼。」〔註 44〕在既定的原文本之上，以遊戲的心態模仿改寫。就像第二章李漁把「王四」變成「王半八」，把「丈夫」打成「尺夫」、「寸夫」等句式那樣，只是李漁的戲仿方式，較傾向推翻既有字句、常民知識的語言趣味。另一種「窠臼」則是經典，明清時期很風行曲解經典的笑話，據張岱的《陶庵夢憶》記載，萬曆年間就有文人共結「噱社」，他們之間開的滑稽笑話大致如此：「座帽已收帽套去，此地空餘帽套頭，帽套一去

〔註42〕【英】羅吉·福勒主編 袁德成譯：《現代西方文學批評術語辭典》（四川：四川人民出版社 1987 年），頁 62。

〔註43〕楊鈞：〈試論小說中反諷的四種類型〉，《學術交流》第 6 期，1994 年，頁 65～68。

〔註44〕楊義：《中國古典小說史論》（北京：人民出版社，1998 年），頁 369～371。

不復返，此頭千載冷悠悠。」〔註45〕顯然是戲仿唐代崔顥的〈黃鶴樓〉，將唐詩轉化成貼近生活的笑話。這是明末清初文人的話語現象，更是當時文人結社娛樂的風氣之一。〔註46〕其實不只文人社群，民間也風行這類的文字遊戲。如馮夢龍的《笑府》收錄〈讀破句〉數則笑話，講述兩蒙師因在陽間常讀別字破句被罰。常將「之」字讀成「豬」於是被罰投胎成豬，此蒙師希望可以投胎成南方的豬，因爲「南方豬強於北方豬」，另一蒙師則被罰投胎成狗，這位先生也要求投胎成母狗，因爲「臨財母狗得，臨難母狗免」。〔註47〕前者乃戲仿《禮記・中庸》中孔子答子路問強的典故，後者則亦是將《禮記》原典的「毋苟」誤判爲「母狗」。這類由經典歪曲的笑話，是明清時期常見的，透過經典與通俗流動或斷章取義的偏義達到的諧趣現象。〔註48〕這些例子都讓人感到莞爾趣味，將經典消解，以文字遊戲破音、別字、偏義等方式詮釋出截然不同的新意。

然而，雖說都是戲仿，但《豆棚》與《二刻》兩部小說的戲仿不僅僅是遊戲心態，而是意有所指，等待讀者的開發與解讀，而這樣的戲仿也無疑是反諷的：

> 當戲仿者將目標文本作爲文字面具並將自己的意圖暫時隱藏其後時，可以說是反諷式的仿眞。在這樣的戲仿中，目標文本也許是戲仿者改革或改寫的對象，但也可以是諷刺的對象，或被作爲一種面具，使其目標以「伊索寓言」或隱蔽性的方式被攻擊或改變。〔註49〕

戲仿與反諷有相似的操作模式，它們都是兩股力道不和諧的相對立，戲仿包裝在遊戲的態度底下，遊戲看似滑稽、輕蔑，容易被否定，就像反諷必須透過否定來表達另一層意思很像，所以我們很容易在戲仿的表現中讀到反諷的情感。有時候戲仿跟反諷就這麼不分彼此混搭在一起，像《二刻醒世恆言・

〔註45〕【明】張岱：《陶庵夢憶》（北京：中華書局出版社，2008年9月），頁119。

〔註46〕詳見萇瑞松：《明清易代之際話本小說敘事反思》，中興大學中文所博士班論文，2013年，頁146。

〔註47〕【明】馮夢龍：《笑府》（上海：上海古籍出版社，1993年），頁48。

〔註48〕林淑貞的《寓莊於諧：明清「笑話型寓言」論詮》一書中，亦舉歪曲經典的笑話型寓言數例，並認爲此現象乃雅俗互通的移置流動與斷章取義的偏義諧趣。詳見林淑貞：《明清笑話型寓言論詮》（臺北：里仁書局，2006年12月），頁96～101。

〔註49〕詳見【英】瑪格麗特・A・羅斯著　王海萌譯：《戲仿：古代、現代與後現代》（南京：南京大學出版社，2013年5月），頁29～30。

假同心桃園三結義》描寫，三位一起長大但無所事事的男子，受到說書先生講「劉玄德桃園三結義」故事的鼓舞，也跟著大動作模仿在桃樹底下立誓結義。他們一邊嚮往劉備、項羽、張飛那樣的豪氣干雲與同生共死的兄弟情，但劣根性實在跟不上理想，一完成結義，後語便不接前言，理想與規劃大相逕庭：

> 卻說三人過了幾時，一齊商議道：「我們如今合膽同心，不必說了：只是如今也尋一件事做方好，終日遊手游食，不是個長進的。」伍其良道：「叫我做甚事好？」錢知利道：「我只有嫖賭在行，別無伎倆。」張伯義道：「不是這等說。就是嫖賭，不要本錢的麼？我說去那裡拆拽一道，設騙得人一主大錢，三個拿來均分了，豈不是我們的本錢麼？」（《二刻醒世恆言》（下）頁 381～382）

結拜完才立志要合膽同心，做件好事。下一秒卻只想到「嫖賭在行」的好事，而另一位兄弟也果真「有志一同」，熱情建議須先向人詐騙才好取得嫖賭的本錢。這是上下文語境相當明顯的反諷，而也藉著戲仿桃園三結義的忠肝義膽、義結金蘭，對比這三位兄弟的滿肚子歪腦筋還有之後的分崩離析。

比起對這個世界進行辛辣的批判或嘲笑，戲仿的攻擊看起來較爲無害，畢竟被扭曲、降格的直接對象是被戲仿者——一個已經先公諸於世的「經驗」（可能是文學經典、歷史、普世價值觀等等）。但戲仿也不完全友善，目光犀利的讀者往往能從這些被攻擊的對象身上，找到與自己的生活世界相似的痛楚，我們從被重新編造的故事裡頭找到今天的傷口。傷口就隱藏在誇張、滑稽或不合理的模仿中，一旦我們將自己與文本進行連結與思考，就不自覺地又笑又疼著。

譬如前一節提到《二刻醒世恆言》的月下老人，翻看姻緣簿有「九千七億兆五萬八個八百五十六卷」，一瞬間除了把充滿怨念的故事女主角，丟進婚姻紅塵的汪洋中；而存在那幾千億婚姻中的你我，是否也跟著體會到同樣的無奈，也瞬間變得渺小。或許可以直接概括成指桑罵槐，但我們還是得細究，爲何戲仿可以達到反諷的效果：

> 被戲仿的文本被戲仿者解碼，又以扭曲或變化的形式被呈現給另一個解碼者，即戲仿的讀者。戲仿者也會利用讀者對戲仿原文的期待，激發並將其轉換作爲戲仿作品的一部分。如果戲仿的讀者已經知道並預先對被戲仿目標進行了解碼，他們就能有效地將原文與戲仿的新形式

加以比較，但如果他們並不知道被戲仿的文本，也許會在閱讀戲仿作品時逐漸明白，並通過對戲仿文理解他與原文的差異。〔註 50〕

最重要的是，戲仿的反諷還是得靠讀者來完成，讀者必須先對原文本有所認識，對舊有的某些現象有些了解，或者如引文所說，靠著閱讀而逐漸明白戲仿文與原文的差異才能解碼，否則只能感受到表象的滑稽而已。所以必先理解介之推是拒出棉山、抱樹焚死的崇高義士，才能爲妻子妒恨縛綁的反轉感到諷刺；需要認識桃園三結義的兄弟情誼是如何動人，才能對應錢知利三人的小桃園又是如何不堪。所以能爲戲仿解碼的必須是一個願意思考、肯動腦筋的聰明讀者，除了能讀出兩方互文性的指涉，戲仿文本與原文本之間的差異，更深層面還要解讀出作者的立意與安排。這中間的默契來自於讀者與作者間的訊息交流，在看似諧謔扭曲的作品中，交匯共同的「經驗」，不管是穿越古今仍學不會的教訓或人生無奈苦痛的共鳴。當讀者感受小說與歷史之間產生不和諧的聲音，因爲好奇而進行的解碼過程時，一定能刺激自己進行更積極的思考。

讀者在參與故事思考的同時，透過否定表層意義，便能達到聰明讀者的優越感樂趣。〔註 51〕譬如〈首陽山叔齊變節〉的原文本狀似歪曲歷史中的叔齊形象，只要稍加思考，就能聯想到文中種種尷尬處境，正與明清之際在遺民或順民之間搖擺不定的文人情況相似。當讀者對叔齊「待有功名到手，再往西山收拾家兄枯骨未晚也」這個結局抱以否定觀感時，帶著優越感的鄙夷，也同時認同作家隱含對這些虛假現象的激憤情緒。而後來的這些閱讀情感，是敘述者刻意留下的空白讓讀者自行填補。總評便說了：「其中有說盡處，也有留餘地處，具是冷眼奇懷，偶爲發洩。」（《豆棚閒話》頁 218）

《豆棚閒話‧虎丘山賈清客聯盟》則非常有趣，他看似直接諷刺批判當時的老白賞幫閒之流，但裡頭卻用了不少戲仿的技巧。本書研究的小說有不少是諷刺「下層文人」的，譬如李漁小說有一批「作孽文人」天天不事生產，只愛圍觀湊鬧，對男女外貌品頭論足。下一章即將提到《照世盃》與《十二笑》也有各式愚蠢文人，胸無點墨卻裝模作樣、誇張奉承者亦有。但都沒有

〔註 50〕【英】瑪格麗特‧A‧羅斯著　王海萌譯：《戲仿：古代、現代與後現代》，頁 38。

〔註 51〕詳見閻廣林、徐侗：《幽默理論關鍵詞研究》（上海：學林出版社，2010 年 4 月），頁 179。

像〈虎丘山賈清客聯盟〉這樣，能夠婉轉巧妙卻又辛辣地描寫虎丘山下的幫閒文化。

〈虎丘山賈清客聯盟〉這篇小說是針對蘇州名勝虎丘山底下的幫閒群，而且絕對是「蘇州」限定，從一開始便從豆棚延伸扁豆品種，以天下只有「龍爪」這種扁豆，看似厚實其中卻自空，此物只有蘇州有，最後甚至說：「這也是照著地土風氣長就來的。」（《豆棚閒話》頁 286）偷偷反諷了「蘇州」虛有其表，故事也戲擬諸多蘇州方言，並延伸到蘇州幫閒惡劣的風氣。除了戲擬方言以外，還涉及許多言語戲擬，譬如一開始馬才來虎丘山遊玩，詢問和尚是否有唱曲匠，和尚先把唱曲匠誤聽成「鯧魚醬」〔註 52〕，又把這群老白賞以「清客」雅稱，並歪曲了清客的意思：

> 馬才道：「小唱咱知道的，卻不要他。只要那不掛牌、盪來盪去的罷了。咱問你，怎麼叫做『清客』？」和尚道：「虎丘，天下名山。客商仕宦聚集之處，往來遊玩作耍的人多，凡遇飲酒遊山時節，若沒有這夥空閒朋友相陪玩弄，卻也沒興。」馬才道：「陪酒也不算清，玩弄也算不得客」和尚道：「這班人單身寄食於人家，怎麼不叫『客』？大半無家無室，衣食不周的，怎麼不叫『清』？」
>
> （《豆棚閒話》頁 300～301）

雖然清客幫閒乃至於篾片、老白賞都是指明末清初這幫寄人籬下、攀附權貴、在主人身邊湊趣扯淡如應伯爵之輩的下等文人，但根據名詞的演化，清客還是個「雅稱」，與山人一樣，必須有點眞才實學才行。據清代梁章鉅的《歸田瑣記》說：「都下清客最多，然亦須才品稍兼者方能自立。」〔註 53〕魯迅也說清客還是得要有本領的，得像李漁和袁枚這樣的才能才行，若沒有此等實力，只是幫忙拍馬屁湊趣，有幫閒之名無幫閒之才，只是充作扯淡的伎倆罷了〔註 54〕。而故事裡虎丘山下的這幫「清客」自然無法符合如李漁、袁枚那樣的才學，所以戲仿清客之名便有如此含蓄的諷意了。

〔註 52〕李時珍的《本草綱目・鱗之三》記載：「昌，美也，以味名。或云魚游于水，尋魚隨之，其涎沫，有類於娼，故名」筆者推斷應該是故意戲擬「唱曲匠」爲「『娼』魚醬」（合肥：黃山書社，「中國基本古籍庫」影清文淵閣四庫全書本，2009 年）。

〔註 53〕【清】梁章鉅：《歸田瑣記》（合肥：黃山書社，「中國基本古籍庫」影清道光二十五年刻本，2009 年）。

〔註 54〕詳見魯迅：《且介亭雜文二集・從幫忙到扯淡》，收錄在《魯迅全集》卷六（北京：人民文學出版社，2005 年 11 月），頁 357。

而這群老白賞，最後惹了馬才被推下水後，其中一名叫賈敬山的提出結社的言論，更是相當成功的反諷：

「……如今我們也要像秀才們，自己尊重起來，結一個大社，燒介一陌盟心的紙。」眾白賞道：「請啥神道做個社主。」敬山說道：「吹簫唱曲，幫襯行中，別的也沒相干。想道當初只有個伍子胥吹簫乞食于吳市，傳了這個譜兒。伯嚭大夫掇臀捧屁，傳了這個身段。這卻是我輩開山始祖，我哩飲水不要忘了源頭。」眾人道：「弗可，弗可。伍子胥是個豪傑丈夫，伯嚭是個臭局個小人，弗好同坐。」敬山道：「我哩個生意，弗論高低，儕好同坐。得子時，就要充個豪傑；弗得時，囫圇是個臭局。神明是弗計較個。」眾白賞道：「伍子胥弗敢勞動，到換子鄭元和與我哩親切點罷！」

（《豆棚閒話》頁 310～311）

這段對話透過一群不可靠的敘述者表現，先是戲擬了歷史人物，地位的高低透過「神明代言人」有了更多趣味又諷刺的訊息，崇高者像吳子胥，卻是因爲從吹簫乞食的行爲中得到共鳴；而伯嚭掇臀捧屁的「身段」，還得「飲水思源」好好尊敬一番。眾白賞的反應也有趣，承受不起伍子胥的歷史形象，卻也不屑成爲伯嚭之輩，最後竟抬出比較親切的「鄭元和」。這段話明顯反諷當時結社氾濫的現象。從陳寶良的《中國的社與會》一書中，整理了明代極爲氾濫的結社現象，除了詩文社以外，各種名義皆能結社，喜好飲食者有荔枝會、湯餅會，喜歡賞花者有牡丹萬花會、橘社，前面論述過的噱社專司說笑之外還有哭會，文人們聚在一起「謬效杞人，爲世道悲」。〔註 55〕入清之後，清朝有鑒於明末黨爭，所以開始對士人結盟之事嚴令禁，另外文人也開始對前朝結社弊端横出的現象進行反省，於是也開始語帶批判「嗟此紛紛假兄弟，五倫忘卻眞朋友」、「膏粱弟子、寒酸書生唯恐不附名其中爲恥」等〔註 56〕。同期的話本小說選集《鴛鴦針》第三卷提起這個結社風氣時，敘述語氣也頗不以爲然：

其時，處處都有文社詩會。無論城市斯文湊集之地，就是鄉村市鎮，有幾個讀書的，無論已進未進，也要拈一社，結一會，三六九日課文課詩……從此風會漸廣，依仿的漸多了。〔註 57〕

〔註 55〕陳寶良：《中國的社與會》（杭州：浙江人民出版社，1996 年 3 月），頁 334～338。

〔註 56〕陳寶良：《中國的社與會》（杭州：浙江人民出版社，1996 年 3 月），頁 292。

〔註 57〕【清】華陽散人輯：《鴛鴦針》（瀋陽：春風文藝出版社，1985 年 11 月），頁 116。

因爲集社過於普遍氾濫，所以良莠不齊，純粹因爲風氣使然，使得各式各樣的文人，不管有無才學，湊齊了就想集社。所以本篇小說裡頭，明明只是一群老白賞的自救聯盟，卻硬要滑稽模仿成文人秀才的結社雅趣，除了找神明當社主，之後還細細研究起穿戴裝扮，連稱呼都要用各式雅稱包裝才行，既笑這群幫閒畫虎類犬，也反諷當時的文人結社相當矯情。但這些熱烈的討論進行沒多久，才聽到又有官宦人家搭船過來，還在沉醉在結社美好想像的賈敬山，馬上奔去接下這門生意了。不管是賈敬山或其他白賞，他們缺乏道德感又無自知之明，而透過這群人天眞浪漫的妄想，越想顯得正經八百，就越凸顯自己的裝模作樣。

這篇小說的戲仿，並非直接戲仿完整的歷史故事，而是透過瑣碎、細小的符號，細節式的扭曲誇張如方言、觀念與社會經驗。作者選擇描述讓人鄙夷猥瑣的幫閒故事之餘，安排更多小小婉轉的戲仿，讓人在解讀的過程中因爲意會而會心一笑。我們也能因爲否定故事中呈現的偏頗人物、觀念錯誤的話語進而思考，達到作者想要的效果，姚斯（Hans Robert Jauss，1921 年～1997 年）曾說這是一種「反諷式認同」：

> 反諷式認同指的是這樣一個審美接受層次：一個意料之中的認同呈現在觀眾或讀者面前，只是爲了供人們拒絕或反諷。這種反諷式的認同程序和幻覺的破壞是爲了接受者對審美對象的不加思考的關注，從而促進他審美的和道德的思考。〔註 58〕

當受眾進行否定的時候，同時反思與之相對的價値觀，或者批判釋放錯誤訊息的敘述者。此時我們成爲一個更客觀理性的讀者，油然而生的優越感其實也降低了故事太過嚴厲的批判性，比起直接揭露不堪的社會醜陋面貌，更能靠向喜劇一些。而透過戲仿讀到的反諷，絕對比我們平常平鋪直敘更有效果，就如布斯所說的：「他短小的句式可以傳遞更大的信息量」〔註 59〕，讀者也能在探索更多樣的信息之中，得到參與的愉悅。簡言之，戲仿引誘讀者參與文本，敘述者、隱含作者的意圖交流之間，開闢一條以反諷來刺激思維的美學享受。

〔註 58〕【德】漢斯・羅伯特・耀斯著 顧建光等譯：《審美經驗與文學解釋學》（上海：上海譯文出版社，1997 年 11 月），頁 277。

〔註 59〕【美】韋恩・C・布斯著 穆雷等譯：《修辭的復興：韋恩・布斯精粹》（南京：鳳凰出版集團之譯林出版社，2009 年 5 月），頁 102。

二、掌握全局的喜悅

《豆棚閒話》與《二刻醒世恆言》透過戲仿的方式，邀讀者參與解碼，在讀出文本之間的反諷之意時，得到恍然大悟的優越感。李建軍的〈論小說的反諷修辭〉曾說，反諷的要素之一是輕鬆自信的超脫感和距離感：

> 它顯示著反諷者的優越感和自信心，是反諷者認爲自己高於物件，有能力控制物件的心理狀態的表現。它使作者在評價和揭示物件時顯得舉重若輕、鎮定自若，形式上給人一種漫不經心的印象，實際上卻以一種極度的輕蔑態度嘲弄和挖苦著反諷對象。讀者也受作者的這種超脫感和距離感的影響，覺得自己似乎也超然地高於諷刺物件。對作者和讀者來講，這種超然的態度，具有讓人心神舒悅的輕鬆愉快之感。〔註 60〕

聰明讀者識破作家丟出來的僞裝，完成解碼之後，便被作者拉進同一陣線了。他們一起站在反諷對象的眞實與僞裝之間，可以同時看見臉孔與面具，甚至能在作家的更高處，對於書寫的眞正目有與策略一併了解。只要看穿了反諷，就等於是這場閱讀遊戲的贏家，是一個帶有優越感的勝利者，也是一位掌控局面的旁觀者。D.C Muecke 的〈反諷〉曾說一旦反諷的旁觀者因爲知道自己處於旁觀的角色，其實會產生「自由自在的感覺，進而會有一種也許是冷靜、或愉快，或甚至是狂歡的心情。」〔註 61〕這與喜劇追求冷靜、仰賴理性的思考其情緒是一致的，那是屬於理智清醒的勝利喜悅。

具有挑戰性的反諷故事，其諷意並不易被察覺。作家必須暫時放棄自己的立場，盡量隱身於戲劇化的敘述者後面，讓人物盡情對話、讓所謂的眞理看起來似是而非，眞假難辨。《二刻醒世恆言》與《豆棚閒話》都各有一篇對話體爲主進行的小說可以互相對照。《二刻醒世恆言・五不足觀書證道》描寫得道的高人知虛子前往充滿交思憂鬱的焦斯國，與當地的居民進行對話。一開始對話看似平等，讀書人還能反駁知虛子：「若是人人效你，都去斷絕了這酒色財氣時，連那混沌也都死了，還有甚麼世間，有甚麼人類，還要你講甚麼法，度甚麼眾生！」(《二刻醒世恆言》(上)，頁 273) 雖然看似平等的對話

〔註 60〕李建軍：〈論小說的反諷修辭〉，《中國人民大學學報》第 5 期，2001 年，頁 110。

〔註 61〕詳見 D.C Muecke 著　顏銀淵譯〈反諷〉，收錄於顏元叔主譯：《西洋文學術語叢刊》（臺北：黎明文化出版社，1978 年 2 月再版），頁 355。

交流，但最後知慮子只是自說自話，教誨人們不該不知足這件事，最後整個焦思國被他感化成爲更知足善良的百姓。整個論述過程到結局都太過片面，作者的意識最後明顯看出，成了一般的勸懲之作，自然也讀不出更多的反諷訊息。這篇對話因爲立場明顯傾斜，所以反諷的效果就不明顯了。

但再看《豆棚閒話・陳齋長論地談天》就不只如此了。首先〈陳齋長論地談天〉是《豆棚閒話》最後一篇故事，全書前十一則故事都在「豆棚」底下訴說完畢；最後一篇回到「豆棚」的說書現場，在豆棚底下討論何謂「虛實」。這篇小說看似嚴肅無趣，但因爲是相對平等的對話，再加上是關於整部小說「豆棚」象徵的重要結構之一。只要細看，其中就有許多讓人玩味的反諷訊息。

分析〈陳齋長論地談天〉之前，必須先了解作爲《豆棚閒話》故事框架象徵的那座「豆棚」，它的生長情形。豆藤從第一回開始長將起來，隨著棚子牽纏成一個透氣涼快的聊天場所，居民們聚眾底下聊天。豆棚豆類生長的情境一直能成爲每則故事的引子、比喻，它將十一則看似分散的故事有效地連結在一起。而在豆棚底下說書的、聚眾的全是善良純樸的百姓。因爲豆棚主人慷慨，他們得以聚在豐收的豆棚底下乘涼，愜意聽著故事，簡直就像桃花源、太平盛世等理想世界的縮影。所以第九回聽完故事之後，那些鄉民說著：「我們坐在豆棚下，卻像立在圈子外頭，冷眼看那世情，不減桃源另一洞天也！（《豆棚閒話》頁 283）」立在圈子外冷眼看世情的距離用意已先能從「豆棚」中看見，豆棚顯然是帶有理想色彩的公共輿論空間。〔註 62〕但這個小型桃花源，到最後卻不得不面臨拆除的命運，關鍵就在於最後一則〈陳齋長論地談天〉。

陳齋長聞「竇先生（豆棚的訛傳）」博學而前來討教，卻與眾人辯論起「未有天地之時」，並滔滔不絕以一連串批佛門老把玉皇大帝、閻王鬼獄的存在抹煞掉了。眾人也非省油的燈，頻頻提出各種民間鬼神的問題，並且對陳齋長的理論不置可否，使陳齋長訕然離去：

> 齋長覺得眾人之論牢不可破，乃云：「日將暮矣，余將返駕入城。」老者送過溪橋，回來對著豆棚主人道：「閒話之興，老夫始之。今四遠風聞，聚集日眾。方今官府禁約甚嚴，又且人心叵測，若盡如陳

〔註 62〕詳見劉勇強：〈風土・人情・歷史——《豆棚閒話》中的江南文化因子及生成背景〉，《清華大學學報》（哲學社會科學版），2010 年第 4 期，頁 58。

> 齋長之論，萬一外人不知，只說老夫在此搖唇鼓舌，倡發異端曲學，惑亂人心，則此一豆棚未免爲將來釀禍之藪矣。今時當秋杪，霜氣逼人，豆梗亦將槁也。」眾人道：「老伯慮得深遠，極爲持重。」不覺膀子靠去，柱腳一鬆，連棚帶柱一齊倒下。大家笑了一陣，主人折去竹木竿子，抱蔓而歸。眾人道：「可恨這老齋長執此迂腐之論，把世界上佛老鬼神之說掃得精光。我們搭豆棚，說閒話，要勸人吃齋念佛之興一些也沒了。」老者道：「天下事被此老迂僻之論敗壞者多矣，不獨此一豆棚也。」（《豆棚閒話》頁 401～402）

這時候作者的立場是隱晦的，陳齋長也好、豆棚底下的居民也好，都能表現他們各自的堅持。陳齋長的黯然離去不代表對話失敗了，他的言論雖然不被認同，但居民爲避「惑亂人心」之罪，豆棚還是被拆了。彷彿一旦接觸了現實，美好的假象就必須面臨瓦解的危機，最後豆棚閒聊的祥和氛圍也只是暫時的、虛幻的。

我們可以看見豆棚結構性的反諷過程，豆棚的拆除相當關鍵，也只有拆掉了，全書的隱喻才算眞正完成，而反諷也才能流洩出來。當豆棚面臨了針對神仙佛老的質疑之後，除了抹滅豆棚的美好愜意，連帶故事裡頭曾經出現的蔚藍大仙裡、伯夷叔齊裡頭的地藏王菩薩也全數蒸發。少了神鬼的介入，再重新還原那些故事，顯得更加眞實可鄙，叔齊逃跑成功沒人質疑他滿肚子詭計，遲先與孔明單純是迷失在虛妄的傳說中，途中還被惡漢欺負的可憐人物。這些「虛假」雖被陳齋長否定了，而讀者也能藉此否定「陳齋長」的迂腐，從而更追求豆棚底下的那種理想、和平與純眞想像。然而人性虛假、僞善的一面，卻又是全書中集中火力批判的，到底何謂眞？何謂假？眞小人假道學之間孰是孰非；純樸的民間幻想與理性官方立場又要依靠哪一個？都足以讓讀者們好好思考。

其實〈空青子尉子開盲〉這篇小說，是最能爲《豆棚閒話》的眞實與虛假之念點出矛盾並置的例子。這則故事結合神魔、歷史元素，卻又是以人情小說的角度出發，正話描述遲先與孔明兩個眼盲的人，聽聞傳說上山尋找能幫助他們重見光明的蔚藍大仙，就在他們歷經千辛萬苦終於能看見的時候，卻不禁嚎啕大哭，從滿懷的期望跌入谷底，原來人世間不如他們想像的那麼美好：

> 那遲、孔二光立在山頂從空一望，世界上紅塵碌碌、萬徑千谿都在

> 目前，反又哭將起來道：「向來閤著雙眼，只道世界上不知多少受用。如今開眼一看，方悟得都是空花陽焰，一些把捉不來。只樂得許多孽海冤山，劫中尋劫，到添入眼中無窮芒刺，反不如閉著眼的時節，到也得個清閒自在。弟子沒眼時到好走上山來，如今有了眼卻不肯走下山去。」（《豆棚閒話》頁245～246）

故事在這裡是相當關鍵的轉折，也是小說全篇隱喻的所在。在兩位盲眼人還沒能看見世間時，是如何抱持著美好想像，忍辱負重，然而可以重見光明之後，卻是悲痛的懊悔。除了故事本身的情境反諷之外，或許我們也能延伸詮釋兩個盲人面臨的選擇。一是站在高處，認清充滿各種乖戾現象的現實世界，另一個選擇，則是回到瞎眼狀態，再度回到自己想像的假象裡頭。這兩個選擇都各有謬誤，兩股聲音並置著，故事結局雖然安排另外理想的世界讓他們逃避，但他們否定與背離的那個現實，就更加確切立體了。

所以我們其實能從《豆棚閒話》反覆傳遞的訊息中，看見「豆棚」存在的必要性。只有在那樣具有相當的開放性、複調性質的敘事空間裡，豆棚內外的受眾，才能同時擁有虛偽與真實，才能感受喜悅與悲憫。可以嚮往虛假的幻想，又能感慨可鄙可恨的現實；可以對虛偽小人的譏笑批判，又是對他們面臨的現實難題表達理解。無奈的現實世界還是存在於文本內外，雖然人們聚在豆棚底下、在書前小小偏安著，但是不管透過多少故事、多少激烈的對話辨論真偽，儘管各種價值理念激盪出多少火花，最後的結局，大家還是得撤掉豆棚、瓦聚瓦散，回歸現實生活。

從前述的戲仿現象，我們可以看見作家透過滑稽模仿既有的文化現象、舊文本、傳統觀念，造成言非所指的反諷效果。除了歷史、神鬼、方言的戲仿，我們也不斷看見大大小小，各種程度的現實與虛假之間的交替進行。看穿反諷的讀者是最自由的，他能在否定敘述者釋放的假象之時，與尖銳的現實產生共鳴；亦能站在高處，見證血淋淋的社會醜陋，正如何企圖遮掩自己。他們自由穿梭在文本內外，既透徹又理性，還能享受解碼的勝利與優越感。

《二刻醒世恆言》雖然也借著神鬼的佯裝與無知，反諷當時社會的諸多亂象，但是過於善惡二分，立場太過清楚的傳統敘述，使得全書的審美價值不高。《豆棚閒話》則透過成功的反諷技巧，讓全書變成一個虛假與現實相互角力的有機結構。既能在豆棚內純粹欣賞故事世界的世態炎涼，又能全觀戲仿文本與原文本之間的反諷；跳出豆棚之外，還能理解整座豆棚的象徵與作者的寓意。簡言之，反諷的作用，從最狹義的言語修辭的反諷、到故事情境的反諷再到小說整體結構反諷，甚至擴展到必須與其他作品互相參照的模式反諷，都是聰明的作家期待知遇擁有同樣智慧的讀者能跟上他的腳步。也只有站在理性的高度，解碼作者的訊息，才能一覽故事所要表達的思想全貌。

第三節　驚笑皆顫：論怪誕的喜劇性

《豆棚閒話》與《二刻醒世恆言》都有獨特的怪誕描寫，這些怪誕表現使得故事充滿驚奇、出乎意料，所以也是不容忽略的喜劇特色。然而定義怪誕其實沒那麼容易，怪誕同時擁有恐怖與詼諧兩種極端情緒，是極端中和成的特殊藝術類型。況且怪誕在被定義成怪誕以前，早就存在原始人的意識裡：

> 在他們（原始人）的感性世界中，對於這一可測的邪惡與魔鬼感到疑慮與恐懼。當他們通過藝術的形式來表現時，不可能成爲正常的形式，必然加以扭曲、變形，成爲怪誕的樣式。〔註 63〕

這些不合常理的、不協調的各種變形，在神話與出土文物中屢見不鮮，諸如古埃及的人面獅身、希臘的半人馬等等都是。原始人民透過想像展現對大自然的敬畏、與戰勝恐懼的自我保護機制。怪誕當然也沒在中國文明中缺席，從最早的神話如《山海經》、出土文物上的神獸紋路等處處可見怪誕的想像混搭。而之後中國的巫術思想、佛道信仰與鬼神觀念也一直埋藏在人們的意識裡，那些神祕、詭譎、恐怖卻又滑稽的奇怪畫面，以傳說、戲劇、文學等方式流傳於民間。只是，中國小說怪誕情節的誕生，始終無法脫離神魔志怪的箝制。過往論述起中國小說中的怪誕情節時，總是無可避免地走向宗教、民間信仰的文化探源。而受眾看見怪誕故事的接受反應，還有在這又恐怖又詼諧的故事裡頭若隱若現的目標性，卻因此被忽略了。因此，筆者簡要介紹「怪誕」作爲文藝美學審美標準，在西方發展的脈絡。或許可以藉此爲本節欲討論的怪誕小說尋找較鮮明的喜劇路徑。

怪誕（grotesque）一詞最早源於義大利，與洞窟（grotta）一詞相關，是用來表示十五世紀末期挖掘出來，從羅馬文化時代就存在的某種裝飾風格。

〔註 63〕姚一葦：《美的範疇論》（臺北：開明書店，1985 年），頁 29。

這些風格極爲古怪，將花與人體組成奇形怪狀的圖形，其中花草莖幹能支撐屋頂、雕塑、神殿，產生極不和諧也不科學的狀態，飽受當時建築家的批評，認爲違反常理。〔註 64〕然而這種不協調物種的混搭與扭曲組合，逐漸刺激文藝復興後期藝術家的想像力。成爲十六到十八世紀歐洲新興的藝術風格，只是怪誕的美學地位在西方美學家眼中的地位並不高，十七、十八世紀的學者們就認爲這些由藝術家的奇怪想像所創造出來的怪誕作品唯一的目的是爲了讓人感到「可怕而粗魯的怪物哈哈大笑、噁心嘔吐或者大吃一驚」〔註 65〕的感受，言詞之間多有貶意。巴赫金就曾說在十七、十八世紀，在古典主義審美標準爲主流的時代，與民間詼諧文化息息相關的怪誕美學被邊緣化，怪誕風格淪爲低級的滑稽逗樂工具。〔註 66〕到了十九世紀，開始有幾位重要的批評家正視怪誕的「醜陋美學」。雨果（Victor Hugo，1802 年～1885 年）說怪誕是一種新型的藝術，將醜惡融入藝術裡，他認爲怪誕既創造畸型與可怕，同時又是可笑與滑稽的。〔註 67〕波特萊爾（Charles Pierre Baudelaire，1821 年～1867 年）於 1855 年發表的〈論笑的本質並泛論造型藝術中的滑稽〉，稱怪誕爲「絕對的滑稽」，比起來自於模仿的普通滑稽，怪誕更原始、更接近自然〔註 68〕，都算是較正面肯定怪誕的美學價值。

到了二十世紀，有兩部重要的怪誕專論出現，一部是德國學者沃爾夫岡．凱澤爾（Wolfgang Kayser，1906 年～1960 年）的《美人和野獸——文學藝術中的怪誕》〔註 69〕，另一則是英國學者菲利浦．湯姆森的《怪誕》〔註 70〕，

〔註 64〕詳見【德】沃爾夫岡．凱澤爾著 曾中祿、鍾祥荔譯：《美人和野獸——文學藝術中的怪誕》（臺北：久大文化股份有限公司，1991 年 10 月），頁 13。

〔註 65〕【德】沃爾夫岡．凱澤爾著 曾中祿、鍾祥荔譯：《美人和野獸——文學藝術中的怪誕》（臺北：久大文化股份有限公司，1991 年 10 月），頁 21。

〔註 66〕【俄】巴赫金著 李兆林、夏忠憲譯：《拉伯雷研究》，《巴赫金全集》第六卷（石家莊：河北教育出版社，1998 年），頁 39。

〔註 67〕詳見【法】雨果著：〈克倫威爾序〉，收錄自伍蠡甫主編的《西方文論選》下卷（上海：上海譯文出版社，1979 年 11 月），頁 184。其中譯文將「怪誕」譯爲滑稽醜怪。

〔註 68〕詳見【法】夏爾．波特萊爾著 郭宏安譯：〈論笑的本質：並泛論造型藝術中的滑稽〉，《只要那裡有一種激情——波德萊爾論漫畫》（新北市：八旗文化出版社，2012 年 12 月），頁 24。

〔註 69〕【德】沃爾夫岡．凱澤爾著 曾中祿、鍾祥荔譯：《美人和野獸——文學藝術中的怪誕》（臺北：久大文化股份有限公司，1991 年 10 月）。

〔註 70〕【英】菲利普．湯姆森著 黎志煌譯：《怪誕》（哈爾濱：北方文藝出版社，1988 年）。

兩本書都不約而同強調怪誕的接受反應，即怪誕讓人同時產生樂趣與厭惡、笑聲與恐懼的複雜感受。而巴赫金則提出「怪誕現實主義」觀念，將虛幻想像的怪誕與現實主義結合，強調怪誕無法脫離現實界的民間狂歡節與狂歡化精神。他還在《拉伯雷研究》中指出怪誕現實主義的特點是降格，把一切高級、精神等抽象層面轉向不可分割的肉體層面。〔註71〕像拉伯雷的《巨人傳》怪誕的關鍵因素是詼諧與恐怖，詼諧的形象就與肉體（尤其下半身）緊密相關，此時恐怖也不是單純的恐怖，怪誕的恐怖還同時具備死亡與誕生的雙重意義，是從一個舊的人體生命誕生的新秩序。〔註72〕他將怪誕融入中世紀民間文化的考察，確立怪誕的積極意義。

充滿想像、滑稽又恐怖的「怪誕」，脫離原始人的想像而走入藝術賞評的視野之後，曾經受到現實主義與古典主義的排斥與質疑，也曾因爲它所產生的滑稽詼諧元素而被看低。然而他們還是頑強地存在於藝術與文學之中，彷彿是人們選擇背離世界時的新入口，而這個入口，通向某種作家與讀者都不禁期待的新視野，那是失去現有秩序、卻又彷彿重新誕生的力量。是破壞卻也是救贖。只是這種破壞與救贖，是如何透過恐怖與笑兩種複雜的作用中產生呢？從《豆棚閒話》與《二刻醒世恆言》裡的既恐怖又詼諧的情節裡，是否也能讀到這樣的情感力量呢？以下將分析此兩書中突出的怪誕元素，並從中分析其喜劇性的功能。

一、恐怖的身體變形

怪誕特殊的現象之一是無法忽視的肉體展現。而這些肉體絕對不能用常理理解，他們跳出科學認知所能承受的非常態變形。姚一葦在《美的範疇論》中，開宗明義便以「反常的不合理形式」、「形體的扭曲」、「不倫不類的組合」和「遠超出吾人經驗或習慣範圍」的扭曲來定義怪誕。〔註73〕湯姆森（Philip Thomson）也曾在舉了《瓦特》、《一個小小的建議》與《變形記》三部具有怪誕風格的小說之後認爲，讀者在不同怪誕小說中的反應非常複雜，結合了滑稽、反感、恐怖、畏懼等讓人不安的效果，而這些小說都有個共同特徵，即

〔註71〕【俄】巴赫金著　李兆林、夏忠憲譯：《拉伯雷研究》，《巴赫金全集》第六卷（石家莊：河北教育出版社，1998年），頁24。

〔註72〕【俄】巴赫金著　李兆林、夏忠憲譯：《拉伯雷研究》，《巴赫金全集》第六卷（石家莊：河北教育出版社，1998年），頁369。

〔註73〕姚一葦：《美的範疇論》（臺北：開明書店，1985年），頁272。

這些怪誕部分皆與肉體有牢不可破的關係。〔註 74〕的確，在《豆棚閒話》與《二刻醒世恆言》出現的怪誕情節也幾乎都有這樣奇怪的身體錯置、扭曲、突變現象。

（一）無頭活人

《豆棚閒話・黨都司死梟生首》的入話，描述萬曆年間河南府洛陽縣一名旅客寄住某位老者家中時發生的奇聞，旅客在打開房門時驚見房內站著一個無頭活人而被嚇倒地，老人隨後敘述無頭人是自己的弟弟，被流賊所害卻因爲陽壽未盡、沒被記載生死簿上所以沒能被收魂。這位無頭老弟，在頭被砍後摸摸自己的頸部只有一條頸骨挺出在外，無處可去，萬不得已只好投靠老者，而老者敘述著：

> 是夜我尚躲在村中僻處，卻聽見有人叩門，乃是舍弟聲音。荒村中又無燈火，只得從黑影子裡扶進屋內。他就將前村遇害緣故說得明明白白，挨到天亮，才見是沒頭的，卻原來與沒頭的說了半夜。始初也吃了一驚，只見身體尚暖，手足不僵，喉嚨管內唧唧有聲，將面餬、米湯茶匙挑進，約及飽了便沒聲息，如此年餘。近來學得一件織席技藝，日日做來，賣些錢米，到也度過日子。
>
> （《豆棚閒話》頁 343～344）

老者描述無頭老弟投靠自己、弟弟尚能飲食與織席謀生的經過，語氣輕描淡寫，對於弟弟的無頭彷彿只是形容一種病狀，前面還是「舍弟」，但最後發現弟弟無頭時就變成：「才見是沒頭的，卻原來與沒頭的說了半夜。」應該是非常可怕的事，但從老者語氣似乎表現著弟弟此時「只是」沒頭了，用如此輕鬆的語氣中講這麼恐怖的故事，反而意外形成某種詭異又詼諧的氛圍。更遑論無頭人竟還能進食織席等荒唐行爲，更是大大削弱了無頭人可怕的形象。

其實這則無頭人怪談乃脫胎於志怪筆記小說，只是時空背景置換了，情節單元也有所綜合。明顯的脈絡可參考《夷堅支志》的〈淳安潘翁〉〔註 75〕，記載紹興年間文士刁端禮在江西嚴州淳安道上借宿旅社，偷窺一婦人房內

〔註 74〕湯姆森（Philip Thomson）黎志煌譯：《怪誕》（河北：北方文藝出版社，1988 年），頁 14。

〔註 75〕【宋】洪邁：《夷堅支志景卷五・淳安潘翁》（合肥：黃山書社，「中國基本古籍庫」影宋鈔本，2009 年）。

有，發現有一無頭人正用非常快的速度織草鞋因此大驚。而無頭人的兒子解釋了父親潘翁遭賊亂斬首而死，因爲「手足猶能動，肌體皆溫」不忍心埋葬，所以用藥敷於患處，卻長出一竅可以飲食跟發出啾啾的聲音。這個形容與引文中的被流賊斬首、唧唧怪聲、織席的情節單元非常相似。另外馮夢龍的《古今譚概》也收錄一則類似的故事：

> 有親戚官遊西蜀路經湘漢晚投一店，忽見店左側上有一人無首，駭以爲鬼，主人曰：「尊官不須驚，此人也往年因患瘰癧是蔓衍一旦頭乎墜脫，家人以爲不可救竟不死，自此每所需則以手畫，日以粥湯灌之，故至今猶存耳。」〔註76〕

《古今譚概》的無頭人則有旅者寄宿、撞見門後無頭人，再從主人娓娓道來緣由等情節單元。兩則故事的情節單元綜合起來就是〈黨都司死梟生首〉入話的主要情節了。另外與《豆棚閒話》差不多時間的還有明末清初計六奇的《明季北略．第十九卷．附記二異》，則是《豆棚閒話》版入話的文言版〔註77〕，兩者情節無異，至於時間先後則無從得知。《豆棚閒話》除了這則以無頭人展現怪誕形體以外，〈首陽山叔齊變節〉叔齊偷跑下山時遇見的鬼魂兵馬中便有「焦頭爛額、有手沒腳、有頸無頭的一班陣上傷亡」模樣亦非常可怖。而《二刻醒世恆言的．三世讎人面參禪》袁盎晁錯故事也出現恐怖的無頭人，當袁盎斬誅晁錯後回家與愛妾共飲時，驚見無頭的晁錯手提著頭，他用頭顱打了袁盎以後，繼續滿室揮舞亂打、大亂袁盎家中。等天明其他人趨前一看，全家人包括袁盎在內都被活活驚死了。（《二刻醒世恆言》（上）頁184～185）

〔註76〕詳見【明】馮夢龍編著　欒保群點校：《古今譚概．無頭人》（北京：中華書局，2007年8月），頁250。

〔註77〕詳見【清】計六奇著：《明季北略．第十九卷．附記二異》：「流寇盛時，鋤刈人民無虛日，一人遠歸，距家三十餘里，天雨且暮，投宿野邸。旅主云：「舍後有屋兩間，予弟宿內，恐驚若耳。」其人曰：「予生平無所畏，獨畏汝弟耶？」及進門閉，扣之不應，門忽啓，心怪之，及入視，啓户人乃無首者，其人大駭而僕。旅主笑曰：「汝云不畏，何乃爾乎？」慰之曰：「勿畏也，昔吾弟遇流寇，斬首而去。時獐鹿諸獸群集，將眾屍分啖，遞及吾弟，一神人止之，曰：『勿食，此人錄上無名，尚有四年陽壽，不應死。』群獸散去。弟因自撫其首，已無矣，喉間止一硬管而已。昏夜趨歸，與予同臥，談遇賊事甚悉。及旦，予見弟無首，大駭。然竟不死，饑則啾啾有聲，用茶匙沃食管中，飽則無聲矣，又能織席亦異事也。」收錄在《續修四庫全書》（上海：上海古籍出版社，影印清刊本），頁220。

其實早在《山海經》就有數則無頭人神話，如〈海外西經〉:「形天與帝至此爭神，帝斷其首，葬之常羊之山，乃以乳爲目，以臍爲口，操干戚以舞。」〔註78〕後來陶淵明（約365年～427年）曾作詩曰:「刑天舞干戚，猛志固常在。」〔註79〕稱讚刑天雖然被斬首，身體依舊傲然，勇猛的志氣尚存在他的軀體裡。還有〈大荒西經〉的夏耕，被成湯斬首後，操戈盾立躲到巫山等等都是。〔註80〕歷代還有更多是身首分離，意志與生命留在「頭顱」的神奇怪談，如《山海經》的飛頭蠻，《搜神記》的落頭氏〔註81〕、《太平廣記》的飛頭獠〔註82〕、之後《聊齋》的快刀等〔註83〕，無頭人與飛頭人顯然是中國怪誕故事的常客，只是這些與本節只留身體的無頭活人不同，故暫不論述。

我們可以藉著上述無頭人故事思考，關於人類身體與頭顱之間的關係。人類靠腦袋思考、靠容貌辨識美醜、靠行爲於日常生活中交際與行動。「身首」合體才能連結成完整的生命。當我們失去其中一種時，生命已被宣告終止。然而這樣的終止在怪誕的想像世界裡並不完全停止。他反而誕生出一種更爲純粹的使命，雖然軀體的某種剝奪使整體呈現有違常理的恐怖變化，卻又因爲意志的延續，更專注地活著或執行某種任務，使得生命力更顯活躍。就像《史記》曾記載伍子胥被吳王賜死時說著:「抉吾眼懸吳東門之上，以觀越寇之入滅吳也。」〔註84〕把身體的某個部份留下來，也留下生命帶不走的強烈意志。越是不被接受、越是需要驚懼視之的恐怖形象，越有存在的威嚴。所以《豆棚閒話》與《二刻醒世恆言》裡的無頭活人，在他們失去頭顱之後，

〔註78〕詳見郭郛:《山海經注証》（北京:中國社會科學出版社，2004年5月），頁602。

〔註79〕【東晉】陶淵明著【宋】湯漢箋注:《箋注陶淵明集卷四·讀山海經》（合肥:黃山書社，「中國基本古籍庫」影四部叢刊宋巾箱本，2009年）。

〔註80〕詳見郭郛:《山海經注証》（北京:中國社會科學出版社，2004年5月），頁853。

〔註81〕詳見【東晉】干寶:《搜神記》（合肥:黃山書社，「中國基本古籍庫」影明津逮秘書本，2009年）。

〔註82〕【宋】李昉監修:《太平廣記卷482·蠻夷三》（合肥:黃山書社，「中國基本古籍庫」影明嘉靖談愷刻本，2009年）。

〔註83〕【清】蒲松林:《聊齋誌異卷二·快刀》（合肥:黃山書社，「中國基本古籍庫」影清鑄雪齋鈔本，2009年）。

〔註84〕【漢】司馬遷 著，【日】瀧川龜太郎考證:《史記會注考證》（臺北:萬卷樓出版社，2004年），頁874。

他們純粹的生命感更被凸顯了。他們的生命到最後變得極為單一卻也極為鮮明。而這種專注的目的性，同時也降低當初頭首分家時的可怕。反而因為他們活躍的生命力，成為受眾快感的主要泉源。無頭活人本應恐怖，然而由於小說中人物的表現，淡化了恐怖，增加了好奇。

（二）妒塊、妒婦津與人面瘡

無頭人就算命在旦夕，卻仍能留著身體繼續堅持生命延續，好持續他們的求生意志。而有些故事則寫著形體殲滅，而靈魂輾轉在世間游移，轉世成其他生命，或托於物上，延續生前的執念。中國古代小說非常善用轉世與謫世的觀念來取得某種時空運作的自由，在結構方面讓故事拉長時間與空間的界線，由於轉世可以超越生死大限，人物的活動空間也隨之擴展。〔註85〕《豆棚閒話・介之推火封妒婦》的妒婦石氏，雖然不是傳統的轉世，但她在生命與軀體都不存於世時，她的意志也跨越了生死大限，以妒婦津與妒塊兩種怪異現象延續她的執著，將妒意寄生於妒塊、或者寄託於江上，都超越一般人類所及的能力。石氏長年累積的胸中妒塊，生前「刀砍不開、斧打不碎」，死後還燒不毀，輾轉流到後宮作亂（《豆棚閒話》頁25）。

而其妒婦津亦是如此，關於妒婦津是先引南朝任昉《述異記》中的妒女泉記載，晉朝劉伯玉詠《洛神賦》而引起妻子段氏嫉妒投水自盡，最後投水處只要婦人渡河就會颳風壞衣毀妝。〔註86〕唐代段成式《酉陽雜俎》亦收錄這則故事，稱其為妒婦津。〔註87〕後《豆棚閒話・介之推火封妒婦》將妒婦津的作用延續到介子推翻案的故事上，更生動地設計一位不信邪的故意挑釁石奶奶而打扮妖嬈，沒想到一時狂風大起，平空將婦人吹落江中溺死，在這麼恐怖的奇談之中，卻又隨處可見漫畫式的誇張描寫。

《二刻醒世恆言・三世讎人面參禪》也有類似的處理方法，這回話本生動改編流傳已久的佛教公案，即唐代悟達禪師的〈慈悲道場水懺序〉：

〔註85〕孫遜：《中國古代小說與宗教》（上海：復旦大學出版社，2000年1月），頁284。

〔註86〕【南朝梁】任昉的《述異記》記載：「妒女泉，并州婦人不得艷妝綵服至其地，必興雲雨，一名是介推妹」此中並無劉伯玉詠《洛神賦》之事，《豆棚閒話》應是將《酉陽雜俎》的妒婦津誤植為《述異記》（合肥：黃山書社，「中國基本古籍庫」影明刻漢魏叢書本，2009年）。

〔註87〕【唐】段成式：《酉陽雜俎・諾皋記上》（臺北：商務印書館，1966年3月），頁108。

> 自爾忽生人面瘡於膝上，眉、目、口、齒俱備。每以飲食餧之，則開口吞啖，與人無異。遍召名醫，皆拱手默默。因記昔日同住僧之語，入山相尋。……尊者云：「無傷也。巖下有泉，明旦濯之即癒。」黎明，童子引至泉所，方掬水間，其人面瘡遂大呼：「未可洗！公識達深遠，考究古今，曾讀《西漢書‧袁盎晁錯傳》否？」曰：「曾讀！」「既曾讀之，寧不知袁盎、晁錯乎？公即袁盎，吾即晁錯也。錯腰斬東市，其冤爲何如哉？累世求報於公，而公時世爲高僧，戒律精嚴，報不得其便。今汝受人主寵遇過奢，名利心起，於德有損，故能害之。今蒙迦諾迦尊者洗我以三昧法水，自此以往，不復與汝爲冤矣！」悟達聞之凜然，魂不住體，連忙掬水洗之，其痛徹髓絕，而復甦覺來，其瘡不見。〔註 88〕

關於〈水懺序〉的故事，已有學者爬梳出其脈絡，是融合了《史記‧袁盎晁錯傳》、《宋高僧傳‧羅僧傳》及《宋高僧傳‧知玄傳》附會而成。主要表現佛教「宿世冤障」的思想。〔註 89〕到了明代，「水懺」故事中的人面瘡，被獨立分類出來，廣見於明代的各式類書中，如《稗史彙編》將人面瘡列爲報應總論三魔之內，是輪迴中最悲慘的情況。〔註 90〕黃一正所編的《事物紺珠》中被列爲異証類，記載人面瘡是「宛如人面，能張口飲食」。〔註 91〕比較有趣的是，醫學領域如宋代《醫說》也記載江左一商人左膊有人面瘡，能吃飯，戲謔滴酒於口中，則其人面還會轉爲赤色。〔註 92〕這則故事的人面瘡顯然已脫離袁盎晁錯的典故而成爲鄉野趣談。

《二刻醒世恆言‧三世讎人面參禪》則以小說筆法，將袁盎晁錯的宿怨

〔註 88〕詳見《大正新脩大正藏經》45，No.1910（中國電子佛典協會，2002 年）。

〔註 89〕白金銑：〈《水懺》與〈水懺序〉之關係三論〉，《正觀雜誌》第 45 期，2008 年 6 月，頁 187～235。

〔註 90〕【明】王圻的《稗史彙編》卷一百六十八記載：「入道者有三魔在，以智刃猛斬之。其一曰竭貪河、其二曰裂癡網、其三曰撲嗔火，而就中嗔心其爲陰毒最深，即歷劫不得滅。上者猶是修羅，下者便入異類。若晁錯求報盎化人面瘡。」詳見《四庫全書存目叢書》一四二冊（濟南：齊魯出版社，1995 年 9 月），頁 692。

〔註 91〕【明】黃一正：《事物紺珠》卷四十三，收錄在《四庫全書存目叢書》二〇一冊（濟南：齊魯出版社，1995 年 9 月）。

〔註 92〕【宋】張杲：《醫說》卷七（合肥：黃山書社，「中國基本古籍庫」影明萬曆刻本，2009 年）。

轉世更戲劇化些。除了把晁錯袁盎的宿怨增添方才所述無頭人的情節以外，在人面瘡出場的時候也顯得又恐怖又詼諧：

> 只聽得又說道：「我要肉吃哩。」看時又不見人。這貧人吃了一驚，爬將起來，一個膝磕上，疼得了不得，低頭看時，只見膝上不是一個膝磕了，卻是一個人面在上，有眉，有眼，有耳鼻，一張口倒開得有血盆樣大，連連喊道：「我要吃肉哩。」這貧人一見見了，就嚇死去了。死去倒也罷了，一會又醒了轉來，又聽他喚叫。這貧人低頭又看，卻又驚死了去。一會又醒將來，心下慌了，拼著命往外走出。一走走到市鎮之上，向著路旁人說道：「如此古怪的事，你們眾人可曾見過麼？」因撩起衣裳與眾人看時，眾人都看得呆了，不知是何緣故，只聽得他口中又會聲喚要肉吃。一個人就去取了一塊生肉，放在他口邊，他就會吃了下去。不吃時，疼得要死要活，吃下去就不疼了。眾人可憐他，便道：「若是吃下就肯不疼，我們在此日日舍（捨）與他吃。」自此日日有人舍他，疼便不疼了，只是怎得他離身？（《二刻醒世恆言》（上）頁 190～192）

故事有些趣味的細節，譬如袁盎轉了第三世的貧人，延續第一世晁錯被無頭人嚇死的遭遇，只是他這回沒有眞被嚇死，而是「死去倒也罷了，一會又醒了轉來，卻又驚死了去」而貧人求助的眾人們，看著人面瘡又雖以怪物視之，卻又頗友善的餵他吃肉呢！原來水懺的典故是悟達禪師痛定思痛，馬上以水洗懺化解人面瘡的宿怨。到了《二刻醒世恆言》貧人還得帶著人面瘡去尋找晁錯轉世的歸空大師，爲他指點迷津之後，獲得煙燻除癱的方法來解決這擾人的生命體。故事節奏較和緩、滑稽的成分也更多。

不管是《豆棚閒話》的「妒婦津」或者《二刻醒世恆言》的「人面瘡」，雖然這些故事有所本，然而發展到這個階段以通俗小說的形式呈現時，恐怖的元素仍在，但更加入許多誇張、滑稽的細節。而且更加強調這些生命體生前的執念，並且也花費篇幅敘述某種意旨的傳遞。譬如《豆棚》的妒婦津是告誡男人需提防婦人妒心，《二刻醒世恆言》則教化不應以將私怨害他人等等。愛德華・泰勒（Edward Burnett Tylor，1832 年～1917 年）曾說：「神話的虛構，也像人類思想的其他表現一樣，是以經驗作基礎的。」〔註 93〕不只是

〔註 93〕【英】愛德華・泰勒著　連樹聲譯：《原始文化》（桂林：廣西師大出版社，2005 年），頁 223。

神話，大部分的虛構故事都必須借助人類自身的經驗。當作家嘗試著把故事推向難以解釋、違背常理的想像世界時，然其最終的目的，卻還是仰賴生命實際的訴求與渴望支撐著整個情感核心。

二、怪誕的喜劇功能

（一）懼意與喜悅的曖昧拉扯

怪誕是恐怖與滑稽的複合體，怪誕的醜惡本身就包含著滑稽，這種滑稽擁有某種荒謬的不合理性，帶著滑稽的恐怖與其他悲劇性的恐怖明顯不同。受眾雖然從怪誕故事中感到恐怖，然而帶著好笑的恐怖並不會讓受眾造成傷害、或者讓他們感到同情或憐憫，更沒有附帶的情感昇華。更多時候怪誕恐怖伴隨而來的是直截了當的滑稽、驚奇或痛快。譬如小說最常見的恐怖情節是奇形怪狀的妖魔鬼怪，但並非故事中有鬼神就稱得上怪誕，而是當這些鬼神除了展現讓人感到驚懼的形貌、變形之外，卻又同時具備誇張、滑稽的生命力，他的怪誕藝術材展現得出來。又或者他靠著恐怖的形象以惡制惡，帶給人們某種報復的痛快也能達到這樣的效果。譬如《豆棚閒話・介之推火封妒婦》介紹石氏妒婦津的廟宇時，便將廟宇的怪誕氛圍充分展現：

> 只見兩個螭頭直沖霄漢，四圍鷹爪高接雲煙；八寶妝成鴛鴦瓦脊耀得眼花，渾金鑄就饕餮門環悶人心怕。左邊立的朱髭赤發、火輪火馬，人都猜道祝融部下神兵；右邊站的青面獠牙、皂蓋玄旗，我卻認做瘟疫司中牙將。中間坐著一個碧眼高顴、紫色傴兜面孔、張著簸箕大的紅嘴，乃是個半老婦人，手持焦木短棍，惡狠狠橫踞在上；旁邊立著一個短小身材、傴僂苦楚形狀的男人，朝著左側神廚角裡。（《豆棚閒話》頁 15）

「螭頭」、「饕餮」都是中國神話龍生九子之二，在建築裝飾文化裡具有鎮宅、驅邪的作用，旁邊還有「青面獠牙」、「朱髭赤發」等凶神惡煞鎮守。然而這些都比不過廟中坐著「碧眼高顴、紫色傴兜面孔、張著簸箕大的紅嘴，乃是個半老婦人」的石奶奶恐怖。有趣的地方是，面容極爲恐怖的石奶奶身邊、躲著一名苦楚形狀的小男人面壁坐著，成爲一連串讓人膽顫心驚的滑稽對比。另一則《二刻醒世恆言・張一索惡根果報》的鬼魂則是趙良夢見「數百鬼魂，上下淋漓濕透」前來泣訴，之後辦案時更是狂風大起、海潮將「白骨骷髏有百十餘堆」全湧上攤，如此可怕的訴冤現象使張一索不得不伏首認罪（《二刻醒世恆言》頁 228）。因爲極端恐怖的形象使得正義得以伸張，壞人得到報復。白骨大量出現固然驚悚，然而白骨除了營造極致的恐怖衝擊以外，卻又表達出象徵生命的訊息。這個恐怖並非將事情推向絕境，而是將事情推向另一個可能性。儘管恐怖，卻又因此湧起某種痛快的感受。這樣的正義快感比一般的正常公案小說顯得「複雜」卻也顯得「直接」，複雜之處在於它所引發的情緒相當多樣，驚奇、詭異，甚至使人感到騷動不安，卻又那隱隱約約無法不對這樣的恐怖現象產生好奇與期待，這是姚一葦在討論怪誕時說的「不純淨的快感」與「隱密的喜悅」〔註 94〕；直接的地方是，儘管他引起的情緒很複雜，在作品中的作用卻很單一，他們就是暴露其外顯並不合常理的醜惡、造成視覺衝擊罷了，不需用到任何機智或更深層的思考。或許怪誕的產生，契合著人類在追求文明之前，某種更根深蒂固默許「以惡制惡」、「以牙還牙」的心態：

> 自古以來人類就有一種根深蒂固的觀念：要戰勝可怕，就應當比可怕更可怕。兇惡可怕的形象能夠驅趕邪惡，越兇惡可怕驅趕邪惡的威力也越大。因而人們爲了創造出更爲可怕的形象，必然會採用生命化原則，在想像中賦予所有形態以生命，把每件東西或它的每一部分都改做得像魔鬼，以便其能與任何邪惡匹敵。〔註 95〕

這樣的說法可以解釋一部分怪誕的文化意義，我們用形象醜陋兇惡的東西來爲心中更脆弱的一部分抵擋害怕。而這些醜惡，在被創造出來的同時並不是爲了造成大部分人類的威脅與恐嚇。儘管以恐怖之姿，卻另有他的秩序作用；他的不科學，與人類之間產生較爲安全的距離。怪誕也不費事去刻化人性，也不處理抽象深刻的情感層面，而是非常直接傳達又恐怖又誇張的訊息。而這種誇張的恐怖，恰好使人有力量去面對眞正的恐怖，的確達到了引文所說的：「要戰勝可怕，就應當比可怕更可怕。」的效果。

（二）破壞與重生

《豆棚閒話・黨都司死梟生首》的入話是無頭人生存織席，而正話說的

〔註 94〕姚一葦：《美的範疇論》（臺北：開明書店，1985 年），頁 303。
〔註 95〕劉法民：〈怪誕的美學研究與興起〉，《哲學動態》2006 年 11 期，第 57～60 頁。

是一名黨都司爲報南團練奪妹之仇，不惜失去生命的悲壯故事。故事情節是悲壯的，但它所呈現的手法卻是怪誕的。當黨都司被南團練綁縛時，黨都司先用讓人驚駭的形式抵抗——將自己的舌頭嚼得粉碎照臉噴去，最後因此喪命。(《豆棚閒話》頁 359）此時黨都司的恨意凌駕在自己的生命之上，舌頭嚼碎還噴到敵人臉部，血淋淋的驚悚行爲，引發絕對是悲劇性的恐怖，讀來讓人又害怕又同情。若是故事到此爲止，那麼這則故事就是一則具有恐怖情節的悲劇故事。但是新的秩序以另一種怪誕形式產生：

> 左右報導：「黨都司已死，手足如冰。」南團練徐徐走近前來，上下摸看，果然死了。忙叫左右備起幾桌酒席，請了許多弟兄，開懷吃個得勝之杯。一邊叫人將黨都司騎的馬攏將過來，扶他屍首坐在馬上，那口雁翎刀也插在他懷裡，然後大吹大擂起來。南團練手持一杯，走到黨都司屍前罵道，「黨賊，你往日英雄何在？今日也死在我手！」將酒杯往他臉上一澆，依舊轉身將往上走。口中雖說，心下卻不堤防。不料那馬縱起身來，將領鬃一抖大嘶一聲，黨都司眉毛豎了幾豎，一手就把懷中所插之刀掣在手內。兩邊盡道：「黨都司活了！黨都司活了！」南團練急回頭看時，那雪亮的刀尖往上一幌，不覺南團練之頭早已落地。眾人吃了一諒，黨都司僵立之屍纔仆倒在地。(《豆棚閒話》頁 359～360)

明明氣絕身亡的黨都司，在死後面對各種羞辱的瞬間，竟以屍體的形象短暫「復活」，原本癱軟的屍體竟能拿起懷中的刀子砍下南團練的頭，之後才撲倒回歸成毫無生命的屍體模樣。雖然黨都司最終還是死亡了，然而他最後超乎常理的屍體行動，卻大快人心。黨都司第一次的死亡，其實象徵著生命的終結，他的嚼爛舌頭讓人感到悲憤；然而第二次的馬上屍體，卻開啓另一種可能性，是超越既有認知的界線之後，短暫卻充滿火花的新生命。從前面敘述，我們就能看出怪誕的醜惡所蘊藏的生命力，那顯然具有破壞與重建的作用。其實怪誕因恐怖破壞某種禁錮的現狀，而又開啓的新秩序，未必與社會正義相關，他的力量足以跨越生命、文明、法律與各種理性，以最純粹、衝撞的姿態活躍又自由地展現，當上述故事情節以怪誕之姿呈現時，他們也等於擺脫過去的桎梏，所以巴赫金說：

> 實際上，怪誕風格，包括浪漫主義的怪誕風格，揭示的完全是另一個世界、另一個世界秩序、另一種生活制度的可能性。……人向自

> 身回歸。現存世界的毀滅是爲了再生和更新。世界既死又生。一切現存事物的相對性在怪誕風格中總是歡快的，怪誕總是充斥著更替的歡樂。〔註 96〕

向自身回歸，使生命擺脫主人公之前悲慘、殘酷的世界，如果保存完整的「正常的身體」必須受到妒心、殺戮與污辱，那麼寧願破壞身體，以殘破卻懾人的力量展現生命本質。因此怪誕的身體，力量絕對強大。上述的例子都極端地以身體的破壞、扭曲，展現怪誕的特色，他們可能是抵抗生死的無頭人、或者靈魂寄生的人面瘡抑或是凶神惡煞或者大量白骨。完全醜陋恐怖，與美麗扯不上邊，但這也展現著某種跨越生死界線的隱隱期待，巴赫金也說：「在怪誕的人體中，死亡，不會使任何重要的什麼終結」。〔註 97〕超越死亡之後的怪誕身體，不像仙道故事中，得道升天者有著樂園或者仙境等著他，怪誕故事的身體是殘缺、不完整的，他必須先破壞自身的完整與和諧才能達到這一個境界。他們期待的新秩序如果也包含著慾望，那個慾望絕對不像遇仙者或得道者擁有這麼多寶藏（長命百歲、無憂無慮、仙女艷情等等），他們的慾望只剩下生前的執念成就他們被放大的唯一意志，意志的理想又被降格在身體肉體層面，以醜陋奇怪的方式呈現：

> 把一切高級的、精神性的理想的和抽象的東西轉移到整個不可分割的物質——肉體層面、大地和身體的層面〔註 98〕

肉體變形、嚴重畸化都是對於人類精神世界的降格處理，但這個貶低的同時，卻又重新具有肯定、再生的意義。他是雙重性的，同時包含著否定與肯定。所以怪誕所達到的喜劇性效果，絕對不是從其中詼諧、滑稽獲得養分這麼簡單。怪誕的恐怖背負著某種被犧牲掉的精神與意志，而他的喜悅，也絕對包含著讓人期待的希望與光明。

由此可知，怪誕的尖叫驚呼與笑聲共同發生時，並不會讓恐怖持續下去。這種伴隨著害怕的可笑性，可能是從高度緊張害怕突然鬆懈的期待落空感，也可能是看見可怕不合理之處的勝利喜悅，抑或是因爲緊張刺激而產生的快

〔註 96〕【俄】巴赫金著　李兆林、夏忠憲譯：《拉伯雷研究》，《巴赫金全集》第六卷（石家莊：河北教育出版社，1998 年），頁 57。

〔註 97〕【俄】巴赫金著　李兆林、夏忠憲譯：《拉伯雷研究》，《巴赫金全集》第六卷（石家莊：河北教育出版社，1998 年），頁 373。

〔註 98〕【俄】巴赫金著　李兆林、夏忠憲譯：《拉伯雷研究》，《巴赫金全集》第六卷（石家莊：河北教育出版社，1998 年），頁 24。

感等等，都讓怪誕的恐怖變得不那麼逼人陷入絕境。怪誕提供另一種詭異卻又強大的生命力，可能透過不死之身、或者身體奇怪的組合擺脫情理的侷限，而在這類跳脫規範、侷限的審美客體裡，這種生命力帶來的喜悅，便能幫助人們戰勝恐懼，甚至愛上這類恐懼的刺激。簡而言之，怪誕的喜劇性，是讓人充滿勇氣的。

第四章　狂歡的虛無之境：《十二笑》與《照世盃》的喜劇性研究

李漁的《無聲戲》系列與《十二樓》，充滿他個人色彩的機智幽默；《豆棚閒話》與《二刻醒世恆言》則多以歷史故事為基礎，諧謔中帶有其嚴肅寓意；而接下來要討論的兩本喜劇性話本小說《十二笑》與《照世盃》，則回歸市井小民的現實社會，搬演荒謬人間的故事。他們不再像前面章節討論的作品那樣，具有鮮明的個人色彩或對時代的深刻寓意。這兩部小說主要描述與爛賭、縱慾、排泄物與罵言相關的社會底層生活，荒謬社會、位階顛倒的喧嘩鬧劇，很接近巴赫金所提出的狂歡化、廣場化書寫〔註1〕。

《十二笑》全名為《墨憨齋主人新編十二笑》，作者即為墨憨齋主人，墨憨齋主人並非馮夢龍，而是清初其後人或其他人託名而作。〔註2〕原十二回，今僅存六回，全書多有缺漏，比較特別的地方在回目設計，以「笑」字代替「回」字。其中第一笑〈癡愚女遇癡愚漢〉寫進士花中垣與其小妾命兒將泥娃娃當親生兒子撫養的故事；第二笑〈昧心友賺昧心朋〉描述一對好兄弟巫晨新與莫震金因換妻契約進而反目：第三笑〈憂愁婿偏成快活〉則寫秀才柏養虛入贅至暴家，險被閹割的驚險遭遇；第四笑〈快活翁偏惹

〔註1〕狂歡化與廣場書寫皆由巴赫金提出，是從狂歡節引申出來的一種文學語言。巴赫金認為廣場是平民大眾狂歡節日的文化薈萃地，在廣場上可以充滿一切嘲諷、辱罵與糞便形象等一切非官方的語言。詳見王先霈、王又平主編：《文學理論批評術語匯釋》(北京：高等教育出版社，2006年5月)，頁861～864。

〔註2〕詳見曹亦冰為《十二笑》所寫之前言，(上海：上海古籍出版社《古本小說集成》影清初寫刻本)，頁1。

憂愁〉的國學生蒙丹秋癡戀丫鬟小蠻，最後為其賣身入贅改姓並遭眾人嘲笑的故事；第五笑〈溺愛子新喪邀串戲〉寫逆子寶兒在母親溺愛的放縱下，連服父喪的時節仍偷跑去串戲的荒謬人倫；而第六笑〈賭身奴翻局替燒湯〉則寫浪子堵伯來好賭成癡，最後自賣成賭場的奴才，又與賭場主人的妻子通姦的故事。

《十二笑》多寫男子遇到各種情色或金錢的誘惑而做出錯誤的決定。故事主角有進士、秀才、國學生、富翁、商人等，故事中的女性形象多不討好，還有許多露骨淫穢的情色描寫，笑謔與粗鄙成為進行文學審美時的考驗。然而粗鄙的喜劇也不是沒有研究價值，粗鄙的敘事，是用最不經修飾的嬉笑怒罵衝破人類努力維繫的道德文明。文學此刻的責任已經不是「美」或「善」，而是「眞」，這種眞實因為揭露人類的本能，幾乎與動物無異，一點都不文明不美好，卻給人活生生血淋淋的痛快感受。

《照世盃》只有四篇，分別是〈七松園弄假成眞〉、〈百合坊將無作有〉、〈走安南玉馬換猩絨〉與〈掘新坑慳鬼成財主〉，作者題名為酌元（玄）亭主人編次，而為《照世盃》寫序則為諧野道人，諧野道人曾在序中提及：「今冬，過西子湖頭，與紫陽道人、睡鄉祭酒縱談今古，各出其著述，無非憂憫世道，借三寸管為大千世界說法。」〔註3〕紫陽道人即丁耀亢（1955年～1670年）、睡鄉祭酒（1611年～1687年）則為杜濬，而諧野道人又與酌元（玄）亭主人相熟，據考證，此次西湖之會的時間為順治十七年左右〔註4〕。從諧野道人的序文可以推論《照世盃》一定在更早之前成書。

第一回〈七松園弄假成眞〉寫住在蘇州名叫阮江蘭的秀才，為了獵豔南下杭州北上揚州屢遭挫敗，後因朋友張少柏暗地幫助才抱得美人歸；第二回〈百合坊將無作有〉則寫童生歐滁山假裝為名士秀才，反入桃色陷阱慘遭詐騙；第三回〈走安南玉馬換猩絨〉則描寫名叫杜景山的商人，因得罪胡安撫之子而必須遠赴安南國交易的種種奇遇；第四回〈掘新坑慳鬼成財主〉寫蓋公廁發財的吝嗇鬼穆太公與其沉溺於馬吊的兒子穆文光的故事。四篇故事全由入話議論之後直接進入正話，故事主角有童生、秀才、商人、妓女、拐子

〔註3〕詳見吳山諧野道人：《照世盃・照世盃序》（上海：上海古籍出版社《古本小說集成》影佐伯文庫本），頁4。

〔註4〕詳見袁世碩為《照世盃》所之前言（上海：上海古籍出版社《古本小說集成》影佐伯文庫本），頁1。

等，故事背景則有賭場、糞坑、官場、異國風情，作者似乎對生意、旅遊頗有一番心得，在故事中常有相關主題的細部描寫。

這兩部小說的故事背景都設在現實社會，只描述市井百姓的荒唐人生，沒有任何神靈鬼怪，純粹只講「人」——處在畸形社會的荒謬滑稽之人。所以，他們揭發的現實面更爲直接辛辣，對於清初的社會風俗、人際關係也都有細緻的觀察。其中《十二笑》擅長運用滑稽的行爲與辛辣罵語衝撞禮教人倫，恣意描寫人間醜惡的一面，毫不留情地嘲笑故事中的人物；《照世盃》則直接讓屎尿出場，大膽抹去社會上虛僞、矯情的一面，讓最眞實、不堪的人性徹底解放。兩部小說裡頭，越喧鬧、自由、喜劇性越強烈的故事，其中所表現的人性也越荒謬虛無。故事人物無主體性地展現他們絕望的生命，麻木冷嘲他人的不幸，成爲這兩部小說最明顯的喜劇特色。

故本章欲從第一節探討《十二笑》喜劇故事中的悲感，從《十二笑》現存的六篇人情小說中，看見其嘻笑怒罵底下的悲劇現實面。第二節則將分析《照世盃》的排泄書寫，我們避之惟恐不及的污穢物，如何在小說中發揮其喜劇作用。第三節則試著比較《十二笑》與《照世盃》，從兩部小說呈現的世情百態與荒謬書寫，分析創作心態的異同。

第一節　從《十二笑》論喜劇的悲感

俄國文學名著《安娜・卡列妮娜》的開場白：「幸福的家庭都是相似的，不幸的家庭各有各的不幸。」〔註5〕這句話很適合拿來註解明清的世情小說，尤其是充滿諧謔、嘲弄的喜劇性話本小說更是如此。《十二笑》是部喜劇性相當強烈的世情小說，裡面充滿各式令人唏噓不已的家庭倫理與社會問題。每一個小說主角在取悅讀者的同時，其實都在面臨他們人生當中重大的困境。只是作家選擇用喜劇的方式呈現，讓「各家的不幸」變得可以嘲弄、可以隔岸觀火。

不幸的悲劇與荒謬的喜劇性該如何區分呢？或許喜劇與悲劇原本就不適合太嚴格的劃分，有時候喜劇比悲劇來得更令人感到難過。歐仁・尤納斯庫（Eugene Ionesco，1909 年～1994 年）便說過：

〔註5〕【俄】托爾斯泰著 曹資翰譯：《安娜・卡列妮娜》（臺北：志文出版社，1986 年 9 月），頁 25。

> 我自己從來也不能理解別人在悲劇與喜劇之間所作的界說。由於喜劇就是荒誕的直觀，我便覺得他比悲劇更爲絕望。喜劇不提供出路。〔註 6〕

悲劇故事常常表現主角拼命與不義的環境進行他渺小力量的對抗，儘管過程慘烈，但是其中高貴的精神能撫慰人心，讓人感受情感的昇華。然而喜劇不提供解決的方法，喜劇人物沒有高貴的情操可以欽佩，他們與環境的對抗往往來自於個人的欲望與愚蠢的決定，然後在其中產生不少滑稽動作與荒誕言語。能夠逗樂讀者的，其實很多時候來自於這些人物的自食惡果。他們總是在困境中將焦點轉移到乖訛的方向，產生突兀感，讓人啞然失笑。清初前期的喜劇性話本小說故事，也都是以這樣的基礎揭露人世間的醜陋，只是筆者在《十二笑》這部小說中有更深的體認。因爲他們所揭發的醜陋，以現實社會爲基礎，並且更加直接了當。所以小說中展現看似愚笨、荒謬的人生，也都這些故事人物的不幸與災難。以下將透過其突出的喜劇表現手法，試著分析這些故事中被人忽略的悲劇性。

一、徒勞無功的滑稽行爲

《十二笑》的故事人物，有許多誇張至極的動作，他們耗費相當龐大的肢體力量，譬如大聲叫罵或者滑稽的打鬧動作，其喜劇效果讓人捧腹。其實滑稽是比較低階的喜劇表演方式，喜劇作家不需要像機智、幽默、諷刺那樣消耗太多心力，不用爲他們的表達賦予意義。實事上他們甚至爲了讓一切看起來毫無意義，而必須消耗更多的力氣去做與周遭環境不協調、格格不入的舉動。佛洛伊德曾說：「在與我們自己相比較時，如果一個人在身體功能上消耗太多而在心理功能上消耗太少，那麼，在我們看來他就是一個滑稽因素。」〔註 7〕柏格森（Henri Bergson，1859 年～1941 年）也一再強調：「凡與精神有關而結果卻把我們的注意力吸引到人的身體上去的事情都是滑稽的。」〔註 8〕兩位學者的說法都有個共通性，即內在精神與外在的不協調，以及審美主體

〔註 6〕【法】歐・尤里斯庫著，聞前譯：〈戲劇經驗談〉，收錄於袁可嘉等編著：《現代主義文學研究》（下）（北京：中國社會科學出版社，1989 年），頁 623。

〔註 7〕【奧】佛洛伊德著 彭舜、楊韶剛譯：《詼諧與潛意識的關係》（臺北：胡桃木文化出版社，2007 年 2 月），頁 256。

〔註 8〕【法】柏格森著 徐繼曾譯：《笑：論滑稽的意義》（北京：北京十月文藝出版社，2004 年），頁 34。

的介入。也就是讀者必須透過與自身經驗、處境的比較，來進行滑稽與否來的理性判斷。當情節發展應該促使我們關注審美對象的精神、情緒、情感時，敘述者卻引領我們刻意忽略這部分，反而去強調審美對象所做的行動、注意他的外在表現。此時此刻的審美客體看起來就可能是滑稽可笑的。

滑稽的動作是將人類日常的彈性與靈活性，簡化成刻板的機械化運轉。當人物形象扁平化，人類的情感意義會突然喪失，我們關注的不是他的內在情緒、思考，而是他與外界相比不協調的種種舉動。

譬如〈癡愚女遇癡愚漢〉的花中垣與妻子失和離異，於是在赴任途中透過裴肖星代爲尋找小妾人選，當他第一次看見裴肖星找來的命兒時，完全丟失了魂：

> 可笑那花中垣一見此女子，倒像嚇壞他一般，眼睛也定了，涎唾也流了，口也不開，身也不動。裴肖星挨近前來問道：「可看得中麼？」一連問了數聲，卻似問了泥人，睬也不睬。眾人皆掩口而笑。媽媽也掩口而笑，連這女子也忍不住笑將起來。誰知女子一笑，花中垣一發魂了，呆呆酥攤在椅上，再不起身……兩個耍笑一回，走來看時，花中垣依然呆坐在那裡。（《十二笑》頁 24～27）

此刻花中垣對於命兒的動心或一見鍾情的情感面向是被忽略的，我們只看見他的身體一動也不動、眼睛瞪直口水流下的癡呆狀。他的精神與情感部分已經被虛無化，重點在他無法自持的行爲有多麼滑稽，連一旁負責引薦的裴肖星與崔氏商量了一大段話再回頭找看他時，仍然是呆坐不動。他的身體行爲在沒有情感註解的情況下，沒有深刻的詮釋，看起來就非常扁平與可笑。

滑稽動作進行的同時，不能展現他的自覺意識，故事人物不覺得自己正在出糗、正在做出違背常理的事情。當我們肯定審美對象滑稽好笑的同時，其實也在否定他們所進行的，那毫無意義又荒謬的行動。柏格森將滑稽的喜劇視爲生命機械化的展示，人們生活的文明社會，其實有太多適合滑稽進駐的框架。他曾說：「有多少形式和格局，就有多少滑稽的因素可以插足進去的現成框子。」〔註 9〕伯格森還強調社會生活中的「儀式」便是如此。儀式是人類活動漸漸發展出來的形式，它必須依附在情感上才有意義，若是抽離了情

〔註 9〕【法】柏格森著　徐繼曾譯：《笑：論滑稽的意義》（北京：北京十月文藝出版社，2004 年），頁 30。

感與生命，那麼所有的儀式就變成僵硬、可笑、空無的容器。當人們還煞有其事、白費力氣去推動這些動作時，滑稽感便出現了。

譬如〈癡愚女遇癡愚漢〉的後半部，花中垣與命兒買了個泥娃娃當真娃兒養，不只「視如己出」，還進行一連串的育子「儀式」。首先將泥娃娃取名爲引哥，爲引哥雇一位乳娘，還由乳娘丫鬟幫引哥配哭笑聲回應爹娘。甚至找人幫引哥算命。竟也算出引哥命中格局「一派是土，須防跌蹉」，一家上下對一尊毫無生命的泥娃娃異常認眞。一直到引哥失手被跌碎之後，更是誇張：

> 燈光之下，但見花中垣抱著命兒，乳娘抱著碎泥孩，攪做一團，在那裡啼哭。裴肖星細叩丫鬟，方知其故。媽媽此時也跑將進來，上前扶定命兒，裴肖星扶定花中垣，百方解勸，其哭稍止。捱至天明，命兒吩咐衙內人等通要掛孝，花中垣批喻單出去，著該縣工房備一具上號小棺木進署，認眞說小相公死了。府縣屬官俱來弔候，花中垣穿著素服，滿面哀戚，照長子喪服之例，名帖俱寫個期服某人收淚拜，擇日入殮，用僧道二十餘眾，做七晝夜水陸道場。哭得崔命兒有絲沒氣，花中垣撫棺大慟。裴肖星無恥，也頭頂孝巾，身穿孝服，陪著大哭。（《十二笑》頁 47～48）

府裡上下都清楚引哥是泥做的假小孩，卻從未有人拆穿過這齣鬧劇，而是幫襯主人夫婦將這齣鬧劇推向極端之處。引哥從泥娃摔成泥團以後，舉家嚎哭，甚至爲他舉辦一連串超級隆重的喪禮。花中垣撫棺大慟，連篾片斐肖星也頭頂孝巾跟著哭。這個喪禮的意義只爲了悼念一個從頭到尾都從未有過生命的泥孩子。在他們安葬的是個泥孩子的前提下，情感再眞摯也是不合情理的表現。此刻越是悲戚與隆重，在人們看來越是荒謬與虛無的身體耗費了。

〈溺愛子新喪教串戲〉描述另外一則荒誕的喪禮，故事中的寶兒從小就受到父母過度的溺愛，尤其是他的母親乜姑，對丈夫賽牛極爲潑辣狠毒，對自己的兒子卻百般縱容。等到賽牛不堪承受乜姑的暴力對待，最終病死之後的喪禮，寶兒也無心服喪。寶兒在自己父親的棺木前哭不出來，只想著〈西廂記〉的曲目，咿咿嗚嗚的哭聲乍聽之下卻是在練唱。後來也眞的捨棄孝子的身分，不顧眾人嘲笑，跑上台串戲著。

花中垣夫妻將泥人當眞人對待，大費周章將假的事情當眞、把沒有意義的事情放大，幫一個從來不存在生命的泥娃娃辦一個貨眞價實的喪禮；寶兒則不把親生父親當一回事，在父親的喪禮投以虛假的哭悼儀式，哀傷的哭聲與娛情的唱聲在此混雜不清。兩個例子的喪禮都成爲空洞的框架，前者對假的東西投入太過眞實的情感，過度耗費、徒勞無功；後者則完全瓦解夫妻、父子的人倫情感，徒留蒼涼諷刺到底的喪禮而已。

這兩則的滑稽表現在此刻都產生了諷刺感，虛假的儀式，就建立在人類情感的稀薄脆弱之上。滑稽的動作能直接引來眾人的嘲笑，也能間接表現文明社會的虛無與蒼白。只是喜劇讓我們站在最理性的視角，看見生命意義的消失，以及機械化的空轉。這些故事人物一頭衝進一個個空洞又蒼白的文明框架裡，一旦被發現欠缺眞摯的情感交流，他們的努力都是毫無意義的。

二、苦辣的罵語喧嘩

除了肢體語言，小說人物更必須借助對白表現他們的思想、形象、情緒、權力象徵等。《十二笑》有許多非常潑辣強悍的女性，他們藉著怒飆罵言俗語來捍衛自己的權力，我們除了能看見喜劇審美追求的不協調性以及人物誇張形象以外，其實也能看見這些強悍女性罵語理直氣壯後面失控且扭曲的價值觀，以及承受罵語的男性其無奈、麻木與卑屈的種種面貌。

劉福根的《古代漢語詈言小史》曾提到，罵語詈言到了明清小說已經是使用相當氾濫的程度。〔註 10〕不難推斷以描述市井生活爲題材的白話小說的興盛是主要緣由。《十二笑》透過活潑生動的罵言與俗語，有了更豐富的多聲面貌。

《十二笑》多位不討好的女性人物，她們沒有教養、潑辣的形象，便是透過髒話罵言來表現其鮮明的個性。最爲突出的便是〈憂愁婿偏成快活〉的蒯阿滿與暴虎娘母女、〈溺愛子新喪邀串戲〉的乜姑與〈賭身奴翻局替燒湯〉溫阿四的妻子。她們的罵言最基本的方式是貶低性的指稱，像蒯阿滿不滿女婿母舅家的失禮行爲，開罵時就在稱謂上貶低所指人物：

> 蒯阿滿聞言大怒，道：「他們在房中廝鬧，我好意相勸，他不睬徑走，未交半言，如何冤我幫助？這小烏龜舌頭通嚼爛了，那老烏龜好不分皂白，聽了亂嚼，便把我們恨罵，難道不算欺負麼？明知爲著那

〔註 10〕劉福根：《漢語詈語研究——漢語罵詈小史》表示：「漢語詈語發展到明清時期，已經達到了氾濫的程度，詈語的使用頻率與粗鄙程度都是空前的……有時簡直達到怵目驚心的程度。」（杭州：浙江人民出版社，2008 年 4 月），頁 112。

小騷精門口，他偏要就把小騷精做妾，全然不作準我家女兒，難道又不算欺負麼？……。你老賤骨，今日反去到門請罪，求其回家，滅盡自己威風，一發長其志氣。……我如今拼條狗命，就走進房去，和他辨一個明白，我怎麼樣欺負他，他母舅怎麼樣就罵我？」正在那裡發惱，此時暴匠人聽了老婆之言，心裡也道：「該得動氣。」毫不勸阻。（《十二笑》頁 138～139）

上面這段幾乎把所有的稱謂全部改成髒話。稱如蘭爲「小騷精」、柏養虛變成「小烏龜」，而其母舅則是老烏龜，丈夫是「老賤骨」，連自己的命都成了「狗命」。對應蒯阿滿初見柏養虛時，滿意地直暱稱「親肉」，在情感關係上有天壤之別。再看〈賭身奴翻局替燒湯〉溫阿四的妻子也是「野賊囚」、「小畜生」的罵聲不絕口。進行「非人類」或「動物化」的指稱貶低，他們這樣的罵稱侮辱順口捻來，主要宣洩他們由衷的憤怒，將「人」的權力，在語言上先行剝除，以鞏固她們在關係當中的權力。

美國學者馬克夢（R. Keith McMahon）曾在《蕩婦、一夫多妻者與吝嗇鬼》表示：「吝嗇鬼和潑婦形象代表一種男尊女卑的既定範圍的顛倒。……潑婦通過撒潑來控制男人在外面的活動並取代其暴君地位。」〔註 11〕而在這幾則故事裡，顯然這些潑婦是透過罵言掌握權力，掌握他們的發言位置。

然而這些潑婦的粗俗罵言，看似粗鄙下流的罵語，卻也是社會典型庶民形象的展現。罵言會隨著身分的不同而有所差異，同樣處於盛怒的情況，仍有節制與狂暴的不同。譬如〈快活翁偏惹憂愁〉蒙丹秋的元配晏佛奴，她身爲員外千金，儘管捉姦在床，怒極咬傷蒙丹秋使血流至踵。但面對自己的父親勸解時，她還是極爲節制地回應：

爹爹嚴命，敢不遵依？既係酒醉，孩兒只索丟手罷了。但他起了此念，這個賤人斷難留在身伴，乞爹爹作主，快把他來轉賣，以絕禍根。（《十二笑》頁 169）

比起其他故事中的潑婦，開口就是「小騷精」或者「畜生」，晏佛奴的語言形象合理展現出她的身分背景。巴赫金就曾在〈長篇小說的話語〉中提到這樣的雜語現象，就作家的創作立場而言，作家以客觀的方式呈現這些罵語與俗語，讓自己與故事中的人物保持一定的距離。他們不去精緻化故事人物的語

〔註 11〕【美】馬克夢著 王維東、楊彩霞譯：《吝嗇鬼、潑婦、一夫多妻者——十八世紀中國小說中的性與男女關係》（北京：人民出版社，2001 年），頁 59。

言，反而是透過象徵地方性的雜言罵語讓故事人物的形象徹底展現。〔註 12〕這種從故事內部建立的社會語境，極爲細緻敏感，更能表現小說獨特的思想與藝術。

在喜劇故事裡，除了直率的罵言，還有許多已經成爲俚語的罵人話語，融入全民性的社會語言，交織成眾聲喧嘩的廣場語言形象。如〈憂愁婿偏成快活〉虎娘罵柏養虛：「眞所謂口吃南朝飯，一心只對北番人。(《十二笑》頁 130)」就氣得柏養虛跑回母舅家告狀。還將這句話再轉述給母舅聽，造成彼此兩家更深的誤會；還有〈癡愚女遇癡愚漢〉的崔氏罵的這句：「盲鰍思相老娘天鵝肉喫。(《十二笑》頁 27)」很像我們今天所說的癩蛤蟆想吃天鵝肉的變體；另外〈溺愛子新喪邀串戲〉冷眼旁觀的鄉里眾人，看著賽牛與乜姑的夫妻大戰時的評論：「夜叉拽了牛頭，兩個都是見鬼。(《十二笑》頁 217)」等都是。

小說運用的這些罵言與俗語，與官方語言不同。他們充滿毫不修飾的民間力量，並直接呈現人物語言的思想、權力與社會語境。這些象徵語言權力的掌握，使故事人物在人際關係上產生尊卑、高下之分。語言在此刻成爲武器，突破的是他們原先的無形界線，傳統夫婦之間男尊女卑的界線變得模糊。只是，《十二笑》的罵言多是一方強勢一懦弱，少有互相對罵的情況產生。執罵詞的人也未必是合理的那一方，更多時候他們缺乏理性，擁有扭曲的價值觀。譬如〈溺愛子新喪邀串戲〉的乜姑，她已經溺愛兒子的程度已經失去控制；溫阿四的妻子也是既不得理也不饒人，自甘墮落到底也沒有察覺。這喧鬧的人間，罵言產生的失控與瘋狂，豐富了小說的多樣面貌，但這樣的面貌並不純正美好，而是傾斜與失衡的。尤其原本在社會人倫地位應該占上風的男性，突然承受這些言語的衝擊時，顯得特別卑微與悲涼，他們承受的不只是言語的冷涼與霸凌，還得間接承認自己正面臨失敗的窘境與無可奈何。

且看〈癡愚女遇癡愚漢〉的花中垣，面對任性潑辣的命兒總是百般奉承；〈憂愁婿偏成快活〉的柏養虛面對暴虎娘的怒罵不斷與扔擲自己的東西，他的反應是「帶笑勸解」，一直忍到回母舅家才向母舅抱怨；〈賭身奴翻局替燒湯〉溫阿四的妻子與賭伯來通奸，明明自己理虧，卻還是能罵得溫阿四

〔註 12〕【俄】巴赫金著　白春仁、曉河譯：「作者可以造成自己與其作品語言的距離，同時造成與其作品不同層面、不同程度上的距離。」《小說理論》，《巴赫金全集》第三卷（石家莊：河北教育出版社，1998 年），頁 80。

「呆坐半晌，並不發半言」；儘管後來想藉酒壯膽奪回身為丈夫的權威，卻落得「欲要聲張，不覺酒湧上來，頭輕腳重，跌倒便睡」的狼狽下場。更遑論〈溺愛子新喪邀串戲〉的可憐賽牛，就在乜姑的言語與肢體的雙重暴力之下一命嗚呼。這些男性面對女人強勢的一面，並沒辦法拿出傳統男人的權威，反而像是性別互換了那樣。他們對於這樣的情況，麻木、瑟縮、或者百般求饒的情況，讓人唏噓不已。

三、嘲弄墜入深淵的失敗者

方才提到可悲可憐的男子，其實不僅是承受妻子罵言對待這麼簡單。《十二笑》全書都以男人爲主角，而這些男主人公們，不管身分爲何，幾乎都受到不幸的遭遇。更悲慘的是，他們的不幸全來自於自己過於沉迷某種欲望，缺乏正確判斷能力所招惹來的。他們落難的原因，很多時候是自己一開始的錯誤評估，愚蠢迎向整個大環境的壓迫，那些錯誤判斷主要是因爲自己貪財好色而自陷的窘境，最後無力解決現狀。一開始的天真對上現實社會的殘酷，使他們比一般人的不幸看起來還要狼狽不堪。《十二笑》有許多因爲金錢或女色而簽訂契約，導致無法翻身、一敗塗地的可憐男子。這六則故事當中，便有三則是上演主人公因爲契約而產生的種種窘境。他們的人生因爲契約而出現錯誤的轉彎，最終面臨更糟糕的處境。然而他們在拿到契約的當下，卻是充滿期待的。

像第二回〈昧心友賺昧心朋〉的巫晨新因貪圖結拜兄弟墨震金的妻子空氏的美色，在不知空氏是石女的情況下，提出兌交自己的妻室的提議，墨震金非常狡詐，怕巫晨新反悔，於是在契約上做了手腳。他將兌妻如此傷風敗俗的契約，運用諧音的方式改成兌房契，將妻房改成棲房。還在找朋友秋根做中時，誆騙是兌換房契。巫晨新發現空氏是石女以後氣憤告上公堂，但白紙黑字的兌房契約，怎麼看都與換妻之事無關，巫晨新反被打二十大板，同樣成爲一齣血本無歸的鬧劇。另外〈快活翁偏惹憂愁〉的蒙丹秋，本是好好一位監生，也是爲了奴婢小蠻被迫自降身分，入贅徐國府中成爲掌管，還得改名換姓爲史蒙秋；〈賭身奴翻局替燒湯〉的堵伯來更是爲了能久待在溫阿四的賭場裡，直接自我賣身成奴、與溫阿四的妻子通奸，還聯合其妻做起色情的勾當。故事之前敘述者就已先反諷了，這是一則：「非但輸了身子，卻贏了一個奴才美名。非但贏了奴才美名，又加利翻本，再贏了一個烏龜雅號」的故事。（《十二笑》頁 250～251）

綜看上述的契約形式，有賣身、換妻、房契各式各樣。契約顯然是明清時期市井小民廣泛流行的交易方式。明清之際資本主義萌芽使商人地位提升，社會價值觀受到影響，輕義重利的現象使契約受到高度重視。契約的意識深植人心，不僅僅體現在商品的交易部分，連同家庭、婚姻等人倫問題也仰賴契約的約束。〔註 13〕只是，契約原是文明的產物，爲了建立人與人之間互信的基礎，兩方在達成共識的情況下進行的約定。契約的意義，乃透過無形的信用與法律約束，方能在社會上具有權威性。明清小說當中之所以常常出現契約，有部分原因也是爲了藉著契約傳達該事件在其中的權威與嚴肅性。不管是物質財產還是人力的買賣都必須透過這樣的模式建立信用關係。然而這幾則故事中展現的並非一般常見的奴隸、妓女的賣身契。而是將契約進行某種違逆人倫的變相，譬如用來自賣爲奴、以兌房的形式兌妻等，契約原先強調的信用精神與權威性，反而輔助各種違逆人倫的勾當進行了。使我們只看見契約背後的不懷好意，以及受騙的男主人公們未經審愼考量的貪婪與愚蠢。

另外，這部小說的男主人公魯莽做下的荒謬決定，也表現在他們的婚姻愛情的經營上。本章研究的兩部小說都有招贅的情形，小說中，同意招贅似乎已經決定了他們人生的失敗。〈快活翁偏惹憂愁〉的蒙丹秋，還有〈憂愁婿偏成快活〉的柏養虛都是被招贅的丈夫，尤其蒙丹秋與下節才會討論到的《照世盃・百和坊將無作有》的歐滁山，都是「坐產招夫」，也就是入贅進寡婦的家中，接替原先前夫的位置。《明清時代婦女的地位與權力——以明清契約文書、訴訟檔案爲中心》一書中，便曾專節探討這類「招夫」在社會上的地位。明清的招夫即爲宋代所稱的「接腳夫」，入贅到寡婦家中，負責維繫寡婦家庭的完整。對於寡婦夫家的遺產，只有使用權並無繼承權。有時還必須改從妻子前夫的姓氏，在家族的地位不高，他們僅被視爲寡婦夫家的僕人，而非男主人。〔註 14〕由此更能理解〈快活翁偏惹憂愁〉的蒙丹秋在被迫改姓與服役於徐國府家中時，他的悲憤情緒。〈憂愁婿偏成快活〉的柏養虛還好些，暴虎娘「室女招贅」，贅夫的身分雖然仍被社會所歧視，但至少是暴家中的正式成員，無怪乎其母舅還能爲他的不公平待遇發聲抗議。

〔註 13〕閻岑：《明清契約敘事的文學特徵與文化意涵》，浙江師範大學中國古代文學系碩士論文，2009 年，頁 50～51。

〔註 14〕詳見阿風：《明清時代婦女的地位與權力——以明清契約文書、訴訟檔案爲中心》（北京：社會科學文獻出版社，2009 年 4 月），頁 177～181。

然而不管是「坐產招夫」或「室女招贅」，在男權社會的價值觀底下，這些男子的社會地位已經注定被貶到最低處，注定成爲被社會歧視、被家庭欺凌的對象。然而最初，他們都僅僅是爲了很單純的財、色等原因，才做出這些決定。不自制的慾望對抗被文明、法律建構拘束的社會裡。從此便難以掙脫。

這些男主人公們，他們原先想要的，絕對不是這樣的生活。他們期望的樂園被現實剝奪了，理想也不見了。只剩下一個更備受歧視的社會地位、承受周遭不被尊重的訕笑。他們無法去抗辯什麼，因爲這些遭遇都是自己當初的選擇。就像〈快活翁偏惹憂愁〉旁人訕笑蒙丹秋說的那樣：「你何苦遠方跋涉，立意要尋婢子會合？既情願與婢子會合，這下賤二字，你自家尋討的（《十二笑》頁 199）」這幾則話本小說中的男性，常常是爲一件事情付出努力、做出決定並給期盼美好的結果時，命運將他們推落更深的深淵裡。若能意識到自己的悲慘，那還值得同情。更可憐的是他們對自己的失敗，未必有深刻的覺醒。被改姓爲史蒙秋，每每想要悔恨，卻又被阿鑾弄入「忘憂穴中」忘卻被眾人羞辱的身分；堵伯來則是越走向社會的底層仍不自知。知道他們慘狀的，很多時候只有旁觀者。在敘述者帶領之下，我們可以冷眼旁觀、訕笑故事人物的徒勞無功與殘破狼狽的下場。

從滑稽空洞的行爲、苦辣喧譁的罵言以及那些理想被剝奪，陷入空洞命運的衰運男主人公的表現。我們看見了《十二笑》的喜劇性呈現熱鬧卻空虛、詼諧卻苦澀的氛圍，在絕望的環境中去展現生命的荒唐可笑與麻木不仁。這類似「黑色幽默」的喜劇概念，「黑色幽默」是第二次世界大戰之後，以存在主義爲基礎發展出來的文學流派，說的是以幽默的角度看待荒誕、虛無、絕望的社會現實：

> 將一個戲劇性，甚至是悲劇性的，或者被逼下流的場面不加美化地表現出來，以產生一種令人發笑的效果，這似乎就是黑色幽默的定義。〔註 15〕

簡言之，就是將不幸的客觀現實與主觀的喜劇情感正式結合的產物。也被稱爲「絞刑下的幽默」，當個人面對巨大無法反抗的黑暗力量時，追尋的一切都已經喪失意義了，只能對此付之一笑，這種笑中蘊藏著無奈，也是對殘酷的現狀進行沒有溫度的自我嘲諷。

〔註 15〕【法】埃斯卡皮：《論幽默》（上海：上海社會科學院出版社，1991 年），頁 83。

面對殘酷禁忌的世界，「黑色幽默」強調的是個人以精神勝利的意志對抗殘酷恐怖的環境所產生的突兀，是螳臂擋車的荒唐可笑，以幽默的態度挑戰禁忌的話題。《十二笑》雖然在禁忌的表現上不那麼「黑色」，但也的確都展現出某種無奈的悲感，故事人物總在費盡一切努力之後，迎來更虛無的結果，與他們一開始自信、樂觀的抉擇產生極大的對比。

敘述者在此刻不費心解釋故事人物的苦衷，比起同情他們的內在情感，先被他們滑稽無理的動作吸引；比起理解他們之間的複雜糾葛，先被高聲粗俗的怒罵吸引；我們無法太同情故事人物的遭遇，尤其在看見他們愚蠢的選擇之後。就像一隻手指輕輕捻住掙扎不止的蟲子那樣，隱隱壓住的是那落單卻不斷企圖逃脫的生命。站在蟲子的視角來看，這絕對不是幸福的遭遇，牠們只能永無止境地掙扎，而我們興味昂然俯瞰，以我們自以爲高度的文明與秩序，並帶著勝利的笑意。很多時候，悲劇與喜劇的角度就像這樣在這一指之間罷了。

第二節　《照世盃》排泄書寫的喜劇性

《照世盃》的髒話罵言、淫穢書寫或許不若《十二笑》這麼直接粗鄙。但值得一提的是，他僅有的四篇話本小說，就有三篇涉及與分泌、排泄物相關的喜劇書寫，其中〈掘新坑慳鬼成財主〉更是直接以「公廁」爲題材，嘲笑了一位惜糞如金的小氣財主。雖說在《照世盃》出現以前，便曾出現人們與排泄、如廁相關的小說，譬如《世說新語》詳細記載西晉石崇家中廁所的誇張奢華、以及王敦誤食廁中防臭乾棗的糗事〔註 16〕。若是細究因爲排泄物而製造出來的喜劇情境，更不能不提《西遊記》四十四、四十五回，悟空師兄弟把三清像丟進「五穀輪迴之所」的糞坑，又假扮神明顯靈，溺了半缸尿，欺騙虔誠的道士們喝下有「豬溺臊氣」的「聖水」〔註 17〕。不過，這些作品都沒有像〈掘新坑慳鬼成財主〉將人們的排泄問題如此慎重其事、鉅細靡遺地描繪，甚至乾脆讓屎尿糞便成爲喜劇小說中的主題。還有，《照世盃》的其他故事如〈走安南玉馬換猩絨〉輕薄別人妻子的衙內，

〔註 16〕【南朝】劉義慶：《世說新語・汰侈第三十》、《世說新語・紕漏第三十四》（合肥：黃山書社，「中國基本古籍庫」四部叢刊影明袁氏嘉趣堂本，2009 年）。

〔註 17〕【明】吳承恩原著　李卓吾評點：《（李卓吾先生批點）西遊記》上卷（天津：天津古籍出版社，2006 年 10 月），頁 345～348。

避走於暗巷時，被一戶人家倒出的馬桶穢物淋了滿頭滿臉；〈百和坊將無作有〉的歐滁山，回家意淫繆奶奶自慰的同時，澆了藏在桌下的小偷一臉精液，這些故事人物也都分別在各種情況下因爲分泌、排泄物而狼狽出糗，進而產生滑稽、詼諧的行爲。

如此頻繁且無畏地描寫排泄物成爲《照世盃》相當獨特的現象，而能使排泄書寫在喜劇性的故事裡扮演特殊關鍵要角，更是筆者試圖釐清的問題。排泄物作爲重要情節（或意象）在小說出現的作用與效果爲何？以及爲何這些效果能與喜劇性產生化學效應？這是兩個層次的問題，前者雖然能爲排泄書寫樹立其在文本中的獨特地位，但不代表全部的屎尿便溺全能使人發笑；而我們卻能透過以《照世盃》爲代表的話本小說，看見因爲排泄物的出場，而使情節轉向詼諧、逗趣、荒謬等喜劇效果。所以，如何解讀、詮釋文本中的排泄書寫，與排泄書寫如何使人發笑等問題，都是相當值得推敲的。

一、從文明社會到屎尿齊飛

說到排泄物，最嚴謹正視排泄書寫（scatological writing）的首推法國學者巴塔耶（Georges Bataille，1897 年～1962 年）的理論。眞實世界在無法預料的情況下突然出現或碰觸排泄物，爲何讓我們感到厭惡或躲避的行爲反應？雖然發出惡臭的氣味是全然客觀的認知，但喬治・巴塔耶提出相當有趣的觀點，即迴避惡臭之前，我們是如何認知惡臭？

> 我們相信糞便令人作嘔是因爲其惡臭。但在最開始成爲我們厭惡的對象之前，糞便會臭嗎？我們很快就忘記自己費了多少心血教導孩童學習身爲人類所應厭惡的東西。孩童並非天生就跟我們有著相同的好惡。我們容許他們不喜歡某些食物並予以排斥。但我們必須藉由模仿，必要時訴諸暴力，教導他們認識令人噁心的異常事物。這種對噁心事物的感染力是始自原始人類經由無數代遭受責備的孩童所代代相傳的。〔註 18〕

我們已經習慣排斥排泄物的汙穢惡臭帶給我們連帶的噁心與反感。但也的確記得童年時期，曾經因爲無心的尿床或隨地便溺遭受的斥責感到茫然與無

〔註 18〕【法】喬治・巴塔耶著 賴守正譯：《情色論》（臺北：聯經出版社，2012 年 5 月），頁 112。

措。人們在幼時被文明教育編列入隊，踏進充滿規則的人類世界裡，對於排泄物產生厭惡情緒的認知階段，巴塔耶提醒人們進行反省，究竟因對排泄物本身的厭惡而厭惡，還是因爲文明世界敵視它而產生的厭惡。

從巴塔耶的說法來看，人類雖是從屎尿中出生，卻一生都在排斥排泄物。排泄物與性交、死亡屍體一起，都是人類爲了建立文明而否定自然的一部分。因爲這些行爲，使我們與動物無異，而人類積極建立的，就是一個與動物截然不同的文明世界（世俗世界）。所以我們必須把與獸性有直接關聯的事情都放在陰暗裡，掩蓋起來，用更多的儀式、規則遮掩它，讓它們成爲生命中的禁忌。所以他說：「汙穢的位置在陰影之中，在目不能及的地方。」〔註19〕越文明的地方，人們越能妥善將這些獸性掩蓋好。然而我們企圖隱藏的，用儀式、法律、甚至刑罰規範的獸性，實際上卻也是無法眞正去除的「本性」。人類爲了文明所設下的否定如此虛幻，我們無法徹底根絕是自己的起源。也因此當人類開始厭惡、恐懼這些禁忌的時候，禁忌也同時變得更加神秘與誘人。「這是被詛咒改頭換面的自然，人只能通過一種拒絕、不服從、反抗的新活動接受它。」〔註20〕巴塔耶認爲用禁忌的眼神檢視的這些獸性，便不再是當初否定的獸性，反而擁有某種神聖的光輝，它幫助我們擊潰現有的世俗世界——潔淨、文明，卻因遠離自然而不眞實的世界。

所以在文學作品中出現汙穢的排泄物，其實就透露著對於世俗世界的否定。刻意將「禁忌」暴露出來，把原本藏在陰暗裡的東西全部掏出來。排泄物的汙穢、骯髒、惡臭、隱晦，所攻擊的便是理想潔淨的世俗世界。於是，在《照世盃》出現的精液、糞便、屎尿，在此時並不純然是污穢骯髒之物了。作家賦予它們「使命」，去逾越、破壞原本看似文明的社會。排泄物在文學作品中出現的作用，足以讓故事人物「變回原形」，使他們顯得「本性難移」。徹底將文明的人類拉回獸性的範圍內，扯下他們的文明面具，排泄物帶我們回歸、揭露出的眞實人性，有不亞於動物的貪婪與好色。文明與本性在此刻互相較勁，已無法區分光明與黑暗的歸屬了。

我們可以看見，《照世盃》的排泄物多以出乎意料的方式出現，往往殺得

〔註19〕【法】喬治・巴塔耶著　劉暉譯：《色情史》（北京：商務印書館，2006年），頁48。

〔註20〕【法】喬治・巴塔耶著　劉暉譯：《色情史》（北京：商務印書館，2006年），頁63。

故事人物措手不及。有些是自以爲隱藏好，卻莫名其妙被攻擊。如〈走安南玉馬換猩絨〉的衙內，走得氣喘，在一旁的屋簷下休息。卻沒想到遭遇到對門婦人的潑糞洗禮：

> 偏那衙內懷揣著鬼胎，卻不敢打市上走，沒命的往僻巷裡躲了去。走得氣喘，只得立在房簷下歇一歇力。不曉得對門一個婦人，蓬著頭，敞著胸，手內提著馬桶，將水蕩一蕩，朝著側邊潑下，那知道黑影內有一個人立著。剛剛潑在衙內衣服上。衙內叫了一聲：「哎喲！」婦人丟下馬桶就往家裡飛跑。……也是衙內晦氣，蒙了一身的糞渣香，自家聞不得，也要掩著鼻子。(《照世盃》頁 150～151)

好色的衙內調戲了杜景山的妻子，被杜景山抓住、雖然幸運逃掉了被毒打的命運，卻仍躲不過糞便的洗禮。有趣的是，在這裡描寫了衙內因爲心懷鬼胎，不願走在光明正大的道路上，而避走於巷內。看似風光威武的安撫之子，是上流階層的名貴公子，卻因爲自身貪愛女色的好色本能而必須避走於暗處。他自身的黑暗獸性，促使他從光明走至暗處，卻又被一戶人家某位衣衫不整的婦女淋了滿身汙穢。在這條小巷內，因爲這一桶糞猝不及防的出現，使得文明、規則、身分、階級都瞬間解除了。剩下的只有天色昏暗、骯髒的排泄物與一名因好色而狼狽的男子。

另外〈百和坊將無作有〉的歐滁山，也是一名裝模作樣的老童生。本身沒有多少眞實才學，卻因跟上了打抽豐的社會歪風而能在文人社交圈中打滾。歐滁山在假的名譽與眞實慾望之間，也有兩次狼狽出場的精液。其中一次是因爲幻想繆奶奶，而返回自家手淫。怎料卻噴得桌下偷兒一臉：

> 歐滁山看得仔細，那眼光早射到裙帶底下，虛火發動，自家褲襠裡活跳起來，險些兒磨穿了幾層衣服。又怕不好看相，只得彎著腰告辭出來。回到寓中，已是黃昏時候，一點淫心忍耐不住，關了房門，坐在椅子上，請出那作怪的光郎頭來，虛空摸擬，就用五姐作緣，閉上眼睛，伸直了兩隻腿，勒上勒下。口中正叫著「心肝乖乖」，不期對面桌子下，躲著一個白日撞的賊，不知幾時閃進來的，蹲在對面，聲也不響，氣也不喘，被歐滁山滾熱的精華，直冒了一臉。那賊「呀」的叫喊起來，倒嚇了歐滁山一跳。此時滁山是作喪之後，昏昏沉沉，四肢癱軟，才叫得一聲「有賊」，那賊拔開門閂，已跳在門外。歐滁山趕去捉他，那賊搖手道：「你要趕我，我便說出你

> 的醜態來了。」歐滁山不覺又羞又笑，那賊已穿街走巷，去得無影無。（《照世盃》頁 98～100）

歐滁山從起了慾念，彎著腰告辭開始，直到他回到自所寓中，又在黃昏時候，幾乎要邁向黑夜。本該也就是他遵循社會一切規則、禮節的合理規範內。沒想到隱密處還有更隱密之處，私人房間裡面還有更私密的桌底下。在冒失了躲在桌子底下的竊賊以後，歐滁山反而無法正大光明地喊抓賊。因爲隨著自身精液的出現，也使他無所遁形的慾望完全曝光出來，所以竊賊才能抓住他不文明的把柄，威脅這位以知識分子自許的假秀才。歐滁山無法掩蓋的自身慾望，也使得他在當下與竊賊無異，必須躲在文明的暗處，自我羞慚了。

以上例子，不管是衙內被潑糞或歐滁山手淫，其實都不是必要的情節，抽離這些部分，故事仍能進行下去。但卻都能使故事人物遮掩自己的行爲功虧一簣，不管是「馬桶」或「精華」的出場，都能讓故事人物逾越最後那一條線，瓦解自己還想保護的最後那一層、屬於上層階級的假象。

至於〈掘新坑慳鬼成財主〉，則帶來另一種使文明高牆剝落的效果，穆太公在城市裡見識到私營廁所足以發財的「廁所經濟」，於是也返回鄉間蓋了一間廁所，好蒐集村民的排泄物當肥料賣掉。廁所的文明建立在這裡能清楚看見，首先是：「把門前三間屋掘成三大坑，每一坑都砌起小牆隔斷，牆上又粉起來，忙到城中親戚家中，討了無數詩畫斗方貼在這糞屋壁上。（《照世盃》頁 233～234）」還請教書先生提了個「齒爵堂」的匾額，還四處張貼了「願貼草紙」的報條廣告。還爲了照顧女性客群，再蓋了座女糞坑。若單從「齒爵堂」的商業規劃來看，的確能彰顯明清之際公共衛生的文明發展。農民重視個人衛生，也讓有這等生意頭腦的穆太公生意欣欣向榮，是促進經濟發展的成功案例。〔註 21〕然而小說在這裡並不全然爲了歌頌廁所的先進或衛生，穆太公後來因爲廁所問題還是發生了不少事端。譬如他本身明明蓋了廁所卻仍必須在野外便溺，象徵文明的廁所卻也惹來不文明的流氓，看上穆太公的媳婦；甚至使兒子最終將人殺害在糞坑裡。這間爵齒堂於中國小說史上閃亮登

〔註 21〕周連春於《雪隱尋蹤——廁所的歷史．經濟．風俗》書中列舉此話本小說爲例，並評價：「說明當時江南農村的商品經濟已非常活躍，反映出當時江南農村公共衛生設施已相當完備，農民有比較自覺的公共衛生意識。這使人感受到明清之際鄉村的風氣已經十分開化。」（臺北：國家出版社，2010 年 1 月），頁 207。

場、象徵人民衛生進步的公共空間，然而比起糞便更難掩藏的，卻是人類的色慾、貪婪等種種人性。

劉正忠在〈違反・錯置・汙染——台灣當代詩的屎尿書寫〉一文中，曾縝密分析屎尿意象在現代詩的作用之後，他認爲屎尿因爲「逾越界線，擺錯位置」而取得憾人的力量，並總結屎尿作爲文學符碼具有「反文明、反成規、反理性、反道德、反美學」等叛逆特質。〔註 22〕關於排泄書寫，我們能視之爲是對文明世界踰越，將視爲汙穢的禁忌拿來當作反抗社會的武器。把人們認爲不堪、避之唯恐不及的髒污搬上檯面。使潔淨與骯髒、美好與醜陋、文明與獸性、高尚與卑賤互相滲透，在市井小民的生活當中，一面嗔癡、一面屎尿；黑暗與光明的界線因爲排泄物的出現而變得模糊，文明的高牆並沒有我們想像中的如此堅固，高牆外隨時面臨崩塌，而高牆內更是充滿著各式各樣的可變因素。

二、從掩鼻的臭到掩嘴的笑

關於排泄書寫，雖能解讀成對於世界的逾越，然而並無法與喜劇性畫上等號。

我們可以看見汙穢沾染了故事人物，使他瞬間從文明人類降格，變得與動物無異，但事實上大多的屍體、性交乃至於汙穢的排泄物，在文學作品中其所造成的衝擊，卻未必能造成笑聲。譬如《金瓶梅》的西門慶欲起床小解，而潘金蓮卻請他溺在自己嘴裡〔註 23〕，這裡一點喜劇性成分也沒有，反讓人覺得噁心；再看《醒世恆言・賣油郎獨占花魁》的秦重用衣服接住莘瑤琴醉後的嘔吐物也不會讓人想笑〔註 24〕。所以《照世盃》因爲象徵醜陋、汙穢的排泄物出場而造成的喜劇性，緣由爲何？其所造成的踰越與衝擊，如何刺激笑聲的產生？

雖說喜劇是「審醜」的美學，不過似乎並非所有的「醜」都能造成喜劇性。杜書瀛曾經說道：

〔註 22〕劉正忠：《現代漢詩的魔怪書寫》（臺北：台灣學生書局出版社，2010 年 2 月），頁 356。

〔註 23〕【明】蘭陵笑笑生：《金瓶梅詞話》（北京，人民文學出版社，2008 年 8 月），頁 944。

〔註 24〕【明】馮夢龍編 顧學頡校注：《醒世恆言》第三卷（臺北：里仁書局出版社，1991 年 5 月），頁 55。

> 凡是醜都可笑嗎？不一定，第一，當醜惡的對象十分強大，足以造成崇高和優美的對象的毀滅時，或者說，當醜成爲災難的根源時，他不是可笑，而是可憎、可恨、可怕。第二，當醜惡的對象名副其實的顯現自己爲醜惡的時候，也常常不是可笑的對象，而是令人厭惡、噁心的對象。〔註 25〕

從第一點來看，排泄物的「醜」的確還是有限的。巴赫金在《拉伯雷研究》裡就提到「糞便」的形象跟所有肉體下部的形象一樣，都有所謂的「正反同體性」，他是身體排斥出來的東西，卻也象徵著孕育與再生。是某種讓人感到歡快的物質，還是人體與大地之間的中介體，糞便還能轉化成肥料、孕育更多的生命。巴赫金說：「這種物質既是貶低性的，又是溫柔的，它用一種輕鬆、毫不可怕的詼諧方式將墳墓與分娩集於一身。」〔註 26〕排泄物的汙穢骯髒，雖然被文明社會置於陰暗處或棄置掩埋，但顯然他的「醜惡」還不夠強大，尤其是當它們以無傷大雅的方式出場時。

另外，最明顯辨識的方法應如第二點所說，是否「名副其實的顯現自己爲醜惡」。直接自我暴露的醜惡，未曾掩蓋在任何假象之下，他們甚至帶著某種革命的悲劇英雄情懷。因爲刻意彰顯的醜，醜就是武器，攻擊的對象是無視於醜的現實世界。至於喜劇說的醜，在揭露醜惡的之前，還多覆蓋著一層「不自知」，故事人物站在混沌不清的故事世界之中，他必須直視前方，渾然不覺、被動承受。

承受排泄物污染的對象於文本中是被動、非自我意願發生時，其醜惡的衝擊、所象徵的革命力道便減緩了。《照世盃》排泄書寫的喜劇性產生時，都在故事人物非自願的時候。故事出現排泄物的同時，一併安排了承受髒污的替罪羊。故事人物狼狽地被惡臭的排泄物挨了一記，或者實在沒有退路只好抬高臀部在野地便溺，還自作聰明的將糞便包裹好帶回家。故事人物的困窘或愚笨的反應，使醜惡的東西少了醜惡的攻擊性，讀者因而產生突然的榮耀感，因爲故事裡的骯髒愚昧，缺乏自知之明，更顯得自己的潔淨與智慧，所以產生了笑意。

〔註 25〕杜書瀛：《文學美學原理》（北京：社會科學文獻出版社，1998 年 11 月第二版），頁 75。

〔註 26〕【俄】巴赫金著 李兆林、夏忠憲譯：《拉伯雷研究》，《巴赫金全集》第六卷（石家莊：河北教育出版社，1998），頁 200。

前面強調排泄書寫具有對於文明世界的越界效果，再怎麼逾越，也是故事裡的文明世界。故事人物「無意間」去衝撞故事世界的規則體系，他的形象如此缺乏自知之明、不明就理。而讀者則尚處於規範裡，充滿理智、具有是非善惡的概念。排泄物侵略故事人物的世界，卻沒有侵犯到讀者的現實世界。因爲故事裡頭已經擁有一位被動的承受者了，所以讀者能在故事外泰然面對，並嘲笑這樣的情況。我們可以藉由嘲笑故事人物而產生自身的優越感，我們自身正遵守著規範，節制、被文明良好馴化著。所以在喜劇故事裡，排泄物背負的責任，是以它在文明世界裡低劣渺小的地位，刺激故事人物走向誇張、滑稽之路。譬如〈掘新坑慳鬼成財主〉的穆太公，爲了不把自己的糞便流入外人田，不惜排泄在包鹽的荷葉上，展現他惜糞如金的吝嗇。更重要的是，這一連串的事件中，他總是慢半拍才察覺到自己的荒謬：

> 崔氏低聲下氣問道：「公公可曾買鹽回來？」太公慌了，道：「我爲鬧鬧，放在外面櫃桌上，不知可有閒人拿去？」急忙走出來，拿了鹽包，遞與媳婦道：「僥倖！僥倖！還在桌上，不曾動。煎豆腐就用這新鹽，好待我嚐一嚐滋味。」崔氏才打開荷葉，只聞得臭氣撲鼻，看一看道：「公公去買鹽，怎倒買了稀醬來？」太公聞知，嚇得臉都失色，近前一看，捶胸跌腳起來，恨恨的道：「是我老奴才自不小心！」又惟恐一時眼花，看得不眞，重複端詳一次，越覺得心疼，拿著往地下一擲。早走過一隻黃狗來，像一千年不曾見食麵的，搖頭擺巴，嘖嘖咂咂的肥嚼一會。太公目瞪口呆，爬在自家床上去歎氣。又不好明說出來，自歎自解道：「只認我路上失落了銀子，不曾買鹽。」又懊悔道：「我既有心拿回家來，便該傾在新坑內，爲何造化那黃狗？七顛八倒，這等不會打算！敢則日建不利，該要破財的。」(《照世盃》頁 282～283)

在野地便溺時，鹽巴的地位在穆太公眼中顯然不及糞便。穆太公在乎糞坑事業的程度，已經影響他日常價值觀的判斷。在當下穆太公並未意會過來，回來後還說了「煎豆腐就用這新鹽，好待我嚐一嚐滋味」，直到回家透過媳婦才瞬間回神，懊惱自己做了傻事。但他更懊惱的是竟然沒來得及把自己珍惜的糞便倒回新坑，反而便宜了條黃狗。柏格森曾說：「把小的東西說成是大的，那就是誇張，當誇張被擴展，特別誇張成了體系，那就是滑稽了。」〔註 27〕

〔註 27〕【法】柏格森著 徐繼曾譯：《笑：論滑稽的意義》(北京：北京十月文藝出版社，2004 年)，頁 84。

穆太公進行一連串不自知的吝嗇行爲，過分重視人們平常就厭棄且低劣的排泄物，進而累積成如此獨特的滑稽形象。人們習慣賦予排泄物的較爲低劣的位置，當排泄物突然竄升到較高的位置時，我們習以爲常的價値觀被消解了，瞬間呈現了某種荒謬感。此時再透過故事人物代替讀者領會，加強這股荒謬感受。譬如穆太公招待苗舜格時，就準備在爵齒堂的旁邊吃飯，從嘴裡吃進的飯菜，因爲聞不得空氣中排泄物的「馨香之味」而把飯菜全數嘔吐出來。（《照世盃》頁 290）

排泄物的位置有多低呢？據巴赫金的丑角軀體地形學，以評論莎士比亞劇中的丑角來看，將人體視爲上中下三個階段，人體的地圖中，越接近生殖系統的部分最低階。若是將低階的器官，踰越自身的位置，那麼即能造成突然失去本分、失去原本意義的荒謬感。所以丑角往往藉由突出下半部，進行由下到上的顛覆。〔註 28〕逾越自身的階級、社會的階級，來達到狂歡化的效果。於是喜劇小說中，隱晦、髒污的排泄物，位置原本在最低階的生殖器。此刻不僅僅被暴露出來，還躍升到人體的高處，就像方才例子中的，屬於下半部的排泄氣味，逾越侵襲了上半部的飯菜食物，最後又透過嘔吐物回歸原始。以及之前的例子，排泄物從身體排放出來的廢物，最後卻又因爲荷葉的包裝，差點變成可以拿來調味的食物，這則故事不斷出現從肛門與嘴部的互相侵擾，進行下半身對上半身的踰越過程。另外，還有〈走安南玉馬換猩絨〉的衙內，被糞渣被淋得滿頭滿臉；歐滁山自慰的精液，不巧射到了偷兒的臉上等，都是人體軀體的地位被顛覆，上下消解的展現。

糞便、尿液、精液等這些屬於身體生殖器的種種象徵，我們習慣以掩藏的方式安置它。在小說的喜劇情節，他們卻突然暴露出來，以逾越之姿，不管是下半身對上半身的踰越；私密場所向公開廣場的踰越；眞實向企圖掩蓋的假象的踰越。這些形象醜惡、地位低劣的骯髒之物，並沒有展現強烈的破壞力。他們僅僅跳脫原本的位置，以某種不協調的姿態，扭曲、瓦解我們的認知界線，足以造成某些衝擊感受，但無傷大雅；而故事人物則必須被動承受這些「侵擾」，他們所面臨的困窘或渾然不覺，都能使作爲喜劇審美主體的讀者產生榮耀感，進而產生喜劇的笑意。而故事空間因爲屎尿排泄物的狂歡戲謔之後，原本井然有序的位階、文明與道德界線暫時消

〔註 28〕秦勇：《巴赫金軀體理論研究》（北京：中國社會科學出版社，2009 年），頁 207～208。

失，毫無遮掩的原始人性因此浮現。上述種種原因，成就了排泄書寫在小說中亦正亦邪的喜劇作用。看起來骯髒污穢，卻不讓人討厭，而是結合滑稽與難堪的喜劇效果。

第三節　荒謬與反抗：《十二笑》與《照世盃》的喜劇性比較

《紅樓夢》寫道：「滿紙荒唐言，一把辛酸淚，都云作者癡，誰解其中味。」〔註 29〕小說雖是虛構文學，寫的何嘗不是作者對於生命的見證與眞實體悟。沃爾夫岡（Wolfgang Iser，1926 年～2007 年）說：「文學文本是虛構與現實的混合物，他是既定事物與想像事物之間的相互糾纏、彼此滲透的結果。」〔註 30〕《十二笑》與《照世盃》這兩部小說以滑稽的行為、喧鬧的罵言甚至是暴露的排泄物，為我們呈現種種喧嘩熱鬧的狂歡圖景，模糊文明道德畫下的界線，也讓人看見眞實社會暗藏的殘忍、虛無與無奈。看似荒謬可笑，卻也像今天看著一則則離奇的新聞一樣，那麼不可置信但卻又不會不眞實。故事看起來荒謬，但人性的貪嗔慾念、社會的某些寫實直觀描寫卻又如此貼切。或許這也是喜劇性人情小說的魅力，他幾乎不需遮掩，相反的，他們用最直觀、最無所遮掩的方式呈現，全部開膛剖肚解開之後，人們看見的是我們一直企圖用文明、禮儀、道德來掩飾的獸性慾望、排泄物以及空洞虛無的生命意義。

喜劇作家畢竟還是社會的一份子，小說中或許上演各種荒唐的情節，但這些虛構故事卻是映照著作者對於整個社會的某種程度的解讀。或許在虛構的想像裡他們可以置身事外，但他們卻無法逃離同樣虛無與荒誕的眞實世界。如果文本與現實之間的界線沒有我們想像中的這麼清楚，處於荒謬世界的人們還需要努力嗎？喜劇既然不提供出口，喜劇作家是否就這麼引導著大家，不妨又笑又哭地沉淪到底？同樣直陳各種荒謬的人情百態，他們的創作心態是否有所殊異呢？筆者認為，這些作家儘管都利用喜劇故事扮演一名局外人，還是有些主張於高處俯瞰、有些則對這個世界尚抱持期待。

〔註 29〕【清】曹雪芹著 脂硯齋等評 劉繼保等輯：《紅樓夢》名家匯評本（北京：北京圖書館出版社，2008 年 6 月），頁 3。

〔註 30〕【德】沃爾夫岡・伊瑟爾著 陳定家、汪正龍等譯：《虛構與想像：文學人類學疆界》（長春：吉林出版社，2003 年 2 月），頁 14。

卡繆（Albert Camus，1913年～1960年），曾經於一九四二年出版《薛西佛斯的神話》論述荒謬哲學，接著又於一九五一年出版《反抗者》表達：「荒謬至極了，反抗自然而生」的概念〔註31〕。雖不是按照著卡繆的思路前進，但筆者想藉著他提出「荒謬」與「反抗」的一些說法，便於我們審視，同樣處理這荒謬世界、隔岸觀火的喜劇作家們的敘述語境，更有論據整理其中消極與積極的差異性。所以本節欲透過都是立基於市井，書寫荒誕人情的《十二笑》與《照世盃》，比較創作心態上有何異同。

一、直揭人世間的荒謬情感

所謂的「荒謬（或荒誕）」（Absurd），原爲音樂上的不和諧，後引申爲不合理、不合邏輯的悖謬。〔註32〕生活中種種認爲違反常理、不可能但確實發生的無可奈何、覺得荒唐的感受。這樣的感覺一個巴掌拍不響，它們必須先有一個被眾人認定的社會價值觀爲基礎，再加上另一迥異於此基礎的極端表現，進行「合理」與「極端不合理」的摩擦對抗。而敘述者引領讀者與誰佔在同一陣線，通常就是喜劇與悲劇的區別了。

> 如果以客觀的邏輯關係去揭示現實的荒謬，只能產生出不幸的悲劇來，要以喜劇型態揭示嘲諷荒謬的現實對象，則要以超常態的情感、意念活動爲中介。〔註33〕

從閱讀經驗中我們可以感受到，往往在悲劇故事裡的不幸，到了喜劇就輕易轉化爲愚蠢。而我們只要將不幸的事件，掏空其中的意識與苦衷，不費心詮釋，任憑故事人物爲了自身的慾望掙扎，並與他身處的世界相悖，他們的言語行爲就變得極爲機械化。喜劇故事讓我們對於他人不幸的遭遇帶著理性旁觀，清楚故事人物的掙扎徒勞無功，只有付之一笑，無法費心同情。至於是什麼樣的喜劇型態呢？或許我們可以借卡繆的說法來思考：

> ……對荒謬人重要的不是闡釋與解答，而是經驗與描述。每件事都從清澈的漠然開始。描述——這是荒謬思想最後的野心……人心明

〔註31〕【法】卡繆著 嚴慧瑩譯：《反抗者》（臺北：大塊文化出版社，2014年5月）。

〔註32〕閻廣林、徐侗：《幽默理論關鍵詞研究》（上海：學林出版社，2010年4月），頁135。

〔註33〕佴榮本：《文藝美學範疇研究：論悲劇與喜劇》（南京：南京大學出版社，2002年），頁185。

> 瞭這一點：當吾人觀察著這世界的諸面相時，取悅吾人的情感之緣由，不在於這些面相的深度，而在他們的多采多姿。〔註34〕

和卡繆形容荒謬人很相似的，喜劇故事也不著力於深刻的詮釋。喜劇甚至禁不起太多解說，而是直接表現最外在的一切，包括前面章節提到的滑稽行爲、罵言或屎尿齊飛，都是誇張的外在表現。我們可以看見，喜劇性小說並不設法說一個眞善美的故事，而是讓難堪狼狽的社會現象直接暴露出來，各式各樣且毫無道理。敘述者不聚焦不同情任何一個人物角色，也不去挖掘人物內心複雜又多變的爲難之處，而我們則除了讀者的身分以外沒有任何立場。沒有輸贏，或許言談中有善惡之分，但在高度的理性直觀時，善惡也沒那麼重要了。

《十二笑》與《照世盃》除了前兩節討論的喜劇特色以外，他們最龐大的黑暗面來自於人生在世的虛無與荒謬。故事主人公們，他們的努力都是多餘的，他們的人生之路並沒有邁向希望與光明，而是走向更黑暗的深淵。故事中尤其透過各種角色的對話，更直接爲我們展現這荒誕、歪斜扭曲的人際關係。這兩部小說都充滿庶民文化，裡面擁有形形色色的人物，假秀才、癡母逆子、潑婦、貪賭、好色和愚蠢的男人等。透過這些人物之間的話語交流，最能表現他們關係的畸形與詭譎。有時候在同一場對話中，人物關注的事件焦點不同，展現人物觀念不一致的思想。他們往往出乎意料，使事件的核心失焦，並且走向荒腔走板的發展。

譬如《照世盃・掘新坑慳鬼成財主》的穆文光因殺人事件鬧上公堂，知縣不用心審理案件，而是詢問穆文光的文采如何，並以他的文章素質成爲判案標準就是一例：

> 知縣見了穆文光年紀尚小，人材也生得倜儻，便有一分憐憫之心，因盤問道：「你爲何誤傷徐某？」穆光跪上去道：「童生是爲父報仇，不是誤傷。」知縣指著穆太公道：「既不是誤傷，你這老兒便不該來告謊狀。」穆太公唬得上下牙齒捉對兒打交，一句話也回答不出。知縣見這個光景，曉得他是良善人，遂不去苛求。又見穆文光挺身肯認爲父報仇，分明是個有血性的漢子，遂開一條生路，道：「穆文光，你既稱童生，畢竟會做文字，本縣這邊出一個題目，若是做得

〔註34〕【法】卡繆著 張漢良譯：《薛西佛斯的神話》（臺北：志文出版社，2014年再版），頁137。

> 好，便寬宥你的罪名。做得不好，先革退你的童生，然後重處。」（《照世盃》頁 333）

若以一般判刑的邏輯推斷，「爲父報仇」絕對罪大於「誤傷」，穆文光或許自承犯罪的勇氣值得肯定，但畢竟犯下殺人罪便不該以「血性的漢子」來稱許他，甚至最後用文筆好壞來判斷刑罰的輕重。若說這是知縣法外開恩，感念穆文光的「孝心」，但事實上穆太公雖受人欺凌，也沒有到必須犯下這麼嚴重的殺機來報仇的地步。這裡的知縣已經全憑感覺辦案，對話更顯荒唐。

再看《十二笑・昧心友賺昧心朋》當中，巫晨新發現自己被墨震金騙娶了石女，著急尋找作中的朋友秋根理論。秋根在當中人的時候，原以爲他們之間交易的是房契，沒想到竟然是交換妻子。他理直氣壯地辯解：「當初你們但說兌什麼房子，那曉得你們做這樣傷風敗俗的事？今日與我計較，除非喚過木匠來鑿個孔兒，何如？」（《十二笑》頁 100）一句「喚個木匠鑿個孔兒」風涼話，脫離原本對於兌妻契約的計較，提供的解決方式於事無補，甚至運用雙關落井下石，奚落了當事人。

這樣的角色話語總能展現人物價值觀念的扭曲，使對話放錯焦點又雞同鴨講，呈現前言對不上後語，跳脫一般的思考邏輯卻又顯得荒謬可笑。一段是非顛倒的倫理，也就從這類對話中看見關係的失衡，理解誰佔了上風。

《十二笑・溺愛子新喪邀串戲》的乜姑爲寶兒毒打丈夫賽牛，還彷彿流氓那樣撂下狠話威脅：「你今後再敢衝撞我孩兒麼？」關係的不對等在賽牛的回應裡表露無疑，他回著：「我今後若再衝撞了寶官人，不要說打，好教罰我吃娘的尿。（《十二笑》頁 218）」他拋棄尊嚴地拼命求饒，既荒謬又讓人感到心酸。短短一段回話，就能看出賽牛的家庭如此悖離中國儒家倫理追求的三綱五常，反而成爲「子爲父綱」與「妻爲夫綱」的新家庭倫理關係了。

還有《照世盃・走安南玉馬換猩絨》，當衙內狼狽回來接受胡安撫的質問時，極爲寵愛衙內的胡夫人的幫腔特別讓人失笑：

> 叫著衙内道：「我兒，你若記得那搶帽子的人，就說出來，做爹的好替你出氣。」衙内道：「我還記得那個人家燈智籠上明明寫著『杜景山行』四個字。」夫人歡喜，忙走出來，撫著衙内背道：「好乖兒子，這樣聰明，字都認識得深了。此後再沒人敢來欺負你。」又指著安撫道：「你胡家門裡，我也不曾看見一個走得出，會識字像他的哩！」（《照世盃》頁 161～162）

已經是二十幾歲的男人，並且有先生陪讀書、受過教育的安撫之子。能說出「杜景山行」四個字應該是再正常不過。沒想到安撫的妻子卻喜出望外，大力稱讚。模糊了原先問題的焦點不說，母親對兒子的誇張溺愛讓人絕倒。

不只夫婦子女之間的人倫關係，有時候主客尊卑、是非對錯的問題也是如此生動。譬如《照世盃・掘新坑慳鬼成財主》的客人與穆太公理論的部分：

> 眾人嚷道：「我們辛辛苦苦吃了自家飯，天明就來生產寶貝，老頭兒還不知感激。我們難道是你家子孫，白白替你家掙家私的？將來大家斂起分子，挖他近百十個官坑，像意兒灑落，不怕你張口盡數來吃了去！」太公聽他說得有理，只得笑臉賠不是，道：「諸兄何必發惱，小老兒開這一張臭口只當放屁。你們分明是我的施主，若斷絕門徒，活活要餓殺我這有鬍子的和尚了。」
>
> （《照世盃》頁 246～247）

吃飯後排泄本來就是再正常不過的生理現象，但此時的鄉民們彷彿施捨盛大恩情般地高傲姿態說話。吃飯變成「辛辛苦苦」地吃，而他們的排泄物成爲施捨穆家的「寶貝」。穆太公應該要感謝他們的辛勞才是。這話說完，穆太公還得馬上陪笑道歉，敬稱他們爲「施主」。兩方在對話中毫無察覺他們的不合理之處，他們已深陷失衡的人際關係中。

不合情理、與環境格格不入或尊卑顚倒的對話，都能感受到故事人物與核心事件在關係失衡的弱勢。因爲沒有人願意正視他們的問題，一切都偏離正軌，在錯的事情上繼續錯下去。這些對話輕易就能使故事中的人際關係看起來極爲畸形扭曲，不管是故事人物彼此間的情感不協調，或是角色與整個世界觀念的強烈落差；這些對話能使事件的意義變得空無，反而將焦點轉移到角色間不對襯的相處之道。不斷從失衡關係中掉落的，便是人類原先賦予類似「道德」、「正義」或「倫理」等象徵文明精神的價值觀了。作家此時只需隱身，暫且不批判，也不費心詮釋主角的心境，不發出同情之音，純粹讓對話進行。讓違背常理的對話撞擊這個世界的集體價值觀，荒謬感就此產生。荒謬的對話是不能更深刻了，一旦深刻就產生情感，變成悲劇，那些用笑來偏移現實悲感的喜劇作家將必須從他們冷酷與漠然的崇高姿態走下來，就像卡繆以薛西弗斯這個神話爲例，認爲這個神話如果有悲劇性，「全來自於主角具有意識」〔註 35〕一樣。

〔註 35〕【法】卡繆著 張漢良譯：《薛西佛斯的神話》（臺北：志文出版社，2014 年再版），頁 166。

二、微弱地反抗

卡繆為薛西弗斯反覆將大石頭推上山頂再任其滾落的荒謬人生做下註解——我們應當認為薛西弗斯是快樂的〔註 36〕。也就是薛西弗斯必須承認自己人生的荒謬虛無，進而蔑視他的命運，因此才能推向更高的境界，一切皆善，如此所有的苦難就不是徒勞的，而全都只是每天自己應當面對的重負罷了。這樣的精神勝利有點阿 Q，卻也很能類比本期喜劇性小說家的某種精神趨向。就像《十二笑》這樣，在虛無的世界中徹底承認虛無，在這樣的自我修練中蔑視命運。

《十二笑・癡愚女遇癡愚漢》的入話就頗有序言的味道，描寫一位秀士進入廟宇，被彌勒佛的大笑模樣與廟中老僧感化：

> 老僧道：「而今世上人，貪財者迷戀金銀，卻不省得財是土塊，死後一文將不去……。彌勒菩薩常住在虛空，見此世人種種迷戀，呼之不醒，喚之不靈，實為可悲可憫，欲待痛哭勸化，卻沒有許多眼淚，無可奈何，所以只得付之一笑……。」那秀士聞言感動，回身向著彌勒菩薩至心禮拜，扒起來再覲金像，不覺放聲大哭……老僧道：「居士，你如今才有些省悟，所以便哭。若再思想一回，只恐怕你哭不得，笑不得，方信是做人難也。」那秀士點頭會意，嘿然走出山門，回到家中，即與妻子作別，只說往外遊學，卻飄然長往，跳出了利鎖名韁，做個修真者，自號笑笑先生。（《十二笑》頁 4～6）

這段對話就能看出，書中透過老僧想傳達人生的虛無至極，只有迷戀與追求才會尋得更多痛苦，也只有將所有苦痛付之一笑，目空一切，在精神上取得幸福與歡愉，才能捱過人生的苦難重負。所以《十二笑》每篇文章幾乎都以奚落、蔑視的冷眼態度描述故事中渾渾噩噩的主角群，從書名到回目到結尾評論，都貫穿著「笑」，述說故事時的口氣也多用風涼話，穿插的詩詞也多是俚俗諺語。彷彿透露著既然人生是一場無可避免的荒謬，除了自殺，我們可以選擇繼續走下去。而繼續走下去的方法則是「相信自己是幸福的」，像《十二笑》故事內外同樣都痛苦的人生中，追求精神上的輕盈與超脫。

這種行為也是反抗的一種，比起逃避於死亡或寄情於宗教，以這樣的方式進行反抗至少能在精神上獲得勝利。卡繆之後也說起反抗，他說：

〔註 36〕【法】卡繆著 張漢良譯：《薛西佛斯的神話》（臺北：志文出版社，2014 年再版），頁 168。

> 何謂反抗者？一個說「不」的人。然而他雖然拒絕，卻並不放棄：他也是從一開始行動就說「是」的人……它可以意味著「這類事情持續得太久了」,「到此爲止還可以，再超過就不行了」……總之，這個「不」肯定了一條界線的存在。〔註 37〕

反抗者在這裡並非強烈的革命與破壞，而是先承認了荒謬，擁有對於荒謬的經驗與認識，再進入更難以忍受的情況前具有自主的意識。那是跟自身所處的陰暗面做永恆的抵抗，只有反抗，讓反抗的痛苦去抵擋荒謬襲來的虛無，從這個痛苦之中確立自己的存在，所以他也說「我反抗，故我們存在。」〔註 38〕反抗是絕望中的希望，也是卡繆在荒謬之中尋求的平衡。〔註 39〕或許我們也能延伸到這些喜劇小說體現的荒謬故事裡，喜劇作家引領我們看見的反抗，並非否定社會腐敗、人情荒謬的一切，而是看見腐敗、承認荒謬，然後喚醒自己個人的意志，將自我與荒謬畫下界線。那也是不提供出口的喜劇裡，還能看見一點光線的「意義」。《十二笑》的笑看人生，就是這類消極的、精神上的反抗；不過像《照世盃》這樣維持故事的荒謬調性、承認人生慾望的虛無，卻又投入一點節制的勸懲，批判自然較爲明顯與積極。

《十二笑》與《照世盃》兩部小說都直寫現實世界的荒謬，但我們仍可看出其中對於這荒謬世界的消極與積極心態差異。即便同爲喜劇性的寫實故事，《照世盃》還是較爲嚴肅的，雖然角色話語有著大量滑稽諷刺的表現，偶爾也能看見卡通化的誇張描寫，譬如〈七松園弄假成眞〉，在阮江蘭追轎子時「用轎子如飛的抬了去」、「小廝如飛的跟著轎子」、「後面又有一個人如飛的趕來」三方人馬一連串「如飛的」追趕，頗有卡通化的誇張喜劇效果（《照世盃》頁 54）；在〈百和坊將無作有〉形容屠家老爺耳背又癡呆的模樣也很生動活潑（《照世盃》頁 90～93）。但敘述者以說話者的口氣評論時並無娛樂的氛圍，與故事呈現的荒唐誇張成爲極度的對比。

《照世盃》的敘述話語嚴肅許多，說故事之餘，還穿插了許多「說話者」

〔註 37〕【法】卡繆著 嚴慧瑩譯：《反抗者》（臺北：大塊文化出版社，2014 年 5 月），頁 30。

〔註 38〕【法】卡繆著 嚴慧瑩譯：《反抗者》（臺北：大塊文化出版社，2014 年 5 月），頁 38。

〔註 39〕夏天成：〈荒謬外的平衡——加繆哲學的潛台詞〉，《大連大學學報》第 28 卷第 1 期，2007 年 2 月，頁 43～47。

的個人觀感；這些個人想法並不像李漁那樣充滿機智風趣的口吻，反而相當沉悶嚴肅。譬如〈走安南玉馬換猩絨〉明明是寫杜景山在安南國誤闖婦女正在沐浴的溪河，敘述者卻在此時跳出來曉以大義一番，要男人注意自家女人，千萬別拋頭露面，因爲「頭臉與身體總是一致」若是讓人看了頭臉，自然就容易想親切身體，所以最好是「嚴禁妻女姊妹，不要出門是第一著」才不會落得跟男主人公一樣的下場（《照世盃》頁 199）。再如〈掘新坑慳鬼成財主〉入話時就說了一大段關於「氣」的議論，說人有天地間正氣、天地間偏氣、善氣惡氣等，最後才延伸到爲了爭一口氣而犯罪的正話故事。（《照世盃》頁 229～231）

若要更具體的比較，其實兩部話本小說都有提到關於社會腐敗層面的種種問題，包括幫閒充斥與爛賭風氣，同樣的社會議題透過小說傳達時，創作態度在此就有明顯的差異了。在第三章我們已透過《豆棚閒話・虎丘山賈清客聯盟》見識到幫閒族群的猥瑣不堪，《十二笑・癡愚女遇癡愚漢》中充當幕賓的裴肖星與《照世盃・百和坊將無作有》的歐滁山，也是很有特色的劣質幫閒。

《十二笑》提到幫閒裴肖星，故事全由任花中垣與裴肖星這對主僕發揮。當花中垣思想娶第二個夫人時，裴肖星反應極快，連忙獻上意見：

> 「正該在此地娶一位夫人，同去赴任。一則主持中饋，二則生個公子，蟬聯科第，天相吉人，極是美事。該，該，該。」一連說了七八個「該」字，說得花中垣滿臉堆笑，撫著裴肖星的背曰：「知我心者，兄也。妙人，妙人。」（《十二笑》頁 19）

敘述者說起裴肖星一連說七八個該字，也沒有進行多餘的批判形容，只是讓花中垣滿臉堆笑以對。而之後花中垣陷入溫柔鄉，裴肖星也忙與老鴇湊對時更是如此。裴肖星與老媽媽歡愛之後筋疲力盡，卻又得強打精神恭喜長官的洞房花燭夜。主僕就這麼又打著呵欠又爲彼此恭喜。儘管荒謬至此，敘述者也頂多諧引詩詞笑稱這是：「泥馬笑泥牛，一樣難禁馳驟。」（《十二笑》頁 32）直到最後結局，是裴肖星帶著媽媽與命兒回到煙花隊中爲兩人做牽引。敘述者最後也只是簡單講著：「篾片下場頭，慣吃烏兒飯，不禁爲之絕倒。」（《十二笑》頁 52）從頭到尾沒有其他關於幫閒或篾片的批判。他集中在故事的個別性，在一故事中說一處荒謬，並無延伸揭發到更多集體的社會弊病。

再看《照世盃》的歐滁山故事就積極多了，故事先敘述歐滁山是一位老童生，卻尋得門路自稱秀才當起「遊客」（即幫閒）。再描寫歐滁山抄襲詩句在扇子上到處餽贈，而看不懂卻裝懂的衙門卻也連連稱好奉承；他還總是拿出名士腔調強脅當縣官的友人，而友人是「做官人的心性，那裡耐煩得這麼多」，所以也依此縱然他的行爲。敘述者在這裡不只揭發歐滁山抄襲假充名士的劣行，也一併批判那群不辯賢愚，讀不懂裝懂的衙門，還有爲了清淨耳根而敷衍審斷的官員。從這段話我們從敘述者的語氣中看見他不只不滿類似歐滁山之流，更透露出對縱容滋長幫閒的集體環境的鄙夷之情。甚至干預故事進行，跳出來批判一大段：

> 世上尊其名曰：「遊客」。我道游者流也，客者民也，雖內中賢愚不等，但抽豐一途，最好納污藏垢，假秀才、假名士、假鄉紳、假公子、假書貼，光棍作爲，無所不至。今日流在這裡，明日流在那裡，擾害地方，侵漁官府，見面時稱功頌德，背地裡捏禁拿訛。游道至今大壞，半壞於此輩流民，倒把眞正豪傑、韻士、山人、詞客的車轍，一例都行不通了。歉的帶壞好的，怪不得當事們見了遊客一張拜帖，攢著眉，跌著腳，如生人遇著勾死鬼一般害怕。若是禮單上有一把詩扉，就像見了大黃巴豆，遇著頭疼，吃著泄肚的。就是衙役們曉得這一班是惹厭不討好的怪物，連傳帖相見，也要勒壓紙包。
> （《照世盃》頁86～87）

儘管人物情節寫得再怎麼誇張滑稽，當敘述者決定站出來說教時，他已經放棄自己原本的位置。話本小說的勸懲到了清初僵化的範例可以參考《二刻醒世恆言》那種對將人一分爲善惡有報的主觀敘述；而《照世盃》所展現的勸懲不同，他是客觀描述社會弊病的發展情況。將遊客登門擾害地方官府的情況如實播報，一點笑謔之意都沒有。《照世盃》的反抗是社會集體性的，儘管仍藏諸於喜劇故事中，承認荒謬卻也似乎更積極地反抗荒謬，他是有明確訊息的——即將社會腐敗的問題擴展延伸到群體，不像《十二笑》要我們在荒謬的世界中從精神上獲得喜悅與平靜。

就算同樣描寫幫閒弊病的《豆棚閒話·虎丘山賈清客聯盟》，也不像《照世盃》敘事干預一大段關於「遊客」的現象，不過他在開頭即以豆棚龍爪扁豆反諷了蘇州清客一番，又大量諧擬蘇州方言、歷史來戲仿故事裡的人物。在敘事態度上較沒有《十二笑》這麼輕盈開脫，還是有它想傳遞的訊息存在。

再看兩部小說都提到了當時嚴重的爛賭風潮。從明代開始就相當盛行的「馬吊」，從遊戲規則到賭博時忘情的模樣也鉅細靡遺地寫進小說裡。馬吊起於明天啓年間的江南地區，顧炎武《日知錄》便寫道：

萬曆之末，太平無事，士大夫無所用心，閒有相從賭博者。至天啓中，始行馬吊之戲。而今之朝士，若江南、山東，幾於無人不爲此。〔註 40〕

顯見從明代開始，馬吊之戲蔓延的影響是「幾於無人不爲此」。」馬吊牌應重在運用智巧，玩法繁複，加上又與文學及傳統理論如八卦、忠孝等結合，所以頗有雅趣，在明末清初的文人圈中極爲盛行。〔註 41〕這番風潮使士大夫嚴重耽溺造成社會問題，自然也被詬病。明末清初李鄴嗣（1622 年～1680 年）的《馬吊說》便曾說過馬吊風行導致「吳中士大夫嗜此戲者至忘寢食」，實乃「亡國之兆也」〔註 42〕到了清初更是嚴重，馬吊風氣向北擴展，王士禎（《分甘餘話》就曾說：「吾里縉紳子弟，多廢學競爲之，不數年而資產蕩完。至有父母之殯在堂，而第宅已籌他姓者，終不悔也。」〔註 43〕而《照世盃‧掘新坑慳鬼成財主》便以馬吊賭場爲重要的故事背景，詳細描繪「馬吊館」內部格局，館內還有「馬吊師」：

金有方焦躁道：「你要學弔牌，廳上現有弔師，在那裡開館，你去領教一番，自然明白，不必只管問人。」穆文光是少年人，見這樣好耐子事，他怎肯放空？又聽得弔牌也有弔師，心癢不過，三步做了兩步，到得廳上。見廳中間一個高台，上面坐著帶方巾、穿大紅鞋的先生。供桌上，將那四十張牌鋪滿一桌。台下無數聽講的弟子，兩行擺班坐著，就像講經的法師一般。（《照世盃》頁 262～264）

敘述過程刻意把馬吊師戲仿成莊嚴講經的法師，而其滔滔不絕講出的一番賭技之術，還能使得台下眾賭徒聽得點頭唯唯，彷彿是如沐春風的好學子弟，形成深刻的諷刺。文中不僅鉅細靡遺說起馬吊的細節，又從個人的賭博行爲

〔註 40〕【明】顧炎武著　黃汝成集釋：《日知錄集釋》第 28 卷（合肥：黃山書社，「中國基本古籍庫」影清道光刻本，2009 年）。

〔註 41〕郭雙林、蕭梅花著：《中國賭博史》（臺北：文津出版社，1996 年 5 月），頁 181。

〔註 42〕【清】李鄴嗣：《杲堂詩文鈔‧文鈔卷五‧馬吊説》（合肥：黃山書社，「中國基本古籍庫」影清康熙刻本，2009 年）。

〔註 43〕【清】王士禎：《分甘餘話》卷一（合肥：黃山書社，「中國基本古籍庫」影清文淵閣四庫全書本，2009 年）。

延伸出惡劣風氣的社會共犯結構。這篇小說幾乎把社會上所有的敗類都集中於在這篇故事當中了，作惡的流氓、耽溺於賭博的童生、昏庸的知縣、吝嗇鬼等。聰明的讀者便能讀出全篇反諷這些人做的事情，都比穆太公的爵齒堂的糞便還臭。而《十二笑・賭身奴翻局替燒湯》則集中火力譏笑在堵伯來與溫阿四因賭墮落的一生而已，儘管入話有些勸戒之詞，但在故事營造上就沒有《照世盃》這麼企圖心強大，將整個社會、整個環境全拉進來敘述一番。

其實同樣的爛賭題材，同樣是在賭徒起鬨中慘賠自身，我們再回顧一下李漁的《無聲戲・鬼輸錢活人還賭債》，入話以骰子孔竅纏人開始，結尾冒出一個田姓客人爲報仇，然後以閻羅王陰陽有報爲警惕。故事過程趣味與戲劇性又凌駕於故事背後的社會寫照，比起眞正地進行勸懲，李漁更樂於千變萬化地展現自己。

卡繆說：「即使生存在虛無主義的範疇內，吾人仍然能夠設法超越它。」〔註 44〕喜劇故事的荒謬發展，其實正沿著當時現實各種徒勞無功的社會困境描繪。喜劇作家都不約而同認知到了這一點，並以他們的創作直擊社會各種黑暗面。他們理性地運用各種喜劇方式揭穿它、攤開它，譬如李漁和墨憨齋主人，選擇從精神上、個性上，由內在自我來超越這些苦痛；另外如艾衲居士與酌玄亭主人等，則似乎還是無法忍住批判，短暫地透過正反方式傳遞嚴肅的訊息來表達某種價值判斷才行。於是我們可以了解到，在暴露荒謬現實、供人開懷的喜劇故事中，作家群們也都正進行著不同程度的反抗方法，不管是對自身或者向外，儘管力氣微弱、不易察覺，那笑聲之中小小的苦痛意識仍是他們意志的存有。

〔註 44〕卡繆著 張漢良譯：《薛西佛斯的神話・作者自序》（臺北：志文出版社，2014年再版），頁 33。

第五章　清初前期話本小說喜劇性綜述

論述至此，雖已將本期話本小說的喜劇性分析到一段落，但仍有許多未及之處。每一章節獨立論述的喜劇性，其實在其他作品中也能看見，只是表現相對而言沒這麼明顯罷了。而且每部小說呈現的喜劇型態、題材、思想面向雖不相同，但他們在喜劇手法上有著相似的操作模式，值得深入探討。故本章將綜合整理上述喜劇性分類分析時無法顧及的部分，並補充本期話本小說其他較突出、但零星出現的喜劇故事，彼此參照，以補分章研究之憾。最後則以喜劇審美的角度審視這些小說的價值爲何？從文學史的接受角度來看，其中崇高或渺小、可貴或局限之處也都是本章企圖梳理的。

第一節　笑與醜的複合體

符合喜劇性的條件之一，便是「對消極的審美客體進行否定性的評價」，也就是類似亞里斯多德說的模仿比我們低劣的人事物。喜劇是進行向下的模仿，或者將崇高者降格、拆去冠冕，暴露其不堪的一面。基本上這些話本小說以機智、反諷、怪誕、滑稽等喜劇型態，也都是爲了引導讀者能看見創作者觀察到的醜陋現象。雖然小說是虛構的文類，但其中所指向的仍是當時作家共同關心的現實世界。尤其六部小說常見重複的喜劇對象，若抹去奇幻、誇張的情節佈局與笑謔的形式表現，其實內容的本質皆指向貪腐昏庸的掌權者、虛矯無知的文人、不知節制的色鬼、吝嗇鬼和不顧形象的潑婦，也都用戲謔的筆法談世代的離亂，譬如第四章已提過的濫賭與幫閒等社會問題。整體而言，這些喜劇性故事簡直就是清初前期的社會議題總匯了。

這些審美對象都是比一般人還要低劣卑下的，他們可能是人物外貌行為之醜，也可能醜在制度環境、醜在暗藏的人性，他們總是缺乏自知之明，兀自在困局中企圖掩飾與掙扎。故事情節將不合理與荒謬推演到最極端之處，往往很大的毛病就掩藏在無關緊要、瑣碎的生活細節之中。一張一弛之間，讓讀者在緊張的情緒之中突然鬆懈下來，覺得荒唐可笑，於是人物醜貌與醜行變得沒那麼讓人厭惡，反而產生了各種蔑視或諷刺的笑意。

本期話本小說鮮明的喜劇性是嘲笑外貌行為之醜，這裡最適合舉李漁的話本小說為例，李漁的小說裡除了第二章曾論述的機智、潑辣的已婚婦人與七嘴八舌的看客以外，其實還有其他各式各樣貌醜、行動誇張笨拙的人物。譬如貌醜之人有〈醜郎君怕嬌偏得艷〉的闕里侯，他面容體態不全還有狐臭；〈拂雲樓〉的封氏被形容成魑魅魍魎；〈十卺樓〉姚子穀的第二任妻子面相粗糙還會尿床，這些人在李漁的醜陋書寫裡，醜到毫無道理、天翻地覆，李漁沒有為他們進行傳統文學中常見的面惡心善、醜女興邦這種反差的描寫。李漁小說裡的醜男醜女並未涉及心地良善與否的問題，他們就是單純又誇張的醜陋。只是讓醜人不斷地出糗、或者透過眾人難以忍受其面貌的誇張表現而產生的滑稽感。另外還有許多蒙冤受騙的人物，如〈聞過樓〉的顧呆叟被眾人擺了一道，不得不放棄隱居生活；〈夏宜樓〉嫻嫻的父女完全陷入千里鏡的陷阱裡，摸不著頭緒，沒有個性地任人擺佈。這些癡愚醜陋的人往往行為誇張、形象扁平，在傳統喜劇中，負責與智慧美麗形成強烈對比。而當讀者對於醜陋進行否定性的審美時，就產生了滑稽的效果。

緒論時提及李漁小說中戲劇化的現象，這個醜陋滑稽的刻化也是戲劇觀念的影響。他不諱言將戲曲的丑角帶入小說中進行外在形貌行為滑稽的角色，專門負責在故事中打諢插科，所以曾在《合錦回文傳》二卷後評道：「稗官為傳奇藍本。傳奇，有生、旦，不能無淨、丑。故文中科諢處，不過借筆成趣。」〔註1〕他將戲劇與小說視為同工之異曲，戲劇中該有的淨丑，也該在小說裡出現發揮其趣味作用才行。至於淨丑的作用，他在《閑情偶寄》提到：「凡塡生、旦之詞，貴於莊雅；制淨、丑之曲，務帶詼諧。(頁3)」而且「科諢不只是為花面而設，通場角色皆不可少（頁57)」他認為除了丑角之外，每一種角色還有屬於他們自己的插科打諢法。就像喜劇性的小說，也不僅僅是透過類似丑角的滑稽人物來表現笑謔，潑辣的妒婦、機智的老人、喧鬧的看

〔註1〕【清】李漁：《李漁全集》第九卷（杭州：浙江古籍出版社，1992年），頁326。

客，都有屬於自己的喜劇方式。而其丑角於劇中的展現，就有如貌醜癡愚人物在小說中的喜劇作用。所以常看見外貌有如大花臉般的醜陋，又或者行為極為滑稽誇張的表現也不意外。這便是他機智之趣以外的另一種喜劇風貌了。

六部小說之外，本期小說中還有一些關於人性之醜、社會之醜的情節以喜劇性的方式呈現，可以彼此呼應對照。譬如前面提到《照世盃・掘新坑慳鬼成財主》的穆太公，他有許多諸如惜糞如金、夜不點燈的節儉行為，同期小說《生綃剪・有緣結蟻三朝子 無意逢人雙擔金》的頭回，也有一位吝嗇鬼賈慕懷。賈慕懷因為經過火災現場，意外獲得寶箱，發了橫財的他卻吝嗇無比，臨死之前，躺在床上還不斷掙扎醒來交代後事：

> 慕懷自此漸漸運退，得了吐血病，二十餘日將死不死，心頭有氣，叫老媽官並兩個兒子，吩咐道：「為人切不可讀書請先生，見斯文人切不可拱手，只做不認得才是。切不可與貧人相處，切不可直肚腸。切不可吃點心。切不可漿洗衣服。切不可結交朋友。親眷往來切不可熬夜。家中丫頭們四十歲外方可婚嫁，不可早嫁了。」說完瞑目而逝。又掙一口氣醒將轉來道：「我不放心，我不放心！還有話說，凡聽得火起之處，切不可貪懶，不去走走。牢記，牢記！」說完，嗚呼哀哉，尚饗。〔註 2〕

賈慕懷死前交代的事情皆為相當瑣碎、毫無智慧的生活經驗，卻是他生死大事之際腦海裡最先浮現的重要遺言。不斷叨念著「不可吃點心」、「不可交貧人」、「丫頭必須晚嫁」等吝嗇之事，就深怕自己的家人吃虧。即將嚥氣前還掙扎分享當年自己的致富之道：「得起火之處，不可偷懶，不去走走。」結果害得他的兒子還真的繼承「父志」，特地放了火妄想一夜致富，反而發生被逮的不幸事來。應是生死存亡之間的悲劇，卻因為過份執著生前瑣事，瞬間讓死亡變得輕盈，而其刻意彰顯的待人處事細節又是處處用盡心機，就顯得極為諷刺了。

之後的《儒林外史》，也承繼了這樣的諷刺筆調，在描摹嚴監生的吝嗇時，也提到他將死之前，還會掙扎伸著兩指頭不斷氣，後來只有其妻知道他是在意那「為那燈盞裡點的是兩莖燈草」，會浪費燈油〔註 3〕，吝嗇到死還是無法

〔註 2〕【清】谷口生等著：《生綃剪》（瀋陽：春風文藝出版社，1987 年 9 月），頁 7。

〔註 3〕【清】吳敬梓：《儒林外史》第五、六回（合肥：黃山書社，1991 年 5 月），頁 52～54。

醒覺，成爲缺乏自知之明、讓人譏笑的誇張個性，能與本期這兩位小氣主人公遙相呼應著。

同樣在生死之際，突然化重爲輕，變成荒謬可笑的鬧劇的場景還有《清夜鐘・貞臣慷慨殺身 烈婦從容就義》這回小說寫明末甲申之亂，其實全篇故事背景寫國破家亡之傷痛、寫清廉的忠臣爲國自縊，卻仍有一特殊的黑色幽默情節可觀，被授爲簡討的汪公，出門看到闖賊陷京師的光景，心裡絕望淒然，決心回家尋死，他與夫人溫了兩壺酒，吃喝完後便打算赴死：

> 只見簡討立起身放聲大哭，耿夫人也嗚咽哭起來。簡討卻又不哭了，道：「夫人，我這哭，不是與你捨不得死，怕死貪生。我是哭謀國無人，把一個三百年相傳宗社，十七年宵旰的人君都送在賊手裡，這等哭。若論今日，我臣死君，你妻死夫，是人間的正事，人間的快事！什麼哭？被人聞知恥笑。」反哈哈大笑起來。耿夫人也拭淚爲歡。……家人跪下道：「老爺還再三思，外邊各位老爺還沒聽得有死的。」簡討笑道：「死要學人樣麼？你不知道，我不要想得，你只依我去幹事去。」……對耿夫人道：「去罷。」拿了一條繩，提了凳，竟向右首梁下擺定，正待立身上去。只見耿夫人笑道：「老爺差了。」簡討呆了一呆，說：「難道不該死嗎？」耿夫人道：「不是！」向左一拱道：「老爺還該從左。」簡討點頭道：「是，是。」簡討卻向左邊抛上繩子，兩人各各扣緊喉下，一腳踢倒凳子，身往下墜。簡討身子胖，墜得勢重，就一時氣絕。夫人身子苗條，稍輕些，死略遲。卻也似地府相隨，夫前妻後。〔註 4〕

當汪公選擇自縊時，家僕還會提醒：「外邊各位老爺還沒聽得有死的」這句話極爲諷刺，在動盪國破家亡之際，「其他老爺」或許早已逃難避禍，以保全自身家當爲要事。在這樣的環境底下，「老爺」赴死顯然是很少見的。而汪公與妻子之間死前，還會重視男左女右的細節，由妻子提醒「老爺還該從左」的禮儀，讀來亦是讓人哭笑不得。

第一章緒論曾提及，儘管在整體基調嚴肅悲慘的故事之中，清初前期的話本小說也會選擇用這樣的方式，將悲慘的事情諷刺化、可笑化。這類的故事總是讓人笑了，但心中感受卻又苦又冷。除了開死亡的玩笑，透過死前的

〔註 4〕【清】薇園主人：《清夜鐘》（上海古籍出版社，《古本小說集成》影路工與安徽省博物館藏本），頁 27～29。

種種荒謬行爲襯托讓人世的可悲可笑，藉此諷刺社會、人性以外，還有專門批判嘲笑假功名、假文人的事蹟也很常被用喜劇性的筆法寫入故事中，散見於各話本間。

像《豆棚閒話·虎丘山賈清客聯盟》不懂裝懂的幫閒群，或者如《照世盃·百合坊將無作有》的歐滁山這樣的假名士，也能在其他話本小說中頻繁看見。如《鴛鴦針·眞文章從來波折 假面目占盡風騷》的主角卜亨，便是假名士的經典人物。卜亨靠著一手好字、好口才與好的家境，騙過好幾次文人集團的測試，明明是一個把「賦得雲破月來花弄影」解成「看這樣一個『賊』來，連雲都弄破」胸無點墨的假文人〔註5〕，卻能每次都巧妙化解危機。甚至讓詩社裡原本懷疑他的人，不得不依附在他的酒食與金援之中，睜眼說瞎話吹捧追隨他，甚至代他入考場：

> 卜亨忽然大病起來，睡在床上，叫痛叫苦，飯時都不吃。宋連玉慌了，到床邊撫摩著道:「不日進場，兄忽然害起重病，這事如何處」……卜亨道：「南都才藪，我初意得了科舉，與他們角個雌雄。不期一病郎當，愚意我與年兄都山東人，口音一樣，……我煩兄弟進場，胡亂弄幾句文字，了了關目，免得臨場貼出的醜，這也就是不幸中之幸了。」……連玉只得穿戴了他那幾件行頭，裝扮齊整，替他應名進場去了。……卻說，卜亨見連玉進場去了，那裡有什麼病。爬將起來，大盤大碗吃個不休。將那兩日裝病不曾吃的東西，一齊補納上倉。(《鴛鴦針》頁 144～145)

卜亨如何賺取名聲的過程都非常有趣，卜亨是個又無知又狡猾的人，雖然在學問上無知，卻深諳人情世故。所以他總能巧計脫身，儘管偶有醜陋的名聲流出，也無法抨擊到他，輕鬆逃過每一次被質疑的危機。故事中他明明即將進入考場，卻還能考前生場「大病」，而且央求宋連玉代進考場之後便迅速恢復體力與食慾，爬將起來大吃大喝的模樣顯得相當滑稽。全篇小說細緻地呈現假名士卜亨如何與其眞名士朋友漸漸成爲共犯集團的過程，顯示卜亨的欺騙行爲，乃是那名利糾纏的環境底下才能助長其氣焰，這完全是可悲可鄙又可笑的社會縮影。

再看《五色石·選琴瑟》也是描寫假秀才請人捉刀，最後被識破的窘況。故事中的郗公受財主之託，意圖幫忙覓得良婿人選。他來到寺廟欣賞題壁詩，

〔註5〕【清】華陽散人輯：《鴛鴦針》(瀋陽：春風文藝出版社，1985 年 11 月)，頁 126。

再由駐廟的僧人引薦一位秀才宗坦，但原來宗坦是僧人的龍陽，他只是一個會請人代筆捉刀的假秀才，還好郗公聰明且宗坦也手法也拙劣，沒多久就被看穿了：

> 只道郗公說他，通紅了臉，忙說道：「這是晚生自做的，並沒什先生代做。」郗公大笑，且不回言。再看那讀《長門賦》的二絕，其一曰：「情眞自可使文眞，代賦何堪復代顰。若必相如能寫怨，白頭吟更倩誰人。」其二曰：「長門有賦恨偏深，綠鬢何爲易此心。漢帝若知司馬筆，應須責問白頭吟。」郗公看罷，笑道：「請人代筆的不爲稀罕，代人作文的亦覺多事。」宗坦聽了，又不曉得二詩之意，一說陳后不必央相如作文，一說相如不當爲陳后代筆，又認做郗公說他，一發著急，連忙道：「晚生並不曾請人代筆，其實都是自做的。」郗公撫掌大笑道：「不是說兄，何消這等著忙？兄若自認了去，是兄自吐其實了。」宗坦情知出醜，滿面羞慚。從此一別，再也不敢到寺中來。〔註6〕

郗公明明是在呼應詩中的感懷，詩中批判司馬相如曾爲陳后代作寫長門賦挽回漢武帝的心，而之後自己想納妾還使卓文君寫白頭吟勸夫回頭，這詩嘆代筆代作之多餘。卻句句擊中宗坦的心虛。越慌亂就越想遮掩，使他看起來非常狼狽拙劣，完全是無知的假秀才欲蓋彌彰，明明請人代筆，卻又不識代筆的內容，因此破綻百出，醜態也自然流露出來。

上述例子都是假文人裝腔作勢卻醜態畢露的模樣，其他話本小說也多批判科舉弊病、社會上充斥著各式「黑心文人」，顯然這個「醜」是當時整個文人階層的共業，而喜劇性的小說總能將這樣的「醜」，更著力於細節的誇張放大，揭露的同時又邀請大家同聲一笑。而且這個醜，更需要透過喜劇性的包裝，比起直接面對，當他轉換成荒唐可笑的情狀時，就變得沒有這麼可怕，變得可以容忍。

透過重複出現的社會醜陋面向，足以推斷，這些問題的確困擾著當時的人們。清初前期的話本小說，便將當時他們所觀察的種種感知帶進小說世界裡，再予以加工、包裝，以滑稽、幽默、反諷、怪誕等方式，虛設於神鬼幻境、歷史典範或市井之間。如此，喜劇性的話本小說便成爲聚合社會中所有醜陋又可笑的複合體，在當時的讀者眼中開出笑謔的繁花。

〔註 6〕 【清】筆煉閣主人：《五色石・選琴瑟》（瀋陽：春風文藝出版社，1985 年 9 月），頁 140。

第二節　喜劇的非常之常

透過本書二、三、四章的分析，我們可以看見這些話本小說突出的喜劇性風格。然而這些話本小說並非單一喜劇型態就可以概括的，文本之間多有相似的表現手法。譬如第四章筆者分析《十二笑》的家庭倫理情節，充斥著誇張的行動與激烈的罵言，還有悲情的男主人公一而再再而三的衰運連連；《照世盃》則擁有排泄書寫的突出趣味，讓應該隱藏的汙穢物躍升成故事要角，將虛假、端著文明空殼的人類徹底打回原形。雖將兩部小說分開論述，但不代表另一部話本小說就沒有上述所說的喜劇表現。

《十二笑・癡愚女遇癡愚漢》中的命兒，讓丫鬟撒溺在地，佯裝是自己的泥娃娃小解（《十二笑》頁 39）；還有〈賭身奴翻局替燒湯〉的溫阿四與賭伯來，搶著倒溫阿四妻子的淨桶還以此爲榮（《十二笑》頁 274）。雖然只是非常微小的細節，但也能體現尿液、馬桶這些與生殖器接近的東西，在這些故事當中出現時所造成的荒謬效果。同樣的，《十二笑》所展現的滑稽行爲，也能見於《照世盃》中。譬如《照世盃・百和坊將無做有》夢遊的歐滁山與酒醉的僕人鶻涤撞在一塊，還因此大打一架！兩人的意識都不清醒，只是爲了「夢中賊」突然主僕不分地打起架來。打架的模式也很有趣，僕人用拳頭，而假秀才歐滁山則直接用嘴巴亂咬。他們沒有意識地去做虛無、耗費大量力氣的動作，使人物形象變得誇張好笑。（《照世盃》頁 101～103）

不只《照世盃》與《十二笑》才有排泄書寫或滑稽行爲，李漁小說也有出現凸顯下半身的排泄書寫，譬如《無聲戲・女陳平計生七出》的耿二娘用巴豆使賊頭腹瀉（《無聲戲》頁 101～102）；《十二樓・十卺樓》中的姚子穀，第二次娶的么女竟會半夜尿床，使姚在睡夢中就頓覺「陸海生波」，由淺而深，幾乎有中原路沉之懼（《十二樓》頁 196）；更不能不提《連城璧・妒妻守有夫之寡　懦夫還不死之魂》眾人仰頭而受的「米田共」的經典場景（《連城璧》頁 345～346），這些排泄書寫，都爲故事的喜劇性添加更加多元的色彩。而且除了第三章《豆棚閒話》與《二刻醒世恆言》的戲仿反諷，李漁的小說與《照世盃》、《十二笑》也都能看見戲仿，只是他們不若《豆棚閒話》與《二刻醒世恆言》這樣特意指桑罵槐或者拿歷史故事當跳板而已。所以在這裡，我們必須跳脫喜劇表現的分類與文本的分界綜合來看這些喜劇手法的相似之處，以及喜劇書寫底下蘊藏的本質。

喜劇性話本小說是笑與醜的時代複合體，它不像悲劇小說，讓人在黑暗中產生情感的昇華、有同情與悲憫的出口。喜劇不直接提供情感的出路，我們只能專注看著小說人物在荒謬的世界裡繼續荒謬下去。但是透過這些喜劇手法共通樣貌的分析，我們可以一窺這些喜劇變化之前的本質與核心。李豐楙曾說：

> 小說之教作爲非常之教，其據以表現的時空狀態，及暴露出涵藏於其中的事物本質，乃是一種逼視人性、透顯人性的非常方式。就如否定的敘述更能透徹了然事物的本然，反而能透闢彰顯人性陰闇的眞相，這一非常的、反常的生命面向通常是讀者所不欲直接面對的；諸如人性中的罪惡、叛逆及源諸本能的性欲的原始驅力，小說都嘗試以荒誕、不經的語言逼顯出道的另一特質。〔註7〕

喜劇性處理比我們更原始、更卑劣的人事物時，醜態已率先在文本中被否定，變得不那麼恐怖，沒有造成威脅與驚懼。喜劇性幫助讀者隔離自身與客體的距離，讀者更能全面地去觀察那些陰暗的角落。這也是作家以荒誕不經，插科打諢的方式來凸顯醜的可親，親切詼諧後的醜，可以帶給人們智性的愉悅，又能有透徹的體悟與所謂「教化」意蘊存在。

而本期的喜劇作家又是以什麼樣的心態去表現這「非常」呢？「非常」與「常」的之間，我們又該如何看待？其實隨著生活經驗、知識與體悟擴展，人們所共識的常態，早已成爲心靈深處的潛意識，被作爲可供思想判斷的，邏輯或審美用的先驗圖示。喜劇刻意彰顯種種不諧調現象，把奇怪的、非自然的結構組織在一起，使之異於常態，讓人感覺荒謬、醜陋，都是喜劇手法表現之後的成果。〔註8〕而在喜劇的「非常」之前，作家意識中的「常」又是如何展現？或許在歸納這些話本小說共同的喜劇手法之後，可以建立一道有跡可循的路徑。

一、戲仿的本質觀察

六部小說都有使用戲仿的技巧，前面論述《豆棚閒話》與《二刻醒世恆言》時，說到兩部小說的反諷特色，最明顯的是運用戲仿技巧，將傳統莊嚴的歷史、神鬼空間詼諧模仿。那是戲仿文本與被戲仿文本建立起來的關係。這兩部小說多模仿典範，也因爲把典範的崇高扭曲、重寫，反諷效果從中而生，讓人否定

〔註7〕李豐楙：〈出身與修行：明末清初「小說之教」的非常性格〉，收錄在王瓊玲主編：《明清文學與思想中之主體意識與社會——文學篇（上）》（臺北：中央研究院中國文哲研究所，2004年），頁306。

〔註8〕閻廣林：《喜劇創造論》（上海：上海社會科學院出版社，1992年7月），頁69。

的表層訊息浮現，而他們想批判指責的諷意則暗藏其中。所以《豆棚閒話》與《二刻醒世恆言》透過戲仿之前的本質，是較爲崇高的理想，是歷史名人的愛國精神，還有在上位者的公正不阿，運行於天理之間的公道與正義。

李漁的話本小說也使用戲仿，他戲仿的對象是語言、俗語本身，他也變化常民化的經驗，企圖扭轉出一番新意。追究李漁戲仿的本質，比起《豆棚閒話》與《二刻醒世恆言》的「典範」，他要解構的只是各種「典型」，也就是把世代積累的常民經驗打破，製造新的詮釋。他從市井人物出發，將百姓意識裡頭一直遵循默認的中心瓦解，遊戲化、趣味化以及去中心化。就他看來，世間沒有恆常的道理，所有的觀念價值都是可以解構與移動的，戲仿典型的戲仿本身，就是他喜劇手法中積極追求的目的。

《十二笑》與《照世盃》也有一些情節運用戲仿。譬如《照世盃·掘新坑慳鬼成財主》就是將馬吊場詼諧模仿成講經佛堂的模樣，《十二笑·癡愚女遇癡愚漢》養泥娃娃的步驟、〈昧心友賺昧心朋〉的妻房與棲房也都是戲仿契約，這兩部小說所表現的戲仿是針對日常經驗與儀式的滑稽模仿。比較傾向開「典制」的玩笑，也就是文明世界共同規範的規矩、契約與儀式。還原被戲仿之前的本質，可以得知文明社會原本界線分明的規範與禮儀，是這兩部小說都很關注的。透過戲仿我們可以知道，人們因爲自身慾望而過度執迷時，早已忽視禮儀規範的初衷，只剩虛無的形式；或者刻意虛架形式，而內部的倫理情感全部走樣了。

故事被戲仿後，與原本常態產生荒謬的不和諧關係，是喜劇逗人取樂的主因。反過來說，透過六部小說的被戲仿對象，我們就能清楚看見作家在進行喜劇創作前，積極想處理的社會面向了。

二、焦點移轉與離心牽引

若說傳統文人的價值觀裡有著忠孝節義、恪守正道的沉重包袱。那麼在本期的喜劇小說家中，我們可以看見他們如何運用焦點轉移的書寫策略，達到他們小小的反叛與自由狂歡的效果。

譬如李漁的敘事模式總會偏離傳統勸懲故事的脈絡，刻意發表突兀的感言。他不太去嘲弄嚴肅的生命課題，對國家戰亂議題避重就輕。李漁選擇將焦點集中在次文化、邊緣人物的小煩惱、小缺陷，把家庭婚姻、人際往來的問題搬上檯面，著力刻畫女性人物、周圍看客的趣味形象。在他的喜劇語境裡，我們看見許多被鄭重對待的小事，可能是一顆骰子、是一罈新醋、抑或是他精心規劃的巧合與妙計。透過他的視野，都充滿新鮮有趣。

在《豆棚閒話》與《二刻醒世恆言》中，我們看見歷史名人的煩惱，全來自於自己生活面臨的飢餓、慾望與恐懼，原本在史書上被稱頌的情操美德，在重寫的故事裡不多做詮釋。焦點移轉到個人的身體慾望，因爲身體的慾望被放大，原先的偉大與恐怖就消失無蹤了。就像高桂惠所說的：「當忠臣義士、才子佳人被擺在『日常』的聚光燈下，重彩濃墨褪盡，故事裡展示的是末路英雄、貧賤夫妻。」〔註 9〕焦點向日常轉移的結果，叔齊怕餓、介之推懼妻。怪誕書寫也是，身體變形也不可怕了，因爲無頭人得吃稀飯、人面瘡得餵吃肉。兩部小說的書寫策略，選擇將抽象的情感轉向具體又平凡的身體感知上。

《十二笑》與《照世盃》透過罵語與排泄書寫逾越界線，顛覆原先的位置，也使文明、道德的界線變得模糊。狂歡之後面對生命的虛無，醜陋不堪的一面被看得特別清楚，對沉痛的時代充分理解之後，期許就能達到某種豁達之境，獲得精神上的自由。故事選擇從內在的悲感轉移到外在的種種滑稽行爲，外在言行的膨脹與扭曲，使得內在情感更加虛無。

聚焦小細節、聚焦身體感知與聚焦外在言行，是這些小說在喜劇書寫策略上，透過焦點轉移的方式，朝邊緣的、外在的趨向發展。但也像離心力一樣，這些看似自由的脫離，都還是受到生命的情感核心牽引。李漁調侃邊緣人物的同時，也將悲憫的視線放在這些邊緣化的情感之中，去說龍陽之戀的苦衷、說弱勢主人公被騙、被眾人逼迫的無奈，在他輕巧的喜劇故事裡，我們也能看見他對這些無人發現的角落發出的憐憫之情。《豆棚閒話》與《二刻醒世恆言》在舊傳統中發揮出新的喜感，而偉大人物平凡身體的慾望與恐懼，也引起大眾性的共鳴，牽引著讀者今昔交感，在最遙遠的距離之中，碰觸到最接近自己的現實世界。《十二笑》與《照世盃》由內向外的移轉，我們嘲笑外在荒唐滑稽的言行的同時，也清醒地看見故事人物的執迷與其自陷的命運，因此自我醒覺。

看似突兀、扭曲、不和諧的角度，更能喚醒我們對於常態的認知，於是憐憫、共感、醒覺之情，也伴隨著喜劇的笑而產生。所以筆者認爲，他們看似自由的超越，追根究柢牽引著的，還是發自文人內心深處的悲感，以及對於現實的體悟與觀察。

〔註 9〕高桂惠：《追蹤躡跡：中國小說的文化闡釋》（臺北：大安出版社，2006 年 9 月二版），頁 242。

第三節　笑看人生悲苦、怡然通透自得

回顧本期的喜劇話本小說，在藝術表現上還是有不足與缺陷之處。許多故事嘻笑怒罵之後仍有勸懲的嚴肅包袱，譬如《照世盃》就有這種現象；也有繼續走善惡二分法的老套招數，如《二刻醒世恆言》每則故事最終都導向善惡與因果。有些小說則加入太多不經修飾的情色描寫，譬如《十二笑》部分場景太過低俗；這些都是本期話本小說讓人遺憾的地方。不過，就喜劇性而言，他們的還是極具價值的。

綜看這些話本小說的題材其實相當多元，神魔、家庭、儒林、公案、情色、才子佳人等皆有，然而不管處理什麼題材，都能看見喜劇性的表現，爲各式各樣通俗故事再添笑料。這些喜劇性的話本小說，其價值爲何？喜劇性一旦面臨文學審美的考驗時，是否就得爲喜劇搬來較高的階梯，爲它冠上莊嚴的冠冕？這樣的過程無疑是尷尬的，喜劇一旦必須處理深刻的情感與思想，就有瓦解的危險，便削弱他的可笑性。可笑性減弱，喜劇的界線與框架就越漸模糊了。但是這些話本小說的喜劇性絕對有它的價值，在時代意義上，本期的喜劇話本小說已超越前朝只賦予諷刺功能的傳統，透過笑謔書寫，表達作家對世界、對人生的更多看法。

傳統中國爲這類話本小說的調笑性質找到了借娛心以勸善的功能，勸善才是中國文人精神中的典範價值，而滑稽謔笑只是文人作家群爲了吸引群眾，不得不放下尊嚴的低廉手段。其實，喜劇不需要被如此貶低，就能有他獨特的價值。喜劇提供另一種層次的快感，那是笑過之後更加清澈的視野，是更加開闊的理性思緒。當喜劇作家進行調侃社會的醜陋面向時，不管這種批判是否帶有社會責任的期許，他們將黑暗的角落都寫進故事裡，嘲謔的同時，其實也包容了這樣的大千世界。

就如同勒維說的：

> 任何時代或民族的喜劇精神，可能都是一種狂歡、淨化和幻想的精神，或者，也可以說，是對人性善和秩序的信念。〔註10〕

喜劇莊嚴之處不在故事本身，而是笑聲劃破拘束之後，讓人嚮往的狂歡自由；喜劇淨化的也不是情感的震撼感動，而是理性的眞正張揚，因爲喜劇正在提醒這個世界正充斥著顚倒是非、表裡不一、貪婪癡愚的人性，到處是衣冠禽

〔註10〕【英】凱瑟琳・勒維著　傅正明譯：《古希臘喜劇藝術》（北京：北京大學出版社，1988年1月），頁238。

獸、罵街潑婦與厚顏無恥的人。因爲清楚，所以更加篤定自身的生命原則。所以喜劇可以是批判的，卻也是積極的；可以是蔑視的，卻也同時是憐憫與超越的。

作家透過黑暗現實的喜劇性展演出另一種開拓的視界，並非傳達忠孝仁義的偉人典範，而是屬於小老百姓的生活智慧，他們企圖告訴讀者觀眾，如何淡然地熬過亂世苦痛，又如何在泥濘之中追尋自由。本期的喜劇作家，其實或多或少有類似的自覺與體悟，只是他們在序跋、評論時闡述創作動機，仍忍不住寫出老套的勸懲功能。至少經驗過多災多難的動盪，已有作家試著不斷提醒自己，「行樂」是修身養性的關鍵方法，而快樂就在意想不到的平凡之處。譬如李漁在《閑情偶寄・即景就是行樂法》說的：

> 行樂之事多端，未可執一而論。如睡有睡之樂，坐有坐之樂，行有行之樂，立有立之樂，飲食有飲食之樂，盥櫛有盥櫛之樂，即袒裼裸裎、如廁便溺，種種穢褻之事，處之得宜，亦各有其樂。苟能見景生情，逢場作戲，即可悲可涕之事，亦變歡娛。如其應事寡才，養生無術，即徵歌選舞之場，亦生悲戚。（《閑情偶寄》頁 321～322）

只要能發揮自己的觀察力，有足夠的理性與智性，天下所有事都能逗樂人，讓人心境開闊。看似與行樂無關的梳洗、裸裎、便溺、甚至可悲可涕之事，都能從中找到樂趣。「樂」成爲李漁生命中某種哲學意義，或許在他眼中，樂趣無處不在，快樂不須強求。他還說過「樂不在外而在心，心以爲樂，則是境皆樂，心以爲苦，則無境不苦（《閑情偶寄》頁 310）」只要內心感到喜悅平靜，那麼自然心遠地自偏，就能在悲苦的困局裡出淤泥而不染，內心不被外在形體、社會貧困所拘束。也只有看透外在事物的無奈與醜陋，方能乘物以游心，追尋內在眞正的自由。這是他自我修養的期許，寄託在唯心享樂的處世之道。

其他作者不若李漁特地寫下這樣的生活哲學，他們選擇透過小說文本，傳達他們嚮往的某種理想狀態。《豆棚閒話》希望讓讀者：「忽啼忽笑，發深省處，勝海上人醫病仙方；曰是曰非，當下凜然，似竹林裡說法說偈。」〔註 11〕達到笑涕之後澄澈清明的豁然開朗。作家還透過故事中搭建的「豆棚」，企圖建構一個無憂無慮的世外桃源。外在世界的貪嗔癡愚，被豆棚包容著，但也被隔絕

〔註 11〕【清】天空嘯鶴：〈豆棚閒話敘〉（上海：上海古籍出版社，《古本小說集成》影北京圖書館翰海樓藏本），頁 7～8。

開來。每一個說故事的人，就像桃花源記裡的武陵人士，「一一爲具言所聞」〔註 12〕，雖然被熱烈歡迎，大家圍觀熱切聽聞，但也僅止於故事之中，並不傾擾聽眾們。雖然因爲故事的荒唐而笑，卻不被故事內在的醜陋所汙染。

另外，他們也自覺寫盡人間醜陋之事，可以幫助人們比上不足，但比下有餘的安慰效果。《豆棚閒話・黨都司死梟生首》這篇小說到了結尾，說書者感慨起來：

> 「可見亂離之世異事頗多。彼時曾見過亂世的已被殺去，在世的未曾經見，所以淹沒，無人說及。只有在下還留得這殘喘，尚在豆棚之下閒話及此，亦非偶然。諸公們乘此安靜之時，急宜修省！」眾人聽罷，俱各凜然，慨嘆而散。(《豆棚閒話》頁 361～362)

〈黨都司死梟生首〉結論所傳達的概念是珍惜自己在這亂世之中，還沒被殺去的這條殘喘生命。因爲還留著一條命，方能在豆棚底下乘涼閒話家常，聽有趣的故事議論著。作家借說書者之口說出「知足常樂」的智慧。另外像《十二笑・溺愛子新喪邀串戲》將逆子在父喪時節上台串戲的荒唐之事說畢，還補充一小則「讀者反應」：

> 適有友人憂無子者，終日愁泣，雙目俱昏。因以第五笑示之，彼矍然起悟，變憂爲喜，撫掌大笑，曰：「誠如君言，吾今雖死，可以含笑於地下。」(《十二笑》頁 245～246)

明明是後繼無人之憂，但比起生養逆子氣死自己，那還不如膝下無子來得輕鬆自如。所以無子之人聽完故事之後，還能「撫掌大笑」、「含笑地下」。這個反應特地顯現，也是要人對現今自己的缺陷，退一步來想，世界上比自己不幸的人實在太多。也只有透過喜劇否定故事中他人的不幸，自身才能得到某種優越與慰藉。就像李漁的〈貧賤行樂之法〉說的：「我以爲貧，更有貧於我者；我以爲賤，更有賤於我者。(《閑情偶寄》頁 312)」如此退一步的樂觀知足思考模式，亦可借喜劇去笑那些醜惡與荒唐，去嘆那些悲苦與無奈，然後滿足自身的現狀。也只有這樣，看透現實，便能超越現實之上，而達到個人自由逍遙的心性修養。

此時期喜劇性話本的勸善已非主要動機，作家與讀者們共同追求的是屬於自己的自由與幸福，只要快樂自由，便能與專制的朝廷、腐敗的社會與無

〔註 12〕【東晉】陶淵明著 逯欽立校注：《陶淵明集・桃花源記》(北京：中華書局，1979 年 5 月)，頁 166。

法擺脫的命運產生對抗。〔註 13〕在米蘭・昆德拉的《生命中不能承受之輕》曾說過如下一段話：

> ……如果永劫回歸是最沉重的負擔，那麼我們的生活就能以其全部輝煌的輕鬆，來與之抗衡。可是，沉重便眞的悲慘，而輕鬆便眞的輝煌嗎？……也許最沉重的負擔同時也是一種生活最爲充實的象徵，負擔越沉，我們的生活也就越貼近大地，越趨近眞切和實在。相反，完全沒有負擔，人變得比大氣還輕，會高高地飛起，離別大地亦即離別眞實的生活。他將變得似眞非眞，運動和自由都毫無意義。〔註 14〕

以悲劇情懷來審視世界時，壓住我們的卻也是最眞實的感受。喜劇看似是輕盈的，所有的罪與醜都在那可笑中消除了沉重的引力。若是以這方面來看，喜劇是善意的嗎？還是惡意的？也可能輕重之間是一種無分善惡的選擇，沉重不是壓力，而輕盈也絕非輕浮。喜劇的輕盈教我們用理性看待世界，不讓感情影響判斷。也只有理性做主，面對生命的挫敗、社會的矛盾、舊世界的內在空虛和無價值〔註 15〕，一切都可有可無，似眞非眞，自然而然產生某種灑脫的勇氣，他們在笑聲中不需要恐懼，勇敢地迎向現實生活。

本書所研究的話本小說，的確在藝術的處理部分不夠完美，但透過喜劇嘻笑怒罵想傳達的生活觀、生命觀，他們不約而同選擇將社會的醜陋與可笑之處，從人性言行到社會風氣，都無所遺漏地暴露出來，積極在故事中呈現笑與醜的時代複合體。另外我們也透過這幾部話本小說共同的喜劇手法，反推回他們關注與悲憫的社會面向，戲仿的本質還原與焦點移轉前的中心牽引，從而得知笑謔之前被關注的議題，那些喜劇的非常之常。最後分析小說流露出關於生命的處世看法，在本期的喜劇小說中，除了傳統的諷諫之外，還推崇了知足、曠達與安樂的生活智慧，在在呈現著中國式的理性高度。

〔註 13〕詳見陳東有：《人欲的解放：明清社會經濟變遷與大眾審美》（南昌：江西高校出版社，1996 年 7 月），頁 290。

〔註 14〕米蘭・昆德拉著 韓少功等譯：《生命中不能承受之輕》（臺北：時報文化出版社，1980 年 11 月），頁 22～23。

〔註 15〕佴榮本：《文藝美學範疇研究：論悲劇與喜劇》（南京：南京大學出版社，2002 年 10 月），頁 144。

第六章　結　論

分析這些話本小說的喜劇性之後，我們可以理解到清初前期，這些由明入清的喜劇作家，他們擅長運用詼諧與誇張的筆法說一則好笑的故事。在離亂的時局中，擺脫過往文人嚴肅的包袱，以嘻笑怒罵來虛構、想像，卻又眞切描摹著自己與他人的生活世界。

就李漁來說，機智是他喜劇作品的顯著標記。他在小說中寄託更多的自己，以敏捷的才思，拆解舊事，建立屬於自己的新世界。在自娛的同時帶給讀者超乎預期的驚喜感受。他化重爲輕，刻意淡化殘酷嚴峻的現實事件，卻特別安排各種張揚舞爪的婦人或冷眼熱腔的看客等喜劇人物，來表現人性的貪嗔癡愚。在他的筆下，人性的醜惡成爲他建構喜劇的主要材料，當不合理與悖謬發生時，一切就得仰賴各種機智的妙計或上天安排的巧合來突破困局。於是，他的喜劇世界一切就在他樂觀玩耍以及機智言語的想像下，愉快地進行著。他見證的生活世界，轉化在創作上，就是示範聰明的人如何在亂世之中自得其樂的處世之道。

艾衲居士的《豆棚閒話》與心遠主人的《二刻醒世恆言》，他們的喜劇就嚴肅許多了。有比較多寓莊於諧、婉而多刺的表現。喜劇成爲他們表達內心不滿與批判時事的安全僞裝。故事中透過歷史人物的翻案，反諷當時世人的昏庸與愚昧。又擅於戲仿經典，讓聰明的讀者能否定他們刻意顯露的否定性訊息，進而看見他們眞正想傳達的意念。他們好像背對自己的生活世界，與故事中的歷史人物、鬼神遊戲嬉鬧，然而每一處喜劇性表現，都能視爲嚴肅的隱喻。除此之外，他們也透過精采的怪誕書寫，將可怕不合理的恐怖事件，說得滑稽可笑。怪誕的笑足以讓人心生勇氣，揮別恐懼，燃起更多的希望。

他們目擊的時代，在話本小說的創作中被畫成另一個模樣，讓故事主體看起來既神奇又遙遠，是被架空在現實以外的奇幻樂園，然而裡頭卻有著許多與當時社會遙相呼應的姿勢，可供比對指證。

就酌玄亭主人《照世盃》與墨憨齋主人的《十二笑》而言，社會就是這個樣子，酒、色、財、氣，癡母逆子、愚蠢文人、充滿著命運的不幸與怒罵。然而只要嗤笑這些黑暗面、只要能有智慧，豁達看透那些悲苦，自己就自那個不幸的生活世界超脫也自由了。他們是老實的見證者，醜的惡的全據實以告，這個世界看起來如外在表現的那樣滑稽荒謬，源自於人們自陷於執著與慾望之中不可自拔，只有透徹明瞭，就能夠與之輕易告別。

這些小說有許多相似之處，他們都仔細挖掘被隱藏的缺陷，張揚人性的不堪，又喜歡提供不正確的訊息供人反駁，讓所有的乖訛、矛盾、狼狽、不堪全被歪歪斜斜地暴露出來。籠統看起來都很不莊重，充滿嘻笑與輕浮之姿，但透過文本分析，我們可以看見其中的喜劇表現與創作動機部分還是有本質上的差異。自娛娛人者、托物寄諷者、蔑視超然者，用著不同的喜劇方式，遺落精準無比的時代訊息。若人們活著，注定得目擊生命的苦痛災難，那麼比起寫實、充滿批判與沉痛的記載，詼諧笑語，或許更能使大家自痛苦的記憶中全身而退。也只有笑著罵著，看似不當一回事，卻全部了然於胸，透徹清明地面對過去。透過喜劇角度，我們的確可以看見作家透過作品想傳達的智慧與善意。

清初前期的話本小說，展現了多種喜劇樣貌，比過往的話本小說多了輕鬆詼諧的氛圍，卻也傳遞更多黑暗醜陋的現實。雖然話本小說在清朝局勢底定之後走向衰微。然而中國小說喜劇性的表現舞台經過這個階段，已不再像《西遊記》那樣奇幻遙遠，而是變得更敢於結合現實題材，勇於以笑罵表現憤怒悲哀，進行諷刺與批判。後來短篇連綴成長篇的《儒林外史》，能在諷刺藝術上達到如此成熟的境界，本書研究的這些話本小說，必定也在通俗小說喜劇性的發展之路，貢獻了他們「嘻笑之怒、長歌之哀」的特殊功勞！

參考文獻

（按作者姓名筆劃排列）

一、主要研究文獻

1. 心遠主人：《二刻醒世恆言》（上海：上海古籍出版社，《古本小說集成》影印雍正刊本）。
2. 艾衲居士：《豆棚閒話》（上海：上海古籍出版社，《古本小說集成》影瀚海樓本）。
3. 艾衲居士、酌元亭主人著 陳大康校注：《豆棚閒話 照世盃（合刊）》（臺北：三民書局，1998年4月）。
4. 李漁：《無聲戲》（上海：上海古籍出版社，《古本小說集成》影清初刊本）。
5. 李漁：《連城壁》（上海：上海古籍出版社，《古本小說集成》影清初抄本）。
6. 李漁：《十二樓》（上海：上海古籍出版社，《古本小說集成》影消閑居本）。
7. 李漁：《李漁全集》二十卷（杭州：浙江古籍出版社，1992年）。
8. 酌元（玄）亭主人：《照世盃》（上海：上海古籍出版社，《古本小說集成》影佐伯文庫本）。
9. 墨憨齋主人：《十二笑》（上海：上海古籍出版社，《古本小說集成》影清初寫刻本）。

二、其他古籍文獻

1. 于浩主編：《明清史料叢書續編》第18冊（北京：國家圖書館出版社，2009年）。
2. 干寶：《搜神記》（合肥：黃山書社，「中國基本古籍庫」影明津逮秘書本，2009年）。
3. 斗山學者：《跨天虹》（上海：上海古籍出版社，《古本小說集成》影舊刊殘本）。

4. 王夫之：《詩廣傳》（合肥：黃山書社，「中國基本古籍庫」影清同治刻本，2009 年）。
5. 王安石：《臨川集》（合肥：黃山書社，「中國基本古籍庫」影四部叢刊影明嘉靖本，2009 年）。
6. 王圻：《稗史彙編》（濟南：齊魯出版社，《四庫全書存目叢書》一四二冊，1995 年 9 月）。
7. 王鞏：《聞見近錄》（合肥：黃山書社，「中國基本古籍庫」影宋刻本，2009 年）。
8. 司馬遷著 瀧川龜太郎考證：《史記會注考證》（臺北：萬卷樓出版社，2004 年）。
9. 左丘明著 杜預注 孔穎達正義：《十三經注疏・春秋左傳正義》（北京：北京大學出版社，1999 年 12 月）。
10. 任昉：《述異記》（合肥：黃山書社，「中國基本古籍庫」影明刻漢魏叢書本，2009 年）。
11. 西周生：《醒世姻緣傳》（北京：中華書局出版社，2005 年）。
12. 西湖伏雌教主：《醋葫蘆》（天津：百花文藝出版社，1992 年）。
13. 西湖逸史：《天湊巧》（上海：上海古籍出版社，《古本小說集成》影藝術研究院藏本）。
14. 何晏注 邢昺疏：《十三經注疏・論語注疏》（北京：北京大學出版社，1999 年 12 月）。
15. 余邵魚：《東周列國志》（臺北：文化圖書公司，1981 年 2 月）。
16. 吳承恩原著 徐少知校：《西遊記校注（李卓吾評本）》（臺北：里仁書局出版社，1996 年 2 月）。
17. 吳敬梓：《儒林外史》（合肥：黃山書社，1991 年 5 月）。
18. 呂不韋：《呂氏春秋》（合肥：黃山書社，「中國基本古籍庫」四部叢刊影明刊本，2009 年）。
19. 坐花散人：《風流悟》（上海：上海古籍出版社，《古本小說集成》第二批影印清刊本）。
20. 李昉監修：《太平廣記卷》（合肥：黃山書社，「中國基本古籍庫」影嘉靖談愷刻本，2009 年）。
21. 李商隱：《李義山詩集》（合肥：黃山書社，「中國基本古籍庫」影四部叢刊嘉靖本，2009 年）。
22. 李贄：《焚書》（臺北：河洛圖書出版社，1974 年 5 月）。
23. 杜甫著 仇兆鰲注：《杜詩詳注（一）》（新北市：漢京文化出版社，1984 年 3 月）。

24. 沈泰：《盛明雜劇》（臺北：廣文書局出版社，1979 年 6 月）。
25. 谷口生等著：《生綃剪》（瀋陽：春風文藝出版社，1987 年 9 月）。
26. 孟軻著 焦循疏：《孟子正義》（合肥：黃山書社，「中國基本古籍庫」影清嘉慶道光焦氏叢書本，2009 年）。
27. 孟軻著 趙岐注 孫奭述：《十三經注疏・孟子注疏》（北京：北京大學出版社，1999 年 12 月）。
28. 東魯古狂生：《醉醒石》（臺北：河洛出版社，1980 年 2 月）。
29. 施耐庵：《水滸傳》（臺北：遊目族出版社，2010 年 6 月）。
30. 柳宗元：《柳河東集》（臺北：河洛圖書出版社，1974 年 12 月）。
31. 洪邁：《夷堅支志景》（合肥：黃山書社，「中國基本古籍庫」影清影宋鈔本，2009 年）。
32. 胡震亨：《讀書雜錄》（合肥：黃山書社，「中國基本古籍庫」影清康熙刻本，2009 年）。
33. 計六奇：《明季北略》（上海：上海古籍出版社，《續修四庫全書》影清刊本）。
34. 凌濛初：《拍案驚奇》（上海：上海古籍出版社，1992 年 11 月）。
35. 唐甄：《潛書》（合肥：黃山書社，「中國基本古籍庫」影清康熙刻本，2009 年）。
36. 夏允彝等著：《揚州十日記：中國近代內亂外禍歷史叢書故事》（臺北：廣文印書局，1971 年 7 月）
37. 袁康、吳平著，劉建國注：《新譯越絕書》（臺北：三民書局，1997 年 6 月）。
38. 馬令：《南唐書》（合肥：黃山書社，「中國基本古籍庫」影清嘉慶墨海金壺本，2009 年）。
39. 曹雪芹著 脂硯齋等評 劉繼保等輯：《紅樓夢》名家匯評本，（北京：北京圖書館出版社，2008 年 6 月）。
40. 梁章鉅：《歸田瑣記》（合肥：黃山書社，「中國基本古籍庫」影清道光二十五年刻本，2009 年）。
41. 莊周：《莊子》（合肥：黃山書社，「中國基本古籍庫」四部叢刊影明世德堂刊本，2009 年）。
42. 許慎著 段玉裁注：《說文解字注》（臺北：黎明文化事業股份有限公司，1998 年）。
43. 郭郛注証：《山海經注証》（北京：中國社會科學出版社，2004 年 5 月）。
44. 陳維崧：《陳維崧詩》（揚州：廣陵書社，2006 年 12 月）。
45. 陳確：《乾初先生遺集》（合肥：黃山書社，「中國基本古籍庫」影清鈔本，2009 年）。

46. 陶淵明著，湯漢箋注：《箋注陶淵明集》（合肥：黃山書社，「中國基本古籍庫」影四部叢刊影宋巾箱本，2009 年）。
47. 陶淵明著，逯欽立校注：《陶淵明集》（北京：中華書局出版社，1979 年 5 月）。
48. 筆煉閣主人：《五色石》（瀋陽：春風文藝出版社，1985 年 9 月）。
49. 馮夢龍：《古今小說》（上海：上海古籍出版社，《古本小說集成》影日本內閣文庫藏天許齋本，1990 年）。
50. 馮夢龍：《古今譚概》（北京：中華書局，2007 年 8 月）。
51. 馮夢龍：《笑府》（上海：上海古籍出版社，1993 年）。
52. 馮夢龍：《智囊補·明智部總序》（哈爾濱：黑龍江人民出版社，1987 年）。
53. 黃一正：《事物紺珠》（濟南：齊魯出版社，1995 年 9 月）。
54. 新興書局編：《筆記小說大觀》第五編（揚州：江蘇廣陵古籍刻印社出版，1995 年）。
55. 楊慎：《太史升庵全集》（合肥：黃山書社，「中國基本古籍庫」影明刻本，2009 年）。
56. 煙水散人：《珍珠舶》（上海：上海古籍出版社，《古本小說集成》第一批影印日本鈔本）。
57. 葉德輝輯：《書林清話》（北京：中華書局出版社，1999 年 9 月）。
58. 董說：《西遊補》（上海：上海古籍出版社，《古本小說集成》北京圖書館藏崇禎中刊本）。
59. 蒲松林：《聊齋誌異》（合肥：黃山書社，「中國基本古籍庫」影清鑄雪齋鈔本，2009 年）。
60. 趙曄：《吳越春秋》（臺北：台灣古籍出版社，1996 年 8 月）。
61. 劉若愚：《酌中志》（北京：北京古籍出版社，1994 年 5 月）。
62. 劉義慶編：《世說新語》（合肥：黃山書社，「中國基本古籍庫」影四部叢刊明袁氏嘉趣堂本，2009 年）。
63. 劉勰：《文心雕龍》（合肥：黃山書社，「中國基本古籍庫」影四部叢刊明嘉靖刊本，2009 年）。
64. 歐陽詢主編：《藝文類聚》（北京：北京愛如生數字化技術研究中心「中國類書庫」影宋紹興本）。
65. 戴名世：《戴名世集》（北京：中華書局出版社，2000 年 9 月）。
66. 薇園主人：《清夜鐘》（上海：上海古籍出版社，《古本小說集成》影安徽省博物館藏本）。
67. 謝肇淛：《五雜組》（合肥：黃山書社，「中國基本古籍庫」影萬曆四十四年潘膺祉如韋館刻本，2009 年）。

68. 韓非子著 王先慎集解：《韓非子集解》（合肥：黃山書社，「中國基本古籍庫」影清光緒二十二年刻本，2009 年）。
69. 韓愈：《昌黎先生文集》（合肥：黃山書社，「中國基本古籍庫」影宋蜀本，2009 年）。
70. 歸莊：《歸莊集》（上海：上海古籍出版社，1984 年）。
71. 蘭陵笑笑生：《金瓶梅詞話》（北京，人民文學出版社，2008 年 8 月）。
72. 顧起元：《客座贅語》（臺北：藝文印書館，《百部叢書集成》影金陵叢刻本，1968 年）。

三、近人研究

1. D.C.M 著 顏銀淵譯：《反諷》（臺北：黎明文化出版社，1978 年再版）。
2. Terry Eagleton 著 文寶譯：《馬克思主義與文學批評》（北京：人民文學出版社，1987 年 9 月）。
3. 于成鯤：《中國喜劇研究：喜劇性與笑》（上海：學林出版社，1992 年）。
4. 巴赫金（Mikhail Mikhaĭlovich Bakhtin）著 白春仁、曉河譯：《巴赫金全集》第三卷（石家莊：河北教育出版社，1998 年）。
5. 巴赫金著 李兆林、夏忠憲譯：《巴赫金全集》第六卷（石家莊：河北教育出版社，1998 年）。
6. 毛文芳：《物．性別．觀看：明末清初文化書寫新探》（臺北：台灣學生書局，2001 年 12 月）。
7. 王孝廉：《神話與小說》（臺北：時報文化出版社，1986 年 9 月）。
8. 王先霈、王又平主編：《文學理論批評術語匯釋》（北京：高等教育出版社，2006 年 5 月）。
9. 王岳川主編：《後殖民主義與新歷史主義文論》（山東：山東教育出版社，1999 年 4 月）。
10. 王國維：《宋元戲曲史》（北京：東方出版社，1996 年 3 月）。
11. 王慶華：《話本小說文體研究》（上海：華東師範大學出版社，2006 年 10 月）。
12. 王瓊玲主編：《明清文學與思想中之主體意識與社會——文學篇（上）》（臺北：中央研究院中國文哲研究所，2004 年）。
13. 卡繆（Albert Camus）著 嚴慧瑩譯：《反抗者》（臺北：大塊文化出版社，2014 年 4 月）。
14. 卡謬著 張漢良譯：《薛西佛斯的神話》（臺北：志文出版社，2014 年再版）。
15. 弗里德利希．席勒（Friedrich Schiller）著 張玉能譯：《秀美與尊嚴——席勒藝術與美學文集》（北京：人民出版社，2011 年 10 月）。

16. 伍蠡甫主編：《西方文論選》下卷（上海：上海譯文出版社，1979 年 11 月）。
17. 托爾斯泰（Lev Tolstoy）著 曹資翰譯：《安娜・卡列妮娜》（臺北：志文出版社，1986 年 9 月）。
18. 朱光潛：《文藝心理學》（新北：頂淵文化事業有限公司，2003 年 5 月）。
19. 朱光潛：《朱光潛全集》（安徽：安徽教育出版社，1987 年 11 月）。
20. 朱海燕：《明清易代與話本小說變遷》（武漢：華中科技大學出版社，2007 年 1 月）。
21. 佛洛伊德（Sigmund Freud）著 彭舜、楊韶剛譯：《詼諧與潛意識的關係》（臺北：胡桃木文化出版社，2007 年 2 月）。
22. 何金蘭：《文學社會學》（臺北：桂冠圖書股份有限公司，1989 年 8 月）。
23. 克爾凱郭爾（Soren Aabye Kierkegaard）著 湯晨溪譯：《論反諷的概念》（北京：中國社會科學出版社，2005 年 12 月）。
24. 宋春香：《他者文化語境中的狂歡理論》（北京：中國社會科學出版社，2009 年 6 月）。
25. 宋若雲：《逡巡於雅俗之間——明末清初擬話本研究》（北京：中國社會科學出版社，2006 年）。
26. 杜書瀛：《文學美學原理》（北京：社會科學文獻出版社，1998 年 11 月第二版）。
27. 杜書瀛：《論李漁的戲劇美學》（北京：中國社會科學出版社，1982 年）。
28. 沈新林：《李漁與無聲戲》（瀋陽：遼寧教育出版社，1992 年）。
29. 汪民安：《色情、耗費與普遍經濟——喬治巴塔耶文選》（吉林：吉林人民出版社，2003 年 12 月）。
30. 沃爾夫岡・伊瑟爾（Wolfgang Iser）著 陳定家、汪正龍等譯：《虛構與想像：文學人類學疆界》（長春：吉林出版社，2003 年 2 月）。
31. 亞里斯多德（Aristotle）著 陳中梅譯：《詩學》（北京：商務印書館，1996 年 7 月）。
32. 周連春：《雪隱尋蹤——廁所的歷史・經濟・風俗》（臺北：國家出版社，2010 年 1 月）。
33. 帕特里莎・渥厄（Patricia Waugh）著 錢競等譯：《後設小說：自我意識小說的理論與實踐》（新北市：駱駝出版社，1995 年 1 月）。
34. 林辰：《神怪小說史話》（瀋陽：遼寧教育出版社，2000 年）。
35. 林明德、黃文吉策畫：《臺灣學術新視野：中國文學之部（二）》（臺北：五南書局，2007 年）。
36. 林淑貞：《明清笑話型寓言論詮》（臺北：里仁書局，2006 年 12 月）。

37. 波特萊爾著（Charles Baudelaire）郭宏安譯：《波特萊爾美學論文選》（北京：人民文學出版社，2008 年 10 月第二版）。
38. 邱澎生：《當法律遇上經濟——明清中國的商業法律》（臺北：五南書局，2008 年 2 月）。
39. 阿風：《明清時代婦女的地位與權力——以明清契約文書、訴訟檔案爲中心》（北京：社會科學文獻出版社，2009 年 4 月）。
40. 佴榮本：《文藝美學範疇研究：論悲劇與喜劇》（南京：南京大學出版社，2002 年）。
41. 佴榮本：《笑與喜劇美學》（北京：中國戲劇出版社，1988 年 11 月）。
42. 姜普（J.D Jump）編 顏元叔主譯：《西洋文學術語叢刊》上、下冊（臺北：黎明文化出版社，1978 年再版）。
43. 威廉・布斯（Wayne Booth）著 華明等譯：《小說修辭學》（北京：北京大學出版社，1987 年 10 月）。
44. 柏拉圖（Plato）著 王曉朝譯：《柏拉圖全集》第三卷（北京：人民出版社，2003 年 4 月）。
45. 柏格森（Henri Bergson）著 徐繼曾譯：《笑：論滑稽的意義》（北京：北京十月文藝出版社，2004 年）。
46. 胡士瑩：《話本小說概論》（北京：中華書局出版社，1980 年）。
47. 胡元翎：《李漁小說戲曲研究》（北京：中華書局出版社，2004 年）。
48. 胡萬川：《眞實與想像：神話傳說探微》（新竹：國立清華大學出版社，2004 年 7 月）。
49. 苟波：《道教與神魔小說》（成都：巴蜀書社，1999 年 9 月）。
50. 韋恩・C・布斯（Wayne Clayson Booth）著 穆雷等譯：《修辭的復興：韋恩・布斯精粹》（南京：鳳凰出版集團之譯林出版社，2009 年 5 月）。
51. 夏爾・波特萊爾（Charles Baudelaire）著 郭宏安譯：《只要那裡有一種激情——波德萊爾論漫畫》（新北市：八旗文化出版社，2012 年 12 月）。
52. 孫楷第：《中國通俗小說書目》（北京：人民文學出版社，1982 年）。
53. 徐大軍：《話本與戲曲關係研究》（臺北：新文豐出版公司，2004 年 11 月）。
54. 徐志平：《明清小說敘事研究》（臺北：新文豐出版社，2014 年 9 月）。
55. 徐志平：《清初前期話本小說之研究》（臺北：臺灣學生書局，1998 年 11 月）。
56. 祝宇紅：《故事如何新編》（北京：北京大學出版社，2010 年 4 月）。
57. 秦勇：《巴赫金軀體理論研究》（北京：中國社會科學出版社，2009 年 5 月）。

58. 袁可嘉等編著：《現代主義文學研究》（北京：中國社會科學出版社，1989年）。
59. 馬克夢（Keith McMahon）著 王維東、楊彩霞譯：《吝嗇鬼、潑婦、一夫多妻者——十八世紀中國小說中的性與男女關係》（北京：人民出版社，2001年）。
60. 馬奎斯（Gabriel García Márquez）著 楊耐冬譯：《百年孤寂》（臺北：志文出版社，1990年10月）。
61. 馬漢茂（Helmut Martin）輯：《李漁全集》（臺北：成文出版社，1970年）。
62. 高桂惠：《追蹤躡跡——中國小說的文化闡釋》（臺北：大安出版社，2006年9月二版）。
63. 崔子恩：《李漁小說論稿》（北京：中國社會科學出版社，1989年）。
64. 康德（Immanuel Kant）著 鄧曉芒譯：《判斷力批判（上）》（北京：人民出版社，2002年5月）。
65. 張春樹、駱雪倫著 王湘雲譯：《明清時代之社會經濟巨變與新文化——李漁時代的社會與文化及其現代性》（上海：上海古籍出版社，2008年）。
66. 張曉軍：《李漁創作論稿：藝術的商業化與商業化的藝術》（北京：文化藝術出版社，1997年）。
67. 梁啓超：《中國近三百年學術史》（臺北：華正書局，1989年）。
68. 梅新林：《仙話：神人之間的魔幻世界》（上海：新華書店，1995年1月）。
69. 淡江大學中文系主編：《人物類型與中國市井文化》（臺北：臺灣學生書局，1995年1月）。
70. 畢利格著 鄭郁欣譯：《笑聲與嘲弄：幽默的社會批判》（新北：國立編譯館，2009年2月）。
71. 郭雙林、蕭梅花著：《中國賭博史》（臺北：文津出版社，1996年5月）。
72. 陳大康：《通俗小說的歷史軌跡》（長沙：湖南出版社 1993年1月）。
73. 陳東有：《人欲的解放：明清社會經濟變遷與大眾審美》（南昌：江西高校出版社，1996年7月）。
74. 陳鋒主編：《明清長江流域社會發展史論》（武漢：武漢大學出版社，2006年1月）。
75. 陳學文：《明清社會經濟史研究》（臺北：稻禾出版社，1991年）。
76. 陳寶良：《中國的社與會》（杭州：浙江人民出版社，1996年3月）。
77. 陳寶良：《明代社會生活史》（北京：中國社會科學出版社，2004年3月）。
78. 陶家俊著：《思想認同的焦慮：旅行後殖民理論的對話與超越精神》（北京：中國社會科學出版社，2008年3月）。
79. 傅承洲：《明清文人話本研究》（北京：人民文學出版社，2009年2月）。

80. 凱瑟琳・勒維（Katherine Lever）著 傅正明譯：《古希臘喜劇藝術》（北京：北京大學出版社，1988 年 1 月）。
81. 單錦珩：《李漁傳》（成都：四川文藝出版社，1986 年）。
82. 喬治・巴塔耶（Georges Bataille）著 劉暉譯：《色情史》（北京：商務印書館，2006 年）。
83. 喬治・巴塔耶著 澄波、陳慶浩譯：《文學與惡》（臺北：編譯館，1997 年）。
84. 喬治・巴塔耶著 賴守正譯：《情色論》（臺北：聯經出版社，2012 年 5 月）。
85. 曾永義：《參軍戲與元雜劇》（臺北：聯經出版社，1992 年）。
86. 琳達・哈琴（Linda Hutcheon）著 李楊、李鋒譯：《後現代主義詩學：歷史・理論・小說》（南京：南京大學出版社，2009 年）。
87. 琳達・哈琴著 劉自荃譯：《後現代主義的政治學》（新北市：駱駝出版社，1996 年 4 月）。
88. 費修珊（Shoshana Felman）、勞德瑞（Dorilaub）著 劉裘蒂譯：《見證的危機：文學・歷史與心理分析》（臺北：麥田出版社，1997 年 8 月）。
89. 閔定慶：《諧謔之鋒——俳優人格》（北京：東方出版社，2009 年 12 月）。
90. 黃子平：《革命・歷史・小說》（香港：牛津大學出版社，1996 年）。
91. 黃果泉：《雅俗之間——李漁的文化人格與文學思想研究》（北京：中國社會科學出版社，2004 年）。
92. 黃強：《李漁研究》（杭州：浙江古籍出版社，1996 年）。
93. 黃麗貞：《李漁研究》（臺北：純文學出版社，1974 年）。
94. 黑格爾著 朱光潛譯：《美學》第三卷下冊（北京：商務印書館，1981 年 7 月）。
95. 愛・摩 福斯特（Edward Morgan Forster）著 蘇炳文譯：《小說面面觀》（廣州：花城出版社，1984 年）。
96. 楊義：《中國小說史論》（北京：中國社會科學出版社，1995 年 2 月）。
97. 楊義：《中國古典白話小說史論》（臺北：幼獅文化出版社，1995 年 10 月）。
98. 葉慶炳：《古典小說論評》（臺北：幼獅文化事業公司，1985 年 5 月）。
99. 貫文昭、徐召勛：《中國古典小說藝術欣賞》（臺北：里仁書局，1984 年）。
100. 漢斯・羅伯特・姚斯（Hans Robert Jauss）著 顧建光等譯：《審美經驗與文學解釋學》（上海：上海譯文出版社，1997 年 11 月）。
101. 瑪格麗特・A・羅斯著（Rose，M・A）王海萌譯：《戲仿：古代、現代與後現代》（南京：南京大學出版社，2013 年 5 月）。

102. 趙園：《制度・言論・心態——〈明清之際士大夫研究〉續編》（北京：北京大學出版社，2006年）。
103. 趙園：《明清之際士大夫研究》（北京：北京大學出版社，1999年）。
104. 齊裕焜、陳惠琴著：《鏡與劍——中國諷刺小說史略》（臺北：文津出版社，1995年9月）。
105. 劉正忠：《現代漢詩的魔怪書寫》（臺北：台灣學生書局出版社，2010年2月）。
106. 劉康：《對話的喧聲——巴赫汀文化理論述評》（臺北：麥田出版社，1998年）。
107. 劉福根：《漢語詈語研究——漢語罵詈小史》（杭州：浙江人民出版社，2008年4月）。
108. 劉毅：《明清宮廷生活：六百年紫禁城寫眞》（天津：天津古籍出版社，2000年9月）。
109. 劉燕萍：《古典小說論稿——神話、心理、怪誕》（臺北：臺北商務出版社，2006年）。
110. 樊樹志：《明清江南市鎮探微》（上海：上海復旦大學出版社，1990年9月）。
111. 歐陽代發：《話本小說史》（武漢：武漢出版社，1994年5月）。
112. 蔡國梁：《明清小說探幽》（杭州：浙江文藝出版社，1985年12月）。
113. 魯迅：《中國小說史略》（上海：上海古籍出版社，2004年）。
114. 魯迅：《魯迅全集》第一卷（北京：人民文學出版社，2005年）。
115. 魯迅：《魯迅全集》第六卷（北京：人民文學出版社，2005年）。
116. 諾斯羅普・弗萊（Northrop Frye）著 陳慧等譯：《批評的解剖》（天津：百花文藝出版社，2006年1月）。
117. 閻廣林、徐侗著：《幽默理論關鍵詞研究》（上海：學林出版社，2010年）。
118. 閻廣林：《笑：矜持與淡泊——中國人喜劇精神的內在特徵》（北京：國際文化出版公司，1989年9月）。
119. 閻廣林：《喜劇創造論》（上海：上海社會科學院出版社，1992年）。
120. 謝國楨：《明末清初的學風》（上海：上海書店出版社，2004年1月）。
121. 韓南：《中國白話小說史》（杭州：浙江古籍出版社，1989年12月）。
122. 譚邦和：《明清小說史》（上海：上海古籍出版社，2001年12月）。
123. 關永中：《神話與時間》（臺北：臺灣書店，1997年3月）。
124. 蘇暉：《西方喜劇美學的現代發展與變異》（武漢：華中師範大學出版社，2005年12月）。

四、期刊與研討會論文

1. 王一鑫：〈論《豆棚閒話》的複調敘事〉，《重慶科技學院學報》2013 年第 8 期，頁 124～125、128。
2. 朱立元：〈黑格爾的喜劇理論〉，《戲劇藝術》1982 年第 1 期，頁 64～76。
3. 吳小珊：〈清初「墨憨齋主人」爲馮夢龍後——馮焴考〉，《明清小說研究》第 84 期，2007 年，頁 188～193。
4. 呂依嬙：〈機趣、戲謔、新詮釋——論李漁《無聲戲》的性別書寫〉，《中極學刊》第 3 期，2003 年 12 月，頁 91～113。
5. 巫仁恕：〈逃離城市：明清之際江南城居士人的逃難經歷〉，《中央研究院近代史研究所集刊》第 83 期，2014 年 3 月，頁 1～46。
6. 李建軍：〈論小說的反諷修辭〉，《中國人民大學學報》第 5 期，2001 年，頁 109～111。
7. 李瑞豪：〈反諷：李漁的懷疑精神——論李漁短篇小說中的反諷色彩〉，《信陽師範學院學報》，2004 年第 3 期，頁 105～108。
8. 周怡：〈擬話本小說夭折探源〉，《東岳論叢》第 21 卷第 3 期，2000 年 5 月，頁 125～128。
9. 侯忠義：〈論《二刻醒世恆言》〉，《明清小說研究》，1988 年第 2 期，1988 年 4 月，頁 279～284。
10. 洪靜芳：〈《二刻醒世恆言》初探〉，《東海大學圖書館館訊》第 114 期，2011 年 3 月，頁 36～49。
11. 胡衍南：〈中國古代白話短篇小說發展研究〉，《淡江人文社會學刊》第 17 期，2003 年 12 月，頁 1～17。
12. 修倜：〈喜劇美學：從「表象自由」到「人性自由」——由康德到席勒的喜劇理論推進〉，《華中師範大學學報》第 49 卷第 6 期，2010 年 11 月，頁 81～88。
13. 夏天成：〈荒謬外的平衡——加繆哲學的潛台詞〉，《大連大學學報》第 28 卷第 1 期，2007 年 1 月，頁 43～47。
14. 徐志平：〈清初話本《照世盃》研究〉，《中國文學研究》第 6 期，1992 年，頁 181～206。
15. 徐凱：〈懲勸與娛樂——李漁小說喜劇化的內在精神研究〉，《浙江師範大學學報》，2004 年第 1 期，頁 30～33。
16. 秦川：〈李漁《十二樓》與吳敬梓《儒林外史》的諷刺藝術之比較〉，《九江師專學報》1997 年第 1 期。
17. 馬俊亞：〈被妖魔化的群體——清中期江南基層社會中的刁生劣監〉，《清華大學學報》2013 年第 6 期，頁 52～61。

18. 高禎臨：〈《金瓶梅》中的戲劇世界〉，《東吳中文學報》第十二期，2006年5月，頁173～193。
19. 張博：〈閒話與史實——關於《豆棚閒話》對歷史事實的解構〉，《文學與文化》，2012年第4期，頁52～59。
20. 郭瑋：〈《豆棚閒話・空青石蔚子開盲》的荒誕意味〉，《江西教育學院學報》第33卷第6期，2012年12月，頁95～97。
21. 陳函蓉：〈機智的故事：薄伽丘與李漁小說之比較〉，《中國比較文學》1999年03期。
22. 陳怡安：〈神聖的戲仿——試論〔艾衲居士編〕《豆棚閒話》中的喜劇人物〉，《興大人文學報》第48期，2012年3月，頁61～85。
23. 陳廣興：〈論文學中的巧合〉，《英美文學研究論叢》，2009年第1期。
24. 曾永義：〈論說戲曲雅俗之推移（上）——從明嘉靖至清乾隆〉，《戲曲研究》第二期，2008年7月，頁1～48。
25. 葉志良：〈李漁研究筆談：命定與抗爭——李漁現實的矛盾與人格突圍〉，《浙江師範大學學報：社會科學版》，2008年第4期，頁25～27。
26. 劉勇強：〈文人精神的世俗載體——清初白話短篇小說的新發展〉，《文學遺產》1998年第6期，頁75～86。
27. 蔡美云：〈明清民間喜劇與狂歡〉，《中央戲劇學院學報》，2004年第4期，頁60～66。
28. 駱玉明：〈李漁小說的荒誕之趣〉，《古典文學知識》1999年，第5期，頁58～61。
29. 鍾明奇：〈李漁放棄科舉考試成因說辨〉，《中國文學研究》2010年第4期。
30. 鍾明奇：〈試論李漁《無聲戲》小說創作思想之產生〉，《明清小說研究》1996年2月，頁149～157。
31. 韓希明：〈千種調笑 百樣滋味——《聊齋志異》與李漁短篇小說的喜劇性比較談〉，《鎮江師專學報（社會科學版）》，1995年第4期，頁12～14、頁20。
32. 蘇菁：〈漫議梅香〉，《文化學刊》2014年5月第3期，頁144～147。

五、學位論文

1. 李世珍：《艾衲居士豆棚閒話研究》，東海大學中國文學研究所碩士論文，1988年。
2. 徐菲菲：《李漁短篇小說中的娛樂精神》，安慶師範學院中國古代文學碩士論文，2012年6月。

3. 張永葳：《〈豆棚閒話〉話中有思的個性文本》，湖南師範大學中國古代文學碩士論文，2011 年 6 月。
4. 張君：《照世盃研究》，蘇州大學中國古代文學碩士論文，2007 年 5 月。
5. 張秋華：《《醉醒石》、《照世盃》、《警寤鐘》比較研究》，臺灣師範大學國文學系碩士論文，2008 年。
6. 張健：《試論李漁白話短篇小說的喜劇特色》，曲阜師範大學古代文學碩士論文，2001 年。
7. 萇瑞松：《明清易代之際話本小說敘事話語的反思》，中興大學中國文學博士論文，2013 年。
8. 黃巧倩：《豆棚閒話敘事藝術及其在白話短篇小說中的意義》，暨南大學中國語文學系碩士論文，1999 年。
9. 劉蓮英：《論李漁小說「機趣」藝術》，鄭州大學古代文學碩士論文，2001 年。
10. 閻岑：《明清契約敘事的文學特徵與文化意涵》，浙江師範大學中國古代文學系碩士論文，2009 年。